U0466801

安 庆

安庆，本名司玉亮。中国作家协会会员，河南文学院签约作家，河南“中原小说八金刚”之一。在全国多大期刊发表中短篇小说六十多篇，十余篇被《小说选刊》《小说月报》《中华文学选刊》等转载；多篇作品收入《中国年度短篇小说》《21世纪年度小说选》《中国当代文学经典必读》等多种选本。有作品获得第三届河南省文学奖、第二届杜甫文学奖、冰心儿童图书奖等。

遍地青麻

安庆 著

时代出版传媒股份有限公司
安徽文艺出版社

图书在版编目（CIP）数据

遍地青麻/安庆著.—合肥：安徽文艺出版社，2018.10
（中坚代书系）
ISBN 978-7-5396-6374-6

Ⅰ.①遍… Ⅱ.①安… Ⅲ.①中篇小说—小说集—中国—当代②短篇小说—小说集—中国—当代 Ⅳ.①I247.7

中国版本图书馆CIP数据核字(2018)第125990号

出 版 人：朱寒冬
责任编辑：欧子布　　　装帧设计：观止堂_未氓　孔舒琴

出版发行：时代出版传媒股份有限公司　www.press-mart.com
安徽文艺出版社　www.awpub.com
地　　址：合肥市翡翠路1118号　邮政编码：230071
营 销 部：(0551)63533889
印　　制：安徽新华印刷股份有限公司　(0551)65859551

开本：880×1230　1/32　印张：10.875　字数：230千字
版次：2018年10月第1版　2018年10月第1次印刷
定价：38.00元

目录

CONTENTS

在瓦塘呼吸 001

遍地青麻 037

父子花 077

林晓菲的格子铺 129

贵人的罂粟 172

挑花生 209

穿过雨季的前方 261

我们和一头驴的生活 308

在瓦塘呼吸

一

第一次住在瓦塘镇，穆三丹就有一种逆反情绪。

穆三丹不喜欢瓦塘镇的夜晚，不相信自己要在瓦塘镇扎根，在瓦塘镇生活了。穆三丹骨子里承认的只有柿子岭和文城的夜晚。柿子岭的夜晚已经在她心里扎根抓土了，那种太纯或者太粗的夜色里飘荡着野鸡、野鸟的叫声，回响着爹娘站在崖口呼喊三丹的余音，是那种挪一步就能踩住一片树叶，一根石缝里的细草也能拴住一条羊腿的夜晚。然后就是文城，是文城芦苇街的夜晚，文城的夜色里暗含着对一个山里姑娘的诱惑，弥漫着一种油炸的香味，有城市男女身上的一种脂香。

穆三丹在瓦塘镇的夜色里闻到的是一种庄稼的青涩，以及和这种青涩杂糅成一体的腥气。这种夜气让她感觉到有点不伦不类。她站在瓦塘的大街上，瓦塘镇单调得只剩下漆黑的夜和劣质的橙色的灯光，她一眼就在混沌的夜色中望到了瓦塘大街的尽头。就在这一站中，穆三丹对瓦塘镇的夜晚有了一种发自心底的抵触。她想起柿子岭的姐妹们往平原出嫁时的那种激动，那时候她就觉得平原没有什么可羡慕的，它不过就是一种没有突起的地方，她抚摸着自己的胸，平原的乡村就像一个女人没有长成的胸脯。

但是，穆三丹真正的生活就要从瓦塘镇开始了。

穆三丹到瓦塘镇的这一年已经二十五岁。在乡村，二十五岁已经不是做闺女的年龄，通常的情形是她们的屁股后头拖着一个流着鼻涕、哭着鼻子的娃娃，也是拖在屁股后的孩子改变了一个女孩到女人的称谓。问题是穆三丹十九岁就已经到城里住了，她住在城里的哥哥家，她的哥哥在盐业局上班，他们住在这个小城的芦苇街，站在楼房的窗前看到的是围绕着楼房的一湖芦苇，芦苇的葱茏和雪白的苇缨，以及飞在苇湖里的小鸟。六年是一截不短的时光，是可以改变一个人的，尤其是一个女孩子。哪怕是文城这样的小城市对一个女人也有一种洗心革面、脱胎换骨的功能。

只有穆三丹知道，她还在时时地想念那个叫柿子岭的村庄，骨头和肌肉夹缝里的东西是洗不掉也革不净的，那里还住着她的爹妈，有她喜欢的曲曲弯弯的山路，拐过几条山道就能找着她的家。那个老院子可能已经有几百年了，墙体是山里的老石头和沉重的蓝砖，地面是条石板和鹅蛋形的卵石；房顶的瓦缝里苔藓一层压着一层，苔藓上滑过小鸟的翅膀，濡湿着鸟儿的歌声。据说他们居住的那些老房经考证为某个朝代的建筑，文城旅游局正申请给予重点保护。

可还是要在瓦塘镇生活了。穆三丹小西瓜一样滚圆的臀部开始在瓦塘镇镇政府的院子里，在瓦塘镇的大街上扭动；一双长臂配合着她的臀部和一双长腿。瓦塘镇的草木她要一眼一眼地瞅了，她要接受的不仅是瓦塘的夜晚，还有瓦塘的白天。穆三丹的情绪慢慢地稳定了，她不得不强迫自己稳定，让她稳定的还有从身体的深处涌到胸部的一种优越感：她从柿子岭到文城，再从文城到瓦塘镇，她不是来做农民的，她是来做瓦塘镇的公家人的。从今以后，这个叫瓦塘镇的政府机关里有她的一份工资。

在这一点上，她感激刘心伍，刘心伍来瓦塘镇当镇长两个月，穆三丹后脚就跟了过来。

她在某些地方有点出类拔萃。穆三丹有一副很耐瞧的身材，一米七二的个子，臀部滚圆，头发无论是挽起来还是披散着，都在越过臀部的地方扇出一片风情，仿佛淌过峡谷的一挂瀑布。这让办公室的打字员介小丽有些眼热，有些嫉妒。介小丽面相秀气，肤色白皙，额头和鼻子般配得恰到好处，她的胸部和臀部鼓得很有分寸，属于秀色可餐的那种。可穆三丹把她比得有些矮了，不仅是身材上的矮，还有气质上的矮，某种说不出来的地方矮，单穆三丹的两条长腿就让她心生嫉妒，这是女人之间普遍的病症。男人比财气、比潇洒，而女人往往在心里较量的是外在的身架和藏在骨缝又挤在身上的魅力。

上班的第四天，她有了一把档案室的钥匙，实际上档案室从此也兼了她的卧室。她打开门，扑入鼻孔的是一股尘土和木箱的霉味。档案室其实就是两个木制的书柜，两只像戏班装戏装一样大小的木头箱子。箱子已经发霉了，底下长了一层浅绿的霉斑。她打开窗户让霉味向外跑，然后她把柜子挪成了一道墙，把一张床搁进了柜子的里边。她用毛巾裹住头，又戴上口罩，开始弓腰打扫，干了整整一个上午，档案室才开始亮堂起来。她在瓦塘镇的日子就这样开始了，在瓦塘经历的故事就这样徐徐地拉开了帷幕。穆三丹在瓦塘镇的夜里感到寂寞，她还不能喜欢上瓦塘镇的夜晚，瓦塘镇的夜晚远没有柿子岭的清秀和宁静，更没有文城大街上的喧闹和朦胧。她开始时对瓦塘的环境有一种怯，怯这里的花、这里的草、这里的鸟叫、这里的葡萄，她甚至不愿意端着碗去食堂吃饭，更多的时候她就蹴在档案室里。她不明白，这就叫工作？这样的工作还不如在服装厂时有意思、有内容、有活力，太清静了反而使人抵触。她闲不下来，没事的时候就一遍遍整理着档案室，把档案室收拾得窗明几净、一尘不染。她把箱子里的档案拿出去晾，包括那种硬皮的大本，红色小本的《毛泽东选集》《毛主席语录》。她不知道这些东西究竟有多少价值，晾了以后又规规矩矩地放进箱子。

第六天的夜里，刘心伍来了。穆三丹丢下手里的梳子，这是她多年的习惯，每天晚上她要洗一次脸，再梳理一遍头发，把韧性光滑的头发握在手里，把发梢往脸上扫，甚至噙在嘴里，有时候往鼻孔里轻轻地扎几下，鼻孔里就痒痒的、麻麻的、酥酥的，偶尔还会打几个喷嚏。这一晚，她刚放下梳子，屁股刚坐到床边，手刚抓住被子，忽然听见了脚步声，熟悉的脚步声，伴着的还有一两声轻咳。她的心倏然欢腾起来，那个脚步往档案室来了，来了，就要踏上门前的台阶了。她呼地站起来，手捂住胸口，她的手抓住了门，门本来是虚掩的，她竟然把门锁上了，她的背倚着门。终于听见了推门声，再接着是有人敲门，砰砰，轻轻又沉沉的，再接着敲门声变得沉重，她的胸起伏着。敲门声停了，再听见的是从喉里发出的低咳，她把头枕在门上，听见了拖沓的脚步，好像是敲门的人要走了。她呼啦把门打开了，那个身影扭过来在黑暗里抓住了她的手。刘镇长嘿嘿笑了两声，仔细地打量着收拾一新的档案室，夸奖穆三丹收拾得真干净，然后他扯住了她的头发，把头发往自己的手上缠，长长的头发被他的手缠成了一个团，又被他柔柔地握在手里，后来那头发被缠得露出了脖颈，脖子白白的，隐隐有一种细小的波纹，波纹里亮着一层细汗，透着一种光泽；再然后耳垂露出来了，软软的、乖乖的耳垂透出一种性感，让刘心伍想噙过去；和耳垂一起露在眼前的还有穆三丹的侧面，那细腻的脸部，后腮部一层细密的茸毛。刘心伍缠到这种程度时顺势把穆三丹搂住了，而后用另一只手把她的身体往怀里揽，一股热气和他的胸膛相融了，她胸部的那两个凸起的地方摁着他的胸，让他的内心开始汹涌起来。然后刘心伍把缠在手上的头发哗啦抖开，松展成一挂黑色的瀑布，把臀部覆盖了。穆三丹气锤一样地抖动，她往外挣扎着，她的心还没有适应瓦塘，瓦塘让她有一种恐慌，她使劲往外挣，弓着腰往外钻，仿佛要拱出的不是一个人的胸怀而是一个她还不能适应的地方。她说，别，这是在镇里，别……穆三丹的腿打了弯，身子像箩面的筛子，她的指头都搂不住指头了。这天半夜，刘心伍对穆三丹交代，记住，这屋里只能我来！

接着，穆三丹被派出去学习了。

二

五年前，穆三丹从柿子岭进城住在哥嫂的家里，就是比邻芦苇湖的盐业局的家属楼。那一年刘心伍在县里一个重要的局当副局长，已经是一个有些实力的人物，因为爱人也在盐业局，所以和三丹的哥嫂同住在一幢楼上。

三丹被嫂子介绍到了服装厂。服装厂好像就该是穆三丹的用武之地，她心灵手巧，很快进入了角色。她先是在服装厂干杂活，打包、烫衣裳，后来就动起剪子在布料上运刀了，她几乎没有剪坏过一块布料，像一个运动员上场就有了不错的成绩。开始时她还有点瘦小，一米七几的身材像一根没有发育的竹竿，胸部也没有挺起，臀部也有些瘪瘪的。可是不到一年她就发育了，这可能和她天天动剪刀、天天踩缝纫机有关，她长得越发好看、圆润起来，该圆的地方圆，该鼓的地方鼓，该凹的地方凹，峡谷和丘陵可人地生长着，而后又恰如其分地停下了生长的节奏。

刘心伍被人高肤白的她打动了。有一天，他站在门口，好像忽然间发现了穆三丹，手扶着门，呆呆地看三丹一阶一阶地往楼下走，两条长腿蹬着楼道，每下一阶，臀部往后都显出一种风韵。他开始用异样的眼光打量这个女孩，他的异样是藏在深处的，表面看来刘心伍不动声色，但做梦的时候已经把这个女孩紧紧地搂在了怀里。

终于找到一个机会。他所在的局要举办一个大型庆典活动，局里要统一服装，刘心伍很郑重地把这个消息告诉了穆三丹。穆三丹的眼睛唰地就亮了起来，这样的业务不仅厂长高兴，她也可以领到一笔奖金。她扭动着灵活的腰身给刘心伍倒水，又从哥的烟盒里抽出一支烟恭敬地递到刘心伍的手里。刘心伍是用两只手去接那根烟的，在烟吸到半截时，他回到了自己的家里。

接着是穆三丹和厂里的一位业务厂长、一个师傅去找了刘局长，生意一次就谈定了，当天他们就给局里的职工量了尺寸。

穆三丹是带着一把尺子回家的，她很不好意思，在局里的时候他们竟然把刘局长的尺寸忘量了，当时厂长和师傅都以为她已经量过了。她很歉疚、很惭愧地推开了刘心伍的家门。刘心伍正独自看着电视,电视上是一群靓女的模特表演。她忐忑地掂着尺子,尺子绕在她的两个手指间,白色间黄的软尺像从左手到右手的一座小桥,像轻轻缠绕在指间的一条小溪。一缕刘海很情绪地耷拉在她的眼前,她握着尺子的手搭在上衣的下襟处。她显得文静,身上透出的是一种城市女孩和乡村姑娘交叉的气息,高高的身材像局长家的落地花瓶,挺立又散发着芳菲。

刘心伍很听话地站起来,他的心已经怦怦地跳动。他说,你量,想量什么地方就量什么地方。他听见尺子缠绕滑动的声音,听见脆脆的指节滑过他的背部、他的肩部、他的臀部,他闻见了一缕兰花一样的呼吸。然后,就在那双纤长的手、纤长的臂环过他的腰围时,他毫不客气地把这个女孩环住了。

三

穆三丹从档案管理学校培训回来了。回到瓦塘镇的那一天,她蓦然发现档案室变了:那几节老木柜换成了锃亮的金属档案柜,墙皮和屋顶已经被装修一新,档案柜的锁孔里吊着一串串银白的钥匙,从窗缝里射进来的阳光在房间里闪着反光,办公桌也换成了新的,桌子的后边是橙黄的藤椅。穆三丹的心一下子亮堂了,她的心也一下子和瓦塘有了亲近的感觉。

这天晚上,穆三丹把整个瓦塘镇机关的院子转了转,大院小院,东院西院,甚至政府后边的敬老院她都转全了。她是最后来到东院的,她在东偏院里看到了一架葡萄,她的心突然一惊,葡萄已经散发出浓郁的香甜,葡萄架形成一道绿荫,葡萄架上传来蛐蛐的叫声。她在葡萄架下忽然冒出一种预感,这架葡萄要不了几年就要塌了。在这一瞬间,她竟然后悔来这个地方,她觉得自己已经沾上了晦气,如果有一天这架葡萄塌了,或许她已经滚出瓦塘,或者说瓦塘将成为她人生路途上的一个麦城。她的柿子岭的家里原来就有一座葡萄架的,很大,秧子拖得很长,像几十条青蛇缠着一株老藤,她小时候就在葡萄架下玩,那些酸葡萄甜葡萄把她都吃伤了。但是那一年葡萄架塌了,在一个雨天,扑通,整个院子里就爬满了青色紫色的葡萄,她的爷爷和奶奶在那一年相继去世了,一个是在山路上摔折了腿,感染化脓再也没有起来;一个是被一头牛拖翻了,再也上不了山,起不了床。就是那一年爹告诉她,从今以后咱家再也不养葡萄了,你长大了也千万别再养葡萄,养葡萄也千万别拉大架子,葡萄的架子塌掉是不吉利的。还有别养狗,一条狗就是家里的一口人,狗死了或者狗中途跑了都不是好兆头,你姥爷就是在咱家的狗失踪后,在充军的路上失踪的。

那个晚上穆三丹没有睡好。

穆三丹是学习回来和介小丽聊上的。

介小丽对带着怯意走进来的穆三丹说,三丹,你的头发真好看。这句话一下子把三丹的怯意冲淡了,就像男人开始拉话是从一根烟、一杯酒、一个女人的长相开始一样,她们的谈话就从头发开始了。

穆三丹第一次进介小丽的房间,她发现介小丽的房子收拾得非常素雅,非常干净。房间里散发着来苏水的味道,里间和外间都放着盆花,一盆兰草搁在外边的桌子上,青翠欲滴。台灯的旁边是一个装着口琴的盒子,盒子的颜色和房间的格调和谐搭配,她这才知道住在瓦塘的第三个夜晚听到的口琴声是从这儿传出来的。

在仔细地打量介小丽后,她的心打了个格颤。介小丽原来长得这么细腻,整个皮肤像瓷器,微笑时露出的洁白牙齿像无瑕的白玉,鼻梁像一道白雪掩映的山梁。穆三丹简直要开始自卑了,她看着自己的胳膊自己的胸脯,似乎哪一点也不比人家精致,就连手腕上的那种波纹也不如人家。

除此之外,介小丽还比自己多一层东西,她的桌上、床头,还有那个放衣服的小柜里都放着书。这样的女人就连和男人做爱恐怕也是有韵致的,有波折的。波折就是吸引男人的魅力。

介小丽告诉她,她在乡里一直干的都是打字的活儿,就是把领导的讲话和年度、半年、季度的总结打印出来,用订书机规规矩矩地装订好。介小丽好像早有准备,她把一沓订好的文件、材料放到穆三丹的面前。这种"放"比递到她的手里有了讲究,递到手里好像就是要人走了,而放在你的面前意思就不同了,好像有了一层要对方留下来再坐一坐的意思。介小丽说,穆三丹,这些都是该归档的,就给你管了。以前吧,有些文件和材料就是我草草地整理了。

穆三丹现在已经知道什么叫归档了,一个能把服装修裁得体的女孩,几天的学习已经使她受益颇多。临走的时候,穆三丹又看了看那个口琴,情不自禁地用手摸摸,还做了个放在嘴边的动作。在她返身时,介小丽把一只手放上去,曲声从口琴里流淌出来,在她的脊梁上缠绕。

四

女人是单纯的,但一旦复杂起来或者进入一种复杂的境地她就会陷入一种痛苦,这是穆三丹后来在瓦塘镇的一种体验。有一天夜里,刘心伍坐在档案室兼她的卧室里吸烟,她的屋子里缭绕起一层氤氲的烟气。刘心伍先在藤椅上坐着,后来站起来在屋子里徘徊。刘心伍说,你要留意,机关里对我有什么反映,及时告诉我,有些事情是复杂的。她想问问到底怎样得复杂,但她的问话被刘心伍打住了。

穆三丹不知道事情究竟怎样复杂,也不知道复杂的含义。在她看到刘心伍那严峻的脸时,好像东侧院里的那葡萄架要塌架了。后来穆三丹好像逐渐知道了那是官场上的事,那叫政治,政治和她这个管档案的女人似乎沾不上边,但她还是禁不住地被牵涉进去了,毕竟刘心伍的事情和她有牵扯,和她的命运有关,她是他带过来的,谁和谁的关系往往就是这样归类的。刘心伍是镇长，按常理在镇里排老二，他的上边有书记，下边有副书记、副镇长、党委委员，还有和他平起平坐的镇人大主席，他充其量不过就是个老二，而能不能行使老二的权力得由老大来定，如果老大不用他，他连老三、老四都不如，他就是一个摆设，一个空壳，一个架子。这样的例子以前有过，没有内容的权力是空虚的，而刘心伍现在就处于这种尴尬的境地。

横在他面前的是那个抓计划生育的副镇长李大由。李大由是刀子脾气，因为这次换届没有当上镇长，脸整天吊着。书记知道他在瓦塘镇盘窝盘了十几年，弄不动他，不得不买他的账。计划生育罚款是乡里的一项隐性收入，每年罚超生户的钱不下几十万，乡里的桑塔纳是李大由从旗城买回来的，提回来时李大由把钥匙当啷一声撂到书记的桌面上。那几年正流行跳舞，李大由动不动就把书记和几个副职弄去。李大由偏偏对刘心伍不尿，好像他当不成镇长是因为刘心伍来了瓦塘，把他拱了，把他的官路截了。刘心伍是孤寂的，他没有实权，权力是需要争取的，没有实权在镇里就没有盟军。就是在饭厅吃饭，如果书记和李大由在，他吃饭也是孤寂的，常常是一个人蹲着，草草地把一顿饭了结了。后来他端着饭菜去大厅，和机关的大多数人在一起，听他们在饭厅里讲那些灰色的故事，有时候他也兴致勃勃地插上两个段子。他身边的人越聚越多，这时候刘心伍慷慨地把烟往餐桌上一撂，烟盒刺啦一声撕开，很随和地喊，吸烟，饭后一支烟，赛过活神仙。后来的事实证明，小餐厅的失落其实是他在大餐厅里的一种补偿,是他实施自己工作战略的一种机遇或策略。

穆三丹有时候也待在大餐厅里,捂着嘴悄悄地跟着大伙儿笑。有一次介小丽端着饭盒从门口走过,刘心伍嘟囔一句,娘的,婊子。穆三丹知道他骂的意思,白皙细腻的介小丽和李大由有一腿。

这年的冬天,李大由出事了。

出事的这天,李大由正在D市的一家娱乐洗浴中心。他披着衣服坐在歌厅里,音乐在歌厅里弥漫,一切都在音乐中变得柔软,变得温驯,坚硬的石头也会被音乐感化得柔软。可李大由忽然听出那音乐中的鸟儿岔音了,喳喳喳叫得干燥,像温在火上的油被蒸干了。后来鸟声简直是一种嘶鸣,在鸟儿的嘶鸣中李大由的头也要撕裂了,他慢慢地往沙发下滑,两手把两个小姐推开了,他挥着手嘶哑着嗓子,停,停,别叫了!他挤着眼甚至发出了呻吟。李大由的头上冒出一嘟噜一嘟噜的汗珠儿。他在心里说,又要倒霉了。

已经两次听到这样的鸟叫了。第一次是刚过春节,在自己的家里,他刚拿起电话,窗外传过来鸟儿的叫声,一点也没有音乐的成分,叫得非常干哑,就落在他家院里的那株无花果树上。他的手还掂着话筒,他在鸟儿的叫声中似乎有了一种预感。妻子要去撵鸟,拎起放在墙角的一根竹竿,他阻止了,没用,鸟鸣是一种天性,一种天意,喜鹊不是也来过咱家吗?不是也动听地叫过吗？它扇着翅膀在空中飞，你有那么长的竹竿吗？他放下了话筒，可是铃声响过来了，果然，对方告诉他瓦塘镇的人选已经定了，县里已经决定让刘心伍到瓦塘任代镇长。第二次鸟叫是在人代会开幕的鞭炮声中，那时候他的屁股刚坐下，春天的阳光透过玻璃很耀眼地穿过来，他在开幕的鞭炮声中听见了会议室窗外的一只鸟儿的叫声，嘎嘎，声音干燥，好像瓦塘镇是千年的沙漠，那只鸟儿的嗓音被千年的干燥熏干了，干得鸟儿只能这样地干号，鸟儿的干吼硬是挤过鞭炮的缝隙。李大由陡然间打了个冷战，自己的努力可能又要前功尽弃了。开会前的半个多月，李大由一直都在谋划自己的反戈一击，不到黄河心不死，他的心里不服，他要争取在开会选举中扭转自己的败局。在费尽心机、反复斟酌后，他动用了认为在瓦塘最贴心的三个人：他一直重用的计生办主任老岸，老行政秘书、民政所所长老胡，老谋深算、头发几乎掉光的原同赞。有一天，他把这三个人拉到了苍峪山，在苍峪山度假村里消闲娱乐了一天，大山快把太阳夹进峡谷时他又把三人拉到D市，坐进了一个雅间。他呼出一口气把自己的计划和盘托了出来。他满脸燥热，汗从衣裳里一股股地往外冒，像分叉的火苗子。他说，不想当将军的士兵不是好士兵，我李大由在瓦塘镇熬了十二年了，从武装部干事到副部长，从副部长到部长，从党委委员到副镇长，我像一个皮球在瓦塘镇的土地上转来转去，就是转不成一个正果。他几乎要哭了，这样说的时候，眼窝已经湿了，眼窝的湿气在灯光下像夜半的露水。我已经三十八岁了,机会不多了,一任三年,而镇长一干往往就是连届,连一届就是六年啊！我倒是希望刘心伍能在三年后顺利往上蹿一个台阶,顺利地当成书记,或者转出去弄个局长干干,可我不敢等啊！所以这一次选举我要破釜沉舟地争取一次,所以我求你们了,你们在瓦塘都是有资格的人了,更是我最信任的人,全乡的十九个村庄就指望你们跑了。现在我们来好好地策划策划……然后他把复印好的名单递给三个人,这是全镇的代表名单,一共六十四人,大部分你们都熟,你们看究竟和谁合适,找好各人的目标。然后他又把三沓被他称作经费的东西放在小圆桌上。

谁都没有去动那崭新的票子,都没有。四个人都很严肃,都很沉郁地坐着,酒杯里映着八只庄严的眼睛。李大由说,现在我要动我的特权了,你们家在计划生育、在什么事情上需要照顾的,哪个代表提出照顾的,你们给我说……

临近选举的前几天,李大由也出击了,深夜的时候他那辆深红色的小车徐徐地开出计划生育所的独居小院……

开幕的鞭炮声中那几声鸟叫使他忽然有了一种可怕的预感,难道是自己竞争中的又一次麦城？等等吧,等那个中午即将来临的选举结果。结果出来了,刘心伍还是顺利地以高票当选了。他和刘心伍都去掉了“代”字,而意义却是多么不同啊,就连办公室的档次也是不一样的。他看见刘心伍在躬身感谢代表的信任了,他的感谢那样虔诚,腰弓成了一个弧线,眼里好像还饱含了一层泪水，刘心伍要就职演说了，肯定又是一番豪情壮志的表态。李大由是硬着头皮坐上主席台的，奇怪，嘶哑的鸟叫声没有了。

没有想到音乐中也会夹进嘎嘎的鸟叫。此时省市计划生育暗访组正在瓦塘镇的几个村庄里联合行动，据说他们接到几个人大代表的反映。问题是可想而知的，春天埋下的隐患都在调查中被查出来了。李大由回到瓦塘镇时调查组已经走了，他在蒙眬的视线里看到的只是几道隐隐的辙痕。

李大由栽了。

拔出萝卜带出泥。他贿选的问题也带出来了。民政所的老胡提前办了退休手续；计生办主任老岸停职检查，后来去了镇里的养猪场，归宿还算不错，只是那地方紧临铁路，太喧闹了；至于原同赞好像相安无事地就歇在家了。李大由出事后，在家闭门谢客，有一天，他忽然以头撞墙，墙壁上的挂钟被头击碎，整个房间是挂钟稀里哗啦的声音，血在墙上印出了朵朵梅花，他又掂出菜刀把院里的无花果砍了。

那天晚上，刘心伍进了穆三丹的档案室，一头栽在床上香甜地睡着了。

五

接下来的事情好像就顺利了，穆三丹隐隐感觉出一种胜利的味道。在镇机关的小会议室里,刘心伍的椅子往书记的旁边挪了,挪到了紧傍书记的那把椅子。那椅子是一张有扶手、有坐垫的大椅子,更重要的是,现在的位置在圆形的主席台上是居中的,可以扫视整个参加会议的人员。刘心伍开始隔三岔五地主持会议,要不就是由副书记主持他来宣布工作。这是信息,有机关工作经验的都能心领神会。穆三丹能听见刘心伍的笑声了,她在给刘心伍送文件的时候,看到他在办公室已经不再那么寂寞了。

转眼在瓦塘就是第二个年头了,二十五岁的穆三丹又长了一岁,实在是到了谈婚论嫁的年龄。如果不是下山,不是入城,不是又辗转到瓦塘,她的婚姻或许早已解决。那个山村是不养老闺女的,老辈的山里人知道闺女养大了就成了冤家,一头猪该出栏的时候也是不好圈的。

哥哥和嫂子也真是着急了,家里一直守着个老闺女也真不是个事儿,总占着心思。老娘已经下话了,无论如何要在城里给妹妹物色一个。终于给妹妹介绍了一个叫李志国的男人,在审计局上班,李志国的哥哥在一个局当局长,李志国在审计局也刚当上一个科的科长。审计局当时有几辆偏斗摩托,李志国的那个科里有一辆,穆三丹对那个偏斗很满意,对李志国也满意。整个人没什么可挑剔的,高个,大脸,长胳膊,墨镜下藏着一双圆圆大大的眼睛,那双眼睛有力度、有正气。穆三丹第一次见他时以为墨镜后边掩盖的是一双有毛病的眼,眼角有个疤什么的。可是没有，那双眼睛挺大挺亮的。干吗要戴个墨镜呢？真是的，让一双好眼吃亏了。印象好就容易往下说了，直到要结婚了，房子看了，婚期已经择定，嫂子才几分胆怯又几分郑重地对她说，三丹，原谅嫂子，也原谅你哥，他是个二婚。

穆三丹对他的感觉一下子打了折扣，就要沸腾的温度一下子降了，婚姻的果子真是又酸又甜。她打电话给李志国，问李志国为什么要这样瞒她。李志国诧异，我瞒你？你哥嫂什么不知道？我怎么知道他们没对你说？

但是穆三丹最终没有退缩，一往无前地往前走了，她对哥嫂说，什么也别说了，往前走吧！

有时候幸福也许就是一种忍耐，有时候忍耐也许就是一种智慧。长到二十六岁，穆三丹被迫举起手来，向婚姻、向一个漫长的等待投降了。穆三丹扪心自问，为什么要投降？关键是自己对他的第一印象太好了，当李志国摘下墨镜的那一刻，她被墨镜掩盖下的英俊镇住了，怎么也和“二婚”两个字衔接不起来，他还那么英气，像萝卜缨那样绿嫩。

这年的“五一”，穆三丹速战速决和李志国结婚了。李志国没有一点草率和应付，没有一点低调，婚礼办得轰轰烈烈，甚至有点张扬。李志国说，我完全可以办得低调一些，但这对穆三丹来说是不公平的，毕竟是人家一生中的大事。这番话说得穆三丹感动，好，只要找一个通情达理的人就知足了，下一步跟这个男人好好地过日子吧！穆三丹在婚礼这天敬酒时表现得很气派，没有一点自卑，只是在给刘心伍敬酒时手打了个颤。

他们住在孟滨小区，是一个小独院，是李志国的哥哥曾经住过的，院子显得很排场，很扬眉吐气，是两处宅子合成的。它的东侧是文城最大的一个湖，李志国和穆三丹在婚后的那段时间常常在湖边散步，有时候手牵着手，有时候李志国搂着她的腰，李志国搂住的正是一个葫芦的中心，是一个葫芦最细的部分。穆三丹攥住李志国的手，把一头瀑布靠在李志国的肩头。

后来穆三丹上班了，她基本上不在镇里住，她已经忘了瓦塘的夜晚，她的心里就是婚后的新房，就是那个长满花草的院子，是既温馨又浪漫的城心湖。隔三岔五的傍晚，一辆偏斗摩托开进瓦塘镇机关的院子里，嘟嘟地叫唤几声，穆三丹挎一个小包出来了，很幸福地跨上偏斗，她不坐右侧的偏卧，就坐在摩托的主座上，坐在李志国的身后，手箍住李志国。

那个礼拜天，穆三丹去了哥哥家，结婚后她去哥嫂家的次数太少了，让幸福冲得连哥哥家都不想去了，她每天除了上班就是想起她的小家了。每天太阳往西一偏她就盼望着下班或者盼望着摩托的嘟嘟声，她的手已经拽住了小挎包的带子，挎包的颜色是一种浅粉，带子是一种紫色，远远看着就像一束长在地里的花。那挎包吊在穆三丹的臀部竟然成了一种饰物，美丽的女人提升了一件饰品的价值，把穆三丹的臀部衬得多了一种韵致。

穆三丹的忏悔是在深处的，是一种不动声色的忏悔，她知道自己的忏悔来自哪里，这种忏悔有时给她带来深夜的梦呓和惊悚，这可能也是她一丝丝厌倦瓦塘夜色的原因。那个夜晚穆三丹睡着了，夜归的李志国悄悄地伏了上去。穆三丹惶恐地挣了起来，看着伏在身上的是李志国时，她悻悻地埋怨，你怎么能这样呢？把我的胆都吓坏了，我怎么能和你一样体验感觉呢？

那个礼拜天就这样来了。一大早她就往哥嫂家去了，哥哥的家已经不是昔日狭窄的蓝砖楼，他们已有了自己的小独院，院子里都习惯地种着无花果，墙上搁几盆吊兰，好像成了文城的一种时尚。是嫂子先招呼三丹的，三丹，你还知道回这个家啊，你还能找着家里的门呀？穆三丹冬瓜一样的脸上染着笑意，她迎着嫂子，把两条大鲶鱼递到嫂子手里，嫂子把鱼放进墙边的小水池，鱼在水里愣了一刻，活泛起来，翘起小嘴咂巴着水。然后三丹攥住了嫂子的手，一副幸福得要倾吐的醉态，那些关于婚姻，关于家长里短的话题水一样地流淌出来。嫂子尽量地避开李志国的身世，但穆三丹好像不在乎。听着三丹的话语，嫂子说，你能这样我就满意了。

这天中午哥哥推掉了一场预约，嫂子做了鲶鱼两吃，他们还在饭桌上约好了，等过几天回山里一趟，山上正是最好看的时候，一起守爹娘几天，让爹娘欢喜欢喜。

穆三丹是四点多钟回家的，回那个紧傍城心湖的家，她想象着晚上还要和李志国一起去湖边散步，她仰头看了一眼天，好天，今夜的湖心里会落满星星的。

没想到一场考验已经降临了。在她漾着笑意接近拐弯时，忽然看见李志国正从院子里走出来，手里牵着一个小女孩，能看出来他和小女孩都很高兴。穆三丹往沿路边的冬青树后躲了起来，她看着李志国发动了那辆偏斗摩托，听见了她每天渴望的嘟嘟声，她想象着这个女孩是谁家的孩子，正当她要迎向李志国和女孩时，听见那个女孩很响亮地叫了一声“爸”。

穆三丹差一点就瘫倒在冬青树旁，摩托车已经跑出了她的视线。她马上想到了哥嫂，想到了中午还欢欢喜喜的一场鲶鱼宴。她强撑着站起来，她带着眼泪又回到了哥嫂家，她质问嫂子，你们是不是还有事瞒着我？该出现的事情还是出现了，她的哥嫂在慌里慌张的叹息中又是长长地舒出一口气。他们对这件事本来就没有打算瞒多久的，想瞒长久也是不可能的，他们知道迟早会有这样的一场爆发，他们低着头，和盘给妹妹托了底。他们说，妹妹，我们是反复衡量过的，权衡了又权衡的，李志国是结过婚，是有了一个女儿，但李志国的年龄并不算大，他才比你大四岁，而且他已经是局里的科长了。他家的条件挺好的，我们也是犹豫了很久才这样撮合的，你是我们的亲妹妹，我们真的觉得这没什么，好好地想想心理就会平衡了。

这天晚上李志国没有和她挽手去城心湖，她剑拔弩张地坐在沙发上。穆三丹逼视着李志国，颧骨被呼吸牵动着。李志国说，穆三丹，其实我没有必要瞒你。没有瞒我？真的没必要瞒你，我的情况你哥嫂都知道的，我没有想到哥嫂没有对你说。我还以为你不问是你的宽容，是你的默认。我的默认？对！李志国你是不是想得太简单了？你的离婚我原谅我忍了，可是，你竟然还有个女儿。

对，我有个女儿。李志国站了起来。我结过婚，就会有孩子，这很正常。但我的女儿跟着她妈，我有做父亲的义务和做父亲的责任，我想她的时候或者她想见我的时候我们有理由见面。李志国干脆把事情往明处捅，捅得一点朦胧也没有。

后来，李志国哭了。李志国说，起初，我想女儿的时候我见不到，见不着，她不让我见，她和我僵持，那时候这房子里就我一个人，我孤独的时候特别地想见我的女儿。有一天夜里，女儿跑过来，四岁的女儿在城市的夜里跑过来，她用小手着急地敲打我的门，她说她是趁妈妈睡着了跑过来的。我抱住女儿，天快明的时候她妈妈找过来。女儿说，你不答应我和爸爸见面我就不回去。从那一次以后我才正式有了见女儿的机会。

李志国的眼里汪着泪。后来，三丹说，要见你就见吧！她砰地关上卧室的门，呜呜的声音从门缝里往外挤，挤成一条丝丝缕缕的长线。

穆三丹呕吐了。

没有想到会来得这么早，连季节的跨度也省略了。那场风波才刚刚过去，他们才刚刚恢复了那种悠闲的湖边散步，接踵而来的就是这肚里的翻江倒海。这个早字不是穆三丹先感觉到的，最先被触动的是李志国。李志国是做过父亲的，几年前，前妻这样呕吐的时候他是懵懂的，随后就懂了，后来度过了那个呕吐期,他开始和挺着肚子的前妻在湖边散步,后来就有了他们的女儿,再后来他们三口之家分成两半。穆三丹的呕吐他听见了,他坐在沙发上,手里刚端起一杯水,一杯水刚到嘴角,茶叶刚被他嘘得趴到了杯底,水纹在他的面前摇晃着,在杯里打着旋儿。他没有喝下去,他的心里打了个嗝,他端着茶杯愣下来,听着从卫生间里传出的卡喉声。后来他把水端到卫生间里,穆三丹的脸憋红着,弯成弧线的腰正从120度的弧度轻缓地往上弓,她的头发被呕吐震动得乱成了一蓬柳枝。喝水。穆三丹闭了一下眼,从李志国的手里接过茶杯。她漱了漱口,说,不知道咋的忽然想吐了,忽然就这样难受。

李志国没接她的话茬,那是星期天的午后,他从餐厅里拿出几个水果,洗了,轻轻地放在一个盛水果的盘子里,这才对三丹说,三丹,你别动,躺下歇会儿吧!

后来,一天下午,他去了三丹哥哥的家,在哥哥家打麻将。大多的星期天都是这样的,穆三丹已经习惯了,有时候三丹也会跟着来。这天下午他本来不想来,他在外边转,在古城街,在湖边转,他的心有些烦有些乱,但最后他还是去了哥哥家。县城太小了,没有什么可转的,就又坐到了牌桌上。一下午他的手气都不好,嫂子和他开玩笑:今天怎么耷耷拉拉的,像一条病了的狗,来集资呀?李志国把一张牌扔了出去,那是一张“北风”,好像随手甩出的那张牌真的就带着一股寒气。

嫂子在县医院是医生,白皙的脸上架着眼镜,肘边放一块湿毛巾，打牌的时候随时在毛巾上擦一擦手，打两圈她就会站起来，把毛巾冲一冲。散场的时候在洗水池旁，李志国站着，等嫂子关住了哗哗的水龙头，对嫂子说，三丹吐了！

打掉吧！那是李志国经过反复考虑终于憋出的一句话。那句话在他的心里憋了几天，肚皮被撑得都胀了，他反复地咀嚼嫂子在医院说的话。那天在医院，嫂子带三丹做了检查，很郑重地对三丹说，你有了，有了！老二给你种上了。

穆三丹的脸红了。嫂子又拉住了李志国，老二，你们种的可真快啊，真不愧是有过种的经验。李志国说，嫂子，你这话是啥意思？

嫂子告诉李志国，穆三丹肚里的孩子不像才一个月，恐怕要有两个月或三个月了，再说，这也是妊娠反应的规律。

两个月？李志国回忆，那是绝对没有的事。那时候他们虽然已经来往了，但是没有那样的事儿，这是和他的谨慎有关的。穆三丹来看过一次房，在他的房间里喝过茶，他还递给她一杯可乐，甚至穆三丹实在憋不住了在卫生间里解决了一次轻松的问题，隔着门他听见了轻松的声音，但他真的没有动手，在穆三丹如厕时他有意离卫生间远一些。李志国对女人真的是比较慎重的，在他和前妻结束关系后他接触过几个女人，有离异的，有像三丹这样的，可李志国一次次打住了曾经涌动的念头。他拥住穆三丹一次，那是那天在城心湖，忽然起风了，风把三丹的衣裳掀起来，李志国就是这时候把手伸进去，把风掀起的衣裳摁下去，趁机环住了那葫芦一样的腰身，但实质的举动实在没有。

那天在医院检查后，他又去问过嫂子，问过别的医生，问了单位的一个女同事，问她们女人如果怀了孩子多长时间可以表现出来，比如妊娠，那种呕吐。问的结果使他对三丹肚里的孩子表示怀疑。在他对生活、对婚姻、对他和三丹的关系几经思考之后，他决定劝三丹打掉孩子。

他说，我不想做这孩子的爸爸。

为什么？

我不想。

这就是理由？

对！

我不想打呢？

那是你的想法，我的想法是打！

如果我不打？

没有如果。李志国非常固执，犟起来。

穆三丹一连在瓦塘住了五天。第六天的傍晚，就在三丹忐忑不安时，偏斗摩托嘟嘟地响了，这一次穆三丹没有坐在李志国的身后，她坐在偏侧的卧斗里。这几天，穆三丹一直在想着肚里的孩子，和刘心伍是不可能的，在记忆里每次都是有着防备的，她的枕头深处放着那种胶制品，即使在刘心伍喝多的时候她也会逼刘心伍用，想来想去她的呕吐和刘心伍无关。除此之外，除此之外，好像就更没有可能了。所以当那天晚上李志国又郑重地坐在她面前时，她说，我肚里的孩子不会是别人的，我不会去打！

事儿就这样僵持了。

六

两人的僵持秋天的雨一样绵长。他们在各自的心里对抗着，或者说进入一种暗自的较量，这个时期的城心湖边已经没有他们挽手的影子了，有时候他们坐在一起对望。李志国的心情很复杂，他心中的压力要比穆三丹大，李志国不想重蹈覆辙，一个离过婚的男人，他的心理难免会有一种障碍。有一次他拉过穆三丹的手，把另一只手扣上去，说话的声音像冒出的水蒸气，徐徐的，三丹，我求你，真的，我们刚结婚，你肚里的孩子来得太突然了，我们最好还是再缓缓吧。三丹，再说我们不是不要了，你听我一次，以后我都听你的……

穆三丹任他攥着自己的手，把她的手上攥出了汗，黏叽叽的。她先是沉默着，像是在反刍李志国的话。后来穆三丹说，志国，我想不明白，要了这个孩子，我们就失去幸福了吗？你怎么能这样处理这件事呢？对这件事你咋会这样想呢？李志国，这可是我一生中的第一次，我已经二十六岁了，我同学的孩子已经上小学了，就连你的女儿都已经那么乖了。穆三丹后半截的话委婉下来，李志国，你别求我，我求你吧，你再想想，我还是不愿意打，我还是想要这个孩子，真的，李志国。她伸出冒汗的手捂住李志国要张开的嘴，你不要说，不要马上回答我，把你要说的话先忍一忍。李志国挣脱了她的手，李志国说，那我只说一句，你再考虑考虑好吗？

穆三丹住在镇里的日子多了，她更多地沉浸在瓦塘的夜色里，她的心还没有真正喜欢瓦塘的夜晚，但她的身子已经不得不喜欢了。现在她恢复了在瓦塘的正常值班，她有点后悔婚后的日子里对档案室的冷落。湖边的那个小院落她还是要回的，只是偏斗摩托来瓦塘的嘟嘟声少了。她回到家就会看到一双抵触的目光，她知道那目光的意思就是她的肚里装的是一个异类。没有想到肚里的孩子就这样早早地来了，他们的裂痕和争吵似乎都怨肚里的那个小胎儿。她吃过晚饭喜欢在机关的院子里走一走，她的妊娠反应好像已经过了，她的腹部正被一个孩子的小胳膊小腿儿支起来。但每一次走到大街的时候她忽然就又踅回来了，大街上没有灯光，瓦塘的夜色显得过于凝重，几辆机动车驶滚过带起一片尘土。穆三丹不想再在瓦塘的大街上走，她又慢慢地转过身，镇政府院里的灯光让她感到一种温暖，稠密的法国梧桐把那些光亮切割了。

女人终归是喜欢倾诉的，女人终归也是女人的倾诉对象。这个晚上穆三丹敲开了介小丽的门，她忽然强烈地想和这个一墙之隔的同性聊聊，她已经觉得介小丽是容易接近的。介小丽有时候让人感到一种冷艳但又让人感到一种亲近。然而，这个晚上的聊天应该说是极其糟糕的，从一开始，她已经心不在焉了。她后悔真不该来敲介小丽的门，一进门她看见了口琴，看见了擦得锃亮的口琴就放在介小丽的床头，她想象着介小丽背靠床头微闭着眼睛专注地吹着口琴的样子。怎么说呢？她却在口琴旁看见了那个烟斗。事后想起来介小丽真是太粗心了，怎么能让一个男人的烟斗和你的口琴随便地往一块儿放呢？

是刘心伍的烟斗，那个烟斗是在特定的场合刘心伍才会用的。相同的烟斗穆三丹的哥哥也有一个，只不过哥哥的那个烟斗是米黄色的，而刘心伍的烟斗是一种透明的蓝色，蓝色的烟斗上雕着一枝兰花的叶茎，是宋代的一个画家画的一种兰花。穆三丹曾经闻过烟斗里的烟气，烟斗里散发出一种浓重的烟香，仿佛夏天的阳光下晒焦的青色烟叶。这一对烟斗是通过三丹的手送给刘心伍和她哥的，还是三丹在服装厂的时候，那一年刘心伍又通过关系给服装厂拉了几个客户，好处是自然有的。除此之外，厂长让穆三丹给她哥和刘心伍各捎去一个精致的烟斗。烟斗是从南方买回来的，有去焦油的功能。刘心伍只有在心静的时候才用烟斗，每一次去档案室刘心伍都会静静地叼上一阵。

因为这个发现，穆三丹很快离开了介小丽的房间。

一旦用心，很容易发现秘密的，几天后她发现那个烟斗又回到了刘心伍的手里。那是一次晚饭后，刘心伍独自坐在青枝绿叶的葡萄架下，那些烟雾正是通过烟斗漾出来的，漾出的烟雾慢悠悠地穿过枝叶然后融入瓦塘的云中。刘心伍叼着烟，很专注，有人和他打招呼也是叼着烟颔首,再轻轻地挥一挥手。穆三丹看见了,三丹知道这个家伙不是在思考问题就是在思考女人了。这一夜穆三丹有点怀恋,有点忐忑,她的门虚掩着,但她空等了一场,风也没有来撞一下她的门。

穆三丹一边骂介小丽是个妖精,又一边骂着刘心伍的肮脏。介小丽是多少人用过的啊,李大由不知道让她呻吟过多少回了,可是这个骚货却又在装什么高雅,竟然用口琴来遮挡自己的臊气。穆三丹坐在床边,她给刘心伍的老婆写信,信上说,嫂子,刘心伍在穿破鞋了……可最终她又把那封信撕碎了,信纸的碎屑在她的房间里飘浮。她忽然又笑起自己,真是傻,竟然在信中还称什么嫂子,真是幼稚,自己有资格给人家写信吗?她的心又软了,还是让刘心伍安生几天吧!

又一个夜晚,她本来是来堵刘心伍的,夜色沉重地落下来。她早早地站在通向介小丽房间的那个甬道边,甬道旁边的冬青树遮住了她的身影,她闻到了一缕烟气,她拽住了就要闪过眼前的衣裳。她本来是带着一些怨气的,可当刘心伍默然地走进她的房间,当档案室的铁柜发出隐隐的响声时,她看见刘心伍的手环过来,她满腹的怨气一下子坍了,她在这个男人的怀里竟然拖出的是一腔哭声,在哭声里向刘心伍诉说了一切。

刘心伍又掏出了那个小烟斗,将烟的海绵嘴去掉,再插进烟嘴。烟气在档案室里徜徉,一支烟将要吸完时,刘心伍说,拖!有规定的,怀孕期是不好离的。

一个字把她心头的堵解决了。然后，刘心伍拉过她的手，对她说，对不起，我太忙了，有些事你不懂，你不要往心里去。

七

穆三丹最终还是离了。柔软又坚硬的李志国被拖得筋疲力尽，还是等到穆三丹生了。李志国坚硬地抵触她肚里的孩子使穆三丹尝到了一种悲凉，她对婚姻生活的向往和依托彻底地坍塌了，即使面对李志国时，她有一种内疚，但那种内疚远远抵不过李志国给予她的这种悲凉。穆三丹说，我把孩子生下来就是证明这孩子不是别人的，我们可以去做鉴定。李志国不想把这事儿弄得沸沸扬扬，不想去做什么鉴定，太浪费精力也怕最后的尴尬。在僵持的过程中，穆三丹不知从哪儿来的劲头，她从县妇联弄来了一大堆的资料，甚至在妇联进行了悲痛的诉说，说有一次李志国喝酒后虐待她，专照她的肚子打，打得她差一点就流掉了孩子。这样的拉扯和诉说终于使李志国屈服了，然而，这也使他对第二次婚姻曾经抱着的一丝希望彻底破灭了。他求三丹，你就不要这样闹不要诉说了，我承认我对你的虐待，我错了。穆三丹把从妇联从民政局弄来的资料呼啦啦摊到李志国的面前。三丹说，李志国，你好好看吧！你学习学习，你的法律知识也该提高了。在我怀孕期间你慢待我、虐待我，是对我权益的一种损害，是对孩子的一种损害，以前我不懂，我也是从这堆资料里学懂的，像你这样的素质还能当什么科长。

穆三丹最后的胜利是获得了一笔抚养金，那是给孩子的，最开始就拒绝要孩子的李志国当然不会要这个孩子。最后的穆三丹其实是狼狈的：当她抱着儿子从湖滨街出来时，她的后背上一阵冰凉，孩子的名字也是这一刻诞生的——穆寒。穆三丹抱着孩子走了好长的时间，她感觉到这一条街好漫长。她仰着头走过湖滨街，走过古城街，最后她走到哥嫂家，嫂子从她怀里接过孩子，说，我和你哥正准备去接你呢。三丹憋了一路的哭声终于奔流而出。

几天后穆三丹回柿子岭了，她暂时忘记了档案室，忘记了瓦塘。和她一样，这个孩子一生下来就开始闻大山的气息，听大山里的鸟叫，听那些牛羊的叫叫声。不同的是他的父亲是一个城里人，她到底还是在城市里把孩子生了，这是她将来可以告诉小孩的，告诉他，他的出生地，告诉他他的父亲最先的抛弃和拒绝。她将来会拿着一纸证明让李志国看看，这小孩就是他李志国的。

柿子岭迎接了她，满山的柿子正红着。远远地她就听到了大山的声音，远远就听见了柿子岭圪圪坳坳里牛羊的回音，山尖上的小草被秋风掀动着，小草在山风中倔强地挺直着它的身子。她俯首看一眼怀里的孩子，孩子没有睡，静静地睁着没有一丝尘埃的眼睛，当她听见头顶一阵唰啦的声音时，她抬起头看见一群掠过山尖的小鸟。

山崖口站着她的母亲。

半年后,穆三丹只身回了瓦塘。又是一年的夏天了。

她把儿子交给老娘抚养了。她在临走时给家里买了一大堆的奶粉、白糖。她把儿子抱在怀里,然后俯下头可劲地亲吻,在儿子脸上亲满了一道道的泪痕。然后她怀抱着孩子扑通给老娘跪下了,那一跪把儿子都震得睁圆了眼睛,娘,这小孩就交给您老了,权当他是您的老生儿子吧。

回到镇里那天,她没有看见刘心伍,刘心伍正带着一班人马驻扎在青塘村,以青塘为轴心的两万亩高效农田区正在紧锣密鼓地开发建设。在两万亩农田里要打成一批新机井,修起几万米的硬化渠,植十万株小杨树,高效农田区的标准就是田成方,树成行,旱能浇,涝能排,灌排自如,用时髦的话叫旅游农业或者观光农业。工程的上级单位是开发委,两万亩开发建设的下拨贷款资金是三百五十万元,而且贷款是贴息的。

刘心伍真正气派和潇洒的日子是这个时候。他把工程指挥部设在了青塘村外一个破产的企业里,大门口挂上了工程指挥部的大牌子,他和工程人员驻扎的房子分别挂上了各种类别的小标牌。他每天都要到各个工程段上去,他的精气神儿盛得满满的,他的身后是由县电业局、水利局、农技站、农机所组成的庞大技术队伍,他们的责任就是督促工程进度,给工程挑毛病,对合格的工程段开具验收证明。还有两支督查小组是由相关村庄的农民代表组成的。

刘心伍在工程指挥部的位置上干得很有气势,但在工程整体即将竣工时他被举报了。那一天他正在工地上转悠，一座过水涵洞就要封顶，他又满意地拿出了那个透明的小烟斗，把一支烟插进嘴里，烟气悠然地从烟嘴里蹿出来。就是在这时候听到了消息，一支烟刚抽完，他手握烟斗望着天，吐出一口比烟气还稠的气。

刘心伍不知道到底是谁举报的，审计局和纪检委联合组成的调查组马上就驻到了镇里。刘心伍这才幡然醒悟了，在工程施工中他把整个劲头都用在工程进度和质量上，而恰恰忘记了重要的一项，就是对工程用款的严格把关，会计是乡里委派的，他对会计太信任了，而在进工地之前，尤其是他刚到瓦塘时这个会计是连他的办公室都很少沾的。据说，李志国本来也是调查组的成员，但后来回避了。问题恰恰就出在了会计的身上，或者说出在财务上。调查组在几个昼夜的查核后，发现工程款中有三十多万的漏洞。刘心伍被停职了，会计被停职候审，问题在进一步核实中。瓦塘镇都知道刘心伍不服，他写了洋洋洒洒的申诉书，请求对问题进一步调查，对自己的问题进一步核实。

瓦塘镇的夜色在穆三丹的心里显得越发凝重，凝重成一缕掰都掰不开的雾团，一个沉重的疙瘩。刘心伍卸职反省在家的那段时间，穆三丹进城去看了刘心伍。刘心伍把窗帘围得严严的，他好像害怕阳光从窗口挤进来，他的大身板有时候在屋子里瞎转悠，百无聊赖地等待最后审核的结果。三丹去时，刘心伍正在家里看录像，他的眼前扔满了形形色色的录像带。

看见穆三丹时他孤寂地叼着一支烟,烟斗撂在沙发的角落里。电视屏幕上是一部古代文人的调情戏,刘心伍正借着屏幕调节自己的情绪。他打开门,在三丹进来后又把目光挪到屏幕上,后来他从后边把她环住了,在电视的嘈杂声中和穆三丹扭在了一起。

窗外落下了这个夏天最大的一场白汤雨。

八

一天夜里,穆三丹去了那架葡萄下,又稠又密的葡萄坠得葡萄架要支撑不住了,瓦塘的夜色被葡萄的枝叶遮蔽得更加浓重。三丹蓦然想到了爷爷在世时家里那瘫痪的葡萄架,那年的葡萄也是这样的稠密,一串串葡萄像一座座小山头。穆三丹忽然伸出双手把一串串葡萄往地下摔,往脚下扯。后来她干脆从屋里拿出了自己的大剪刀,搬来了椅子,她站在椅子上把一串串葡萄剪下来,嚓的一声,一串葡萄砰地掉在地上。嚓嚓嚓,砰砰砰。葡萄藤慢慢地升高了,一寸一寸地向高处升,葡萄叶又快乐地扇动起来,葡萄架吱吱的挣扎声没有了。

她是握着剪刀进介小丽房间的,介小丽惊恐地看着她,看着她手里的剪刀,刀尖上沾着葡萄的汁液,像一摊鲜血。穆三丹停下喘息说,我去剪了那些葡萄,不然那葡萄架就要塌了。然后穆三丹说,介小丽,我想听你吹口琴!

介小丽摇摇头。

穆三丹口无遮拦，介小丽，你在半夜的时候吹口琴我能听见的，你在半夜里吹，我也是知道的。介小丽哀哀地瞅着穆三丹，她的手里握着口琴。穆三丹，我告诉你，我就是要吹口琴，我离不开这把破口琴，每一次我被人压了就要吹口琴，不吹口琴我的心里憋得慌，我就闷得要死。我在乡里已经干了八年了，从第一任有人找我开始，后来的镇长或者什么的就径直找我了，好像这也是一种权力的交接。穆三丹，我连死都想过，想过用你手里的这种剪刀，干一件惊天动地的事情，然后就了结了。也想到过离开瓦塘，瓦塘的夜太沉了，沉得我走不出去，穆三丹，你是女人，你对我是应该理解的！

穆三丹说，有些事情真可怕。

介小丽说，不用怕，能躲开的时候躲开就行。

穆三丹握住介小丽的手，她手里的剪刀落在地上，她又搂着介小丽的肩头，说，小丽，我再也不想听你吹口琴了。

刘心伍还在等待处理的结果，会计已经到一个地方待着去了，但他肯定回不了瓦塘了，瓦塘镇又来了一个代镇长。有一天，三丹又站在葡萄架下，她想刘心伍也许应该感谢她的剪刀，在这年的秋天她和介小丽搬到一个屋里住了。

穆三丹又去相亲了，她骑着车去往相亲的路上，还是哥嫂操的心，对象是嫂子娘家村的。她不知道这一次会不会是一次成功的婚姻，她在路上的时候叮咛自己：忘记刘心伍，告诉对方，自己有个孩子！

路是正在修的一段柏油路，路上的石渣摁着她的自行车咯咯嘣嘣响，震得她的屁股有些疼。她扬着头，路两边是叶子哗哗作响的杨树，几只喜鹊在前头的树上喳喳叫了几声。她挥挥手，高大的身架使劲地蹬着自行车向她要去的方向走……

遍地青麻

一

彭小莲钻进麻地的那个傍晚，我忽然看见了麻雀在飞翔，潮水一样的麻雀把大片的麻地遮住了。我站在青麻地外的一棵杨树下，看着彭小莲又小又圆的屁股，被无边的青麻淹没，想象着等在麻地里的哥哥，可能发生的事情让我害怕。

多年以后，我经常回忆那天的情形，回忆彭小莲蘑菇一样的小屁股和蒲草一样妖娆的腰身钻进麻地的情形，甚至听见彭小莲在麻地的叫喊。在她的喊叫中我又看见了大片的麻雀，在整个青麻地像海潮一样涌动，我的心在杨树下痉挛。我不敢想象失去理智的哥哥会怎样对彭小莲下手，我只知道哥哥那几天是多么痛恨彭小莲的哥哥彭小柱。哥哥的一切做法都在情理之中。

青麻地中间有一大片的坟地，坟地上长着一抱粗的柳树，柳树的枝杈蓬蓬勃勃、旺盛无比。但我找不到柳树，青麻和柳树一样高，而且是同样的颜色。我只能傻傻地站在麻地外，瞅着墨绿或者碧绿的一片青麻，耳朵一直听着麻地里的动静。青麻铺满了我的村庄——瓦塘。我看着青麻叶子的悠动和麻地上空飞动的小鸟，不知道天空正集聚着千军万马的乌云。小鸟蓦然间恐慌起来，然后是骤然而至的旋风，整个麻地开始疯狂地摇荡。我身边的杨树像是要被连根拔起，咯咯吱吱地扯动，粗壮的根部裂出张牙舞爪的裂缝。哥哥和彭小莲被卷出麻地，本来几乎盖住了一片麻地的麻雀被刮得无影无踪，那棵大杨树的枝杈像鸟儿吹落的羽毛，漫天飞翔。

那个傍晚，大风狂乱之后的大地复归平静，青麻地进入黄昏。

接下来是我家的几棵大榆树被伐，树撂倒时树叶可怜地四处飞扬。你们不知道我家的榆树长得多么挺拔，简直是遮天蔽日。因为榆树，我家有好多好多的小鸟，它们一群群地聚集在榆树上，在榆树的上空盘旋。最可爱的是灰色的斑鸠，它们天天在我家的唱歌，三只小鸟一台戏，那些成群的小鸟叫得多么动听，我和哥哥是多么喜欢树、喜欢小鸟、喜欢斑鸠的叫声。三棵，本来决定锯倒的五棵最后留下了两棵。我现在还记得在我家锯树的那几个人，他们歪着头，绷着脸，摇晃着身体，抽动锯条，那些白色的树沫，就是榆树浓稠的血液。呼呼啦啦，大树被他们锯倒，一片狼藉，树上的鸟窝碎成一摊碎屑。我家的院子变得格外空旷，好像掠走了我们的半壁江山，我担心没有了榆树，天会从那个地方塌下来，带给我们更多的灾难。谢天谢地，总算有两棵被保住了，就是说被吓跑的斑鸠还有可能飞回到我们家的院子，在树上做窝。后来我才知道，这两棵榆树能够幸存应该感谢彭小莲。

胆小的父亲搀着孱弱的母亲走出屋门。母亲颤颤巍巍，瞅着摇晃的榆树，说，你们行行好，积一点德，留一点情面吧，我家的榆树没惹你们，给我们俩留下两棵做棺材的木头吧。母亲弯下腰，在树枝间捡起两颗鸟蛋，仰起头，寻找着盘旋后飞远的鸟儿。

从麻地里出来的哥哥径直离开了瓦塘。

关于哥哥离开瓦塘前，曾经守在玉米地里看几只斑鸠惊恐地飞远，多年以后我才知道。他在玉米地的深处捂着胸口，那几只受惊的斑鸠掠过玉米地时，在他的头顶上逗留，透过玉米的间隙和哥哥对望。他把头低下去，他的声音里充满了愧疚，斑鸠，我对不起你们，我要走了，我不能让你们和我一块儿流浪。他离开瓦塘的心已经硬得像一块石头。他在玉米地里躺了一夜，想在玉米地深处点几缕黑烟，把一片玉米变成一片灰烬，为他离开瓦塘留个纪念。可玉米地铺展了太厚的潮气，他曾经打算等到第二天的中午，在烈日当空的时候放一把大火，可老天跟他做对，第二天一直是个阴天。

哥哥心有不甘地踏上了流浪的路途。

现在我告诉你们，哥哥离开瓦塘是因为几穗玉米。

多年以后，我哥还在回想那天玉米的香气，哥哥在流浪的路上其实无数次地想回到瓦塘，少年的眼里充满了留恋和流浪的迷惘。真是扯淡，那一天，玉米的香气一直往他的鼻子里钻，像蛇一样扭动，坐在教室窗边的哥哥胃部被玉米的馨香搅得生疼，小肚子拧绳一样痉挛，甚至有涎水滑过舌尖，一闭眼就有光着身子的玉米晃在他的眼前。哥哥在放学后迫不及待地拉着我，扎进村外无边无际的玉米大地，深秋的玉米浩瀚得像一片绿色的大海，大地显得深沉不再寂寞，如果是在一个有风的天，玉米地呼呼的响声像水一样流淌。跟着哥哥蹚进玉米地，我听见满是麻雀在头顶上飞的声音，我不知道我们瓦塘为什么有那样多的麻雀，直到现在，瓦塘大片的青麻地里还到处都是麻雀扇动的翅膀。那个傍晚越来越暗的日光在青纱帐间荡起一层淡薄的岚气，哥哥瘦长的身体在玉米间疯狂穿梭。他流着眼泪掰开了两穗接近金黄的玉米，玉米的嫩粒散发着无比诱人的香气，勾住了我们的胃，我们几乎几秒钟就把两穗玉米吞进了肚里。哥说，吃吧，老二，这些玉米就是让我们来解馋的，它们一直去教室叫我，一直在逼我过来。他娘的，老二，你就吃吧！吃他娘个过瘾。后来哥说，不行，我们得再烧几棒玉米，烧玉米才是世界上最好吃的，比狗肉还香。我们在玉米地里捡拾可以点着的东西，干草或者风干的麦茬。我见证了哥哥离开家前的那一缕蓝烟，曲曲弯弯的像一个娘们儿的细腰，袅袅绕绕地钻出玉米地的缝隙，浪浪地绕上半空。吃完了比肉还香的玉米，我们在玉米地里打嗝。哥说，老二，你先回家吧！我还想在玉米地里再坐会儿。我不知道哥哥已经有了偷玉米的念头，离开玉米地时我扭过头看那些蓝烟已经融进了头顶的薄暮，又一轮日头燃尽了它的余晖，玉米的枝叶间缠绕着残余的蓝烟，细细的蓝烟恋恋不舍地在青纱与天际的缝隙间缭绕。可是哥哥又把我拽了回去，哥哥说，你的嘴太黑了，像老鸹的嘴，你这样回家不行。我转身找着洗脸的东西，地里有一口井，可我们迷失了方向，再说井很深，即使找到也无法取水。哥哥问我憋尿没有，盯着我的裆，看着我裆里的小鸟，我的小鸟已经被尿憋得翘了起来，像一截钢棍。这才想起我都憋得肚子疼了，刚才光记着吃都忘了尿了。我扒下裤子，我的尿小水泵一样地喷涌，在玉米地溅起纷纷扬扬的白点，打在玉米叶上啪啪作响，像下了一场小雨。哥哥让我用自己的尿洗脸，他抓住了我的小鸟，说你尿得慢一点。我把尿抹在脸上，嘴上的一圈黑被又咸又烫的尿冲跑。哥哥弯着腰接我最后的一把尿，先用鼻子闻闻，然后往他的脸上抹，我惊讶地看着哥哥用我的尿洗脸，那一刻，我不知道那已是哥哥在瓦塘最后的日子了。

那天晚上哥哥被关了禁闭。

抓住我哥的是队长彭小柱，彭小莲的哥哥。彭小柱从我哥的腰里、裤腿里搜出了八棒玉米。彭小柱向人描述过他抓住我哥的过程，他得意地对人吹嘘说这小子往玉米地跑时他就开始盯梢了。他眯着一双老鼠眼，瞧着我哥，哥哥的腰和腿一下子瘪了下去。他说，小鸡巴孩儿，知道这不是你家的玉米不能偷吗？还有一个过程他在描述中省略了，我哥的腿一下子软了，哥哥的眼里顷刻间涌满了泪水，浑身筛糠般抖动，绝望地仰望着越来越瘦的夕阳，他的舌头舔着干裂的嘴唇又用牙咬住。他后来把头别过来，对着彭小柱说，叔，小柱叔，我不是偷，我实在是饿得受不了了，肚里咕咕得都让我听不见老师讲课了；我弄了几棒玉米，我想回家再吃一顿，让我妈也吃一次饱饭，你看我妈都瘦成皮包骨了，我妈还要干那么多的活儿，还有我弟老是嚷饿。哥哥扑通跪了，他说，我一定不会做坏孩子，我一定改，玉米我不要了，我再安到玉米棵上去吧。叔你饶了我，就这一次。哥哥低着头，眼里是野风中草叶的晃动。

彭小柱没有饶了我哥。

他让我哥脱下汗衫包住棒子往大队走。

直到现在，我还记得那天晚上，瓦塘的大喇叭让村里人知道了一个十五岁的少年成了小偷。我坐在房顶上，听喇叭里一遍又一遍地念着哥哥的名字，哥哥真的是一下子名声远扬，哥哥真正懂得羞耻就是从狗日的大喇叭开始的。被关在大队东屋的哥哥听见的是群蛇在天空的狂舞，然后又无情地钻进他的耳朵，后来疯狂地缠住他的脖子，让他喘气都十分困难。哥哥在迷蒙中看见肚里的玉米变成蛇在里面蠕动，折腾得他浑身伤痛。哥哥使劲地捂住耳朵，可是那些蛇的缠绕根本是捂不住的。他声嘶力竭地拍着屋门，狼一样地号叫，别钻了，我的耳朵全被钻成窟窿了。接着院子里充满了哥哥呜呜的哭声。

哥哥结束禁闭是在三天后的一个傍晚。

瓦塘村万人空巷,站在路边的人都成了长脖子的鸭子。蓬头垢面的少年仰着头,出神地瞅着头顶的两只斑鸠,我家榆树上的两只斑鸠来迎他回家,在他的头顶上咕咕地叫,叫声中透着凄凉。走到十字路口,哥哥顿下来,他挤出了一条人缝,看见了贴在墙上的他写的检讨,哥哥就是在这张检讨和村里的大喇叭的推波助澜下,在他十五岁这年的秋天经受了有生以来的第一次狼狈。走在路上的哥哥没有掉半星眼泪,当他看见几天没回的家时,泪水才终于冲破了堤坝,他一头栽进院里的草垛,我们听见了驴一样的叫嚣,看见了草垛的颤抖,一片又一片草叶在天空中飞舞。后来的这个晚上,我和哥哥抱住了院里的五棵榆树,一棵一棵地抱,我们仰着泪脸,一棵一棵地瞧着树冠,大榆树就要被受罚锯走了,这是换回哥哥自由的条件,是大队对我家的处罚。这五棵榆树是多么挺拔,差不多是我们家的全部财产。我们是多么喜欢它们,多么喜欢树上的麻雀和斑鸠,喜欢穿过树缝的阳光,喜欢让我们充饥的榆钱,没有它们,我们将来会多么寂寞。我搂着榆树,我的手短,我只能抱着树的半拉身子,我学着哥哥说,你们要是能先藏起来多好啊。

后来哥哥揪住我的肩头,叫我去找彭小莲。彭小莲是队长彭小柱的妹妹,和哥哥一样十五岁,乳房已经开始挺拔。

就有了我在开头回忆的一幕。

我哥在和彭小莲经历了青麻地后，一头扎进了村外的玉米地，他的义无反顾使他青麻地的行为成为我一直以来想知道的一个谜。在天色临明时，哥又恋恋不舍地回了村庄，他把整个村庄的大小街道都转了，转到彭小柱的家时他的眼里喷射出一种毒药，如果彭小柱相信他的哀求，他就不会在十五岁的秋天经历一场耻辱。在他离开彭小柱家时，他骂了一句我们那个地方通常惯用的一种恶毒的语言，大家×的彭小柱。他对着彭小柱的家尿了一泡。他往前走，又仄回身，掏出小鸟对准了彭小柱家，狠狠地，声音低促，我日恁妈，彭小柱。他走了几步，又拐回来，他最后在彭小柱家的墙上刻下了一行字：狗娘养的彭小柱！哥哥最后离开村庄时在我家的迎北墙上也刻下一行小字，是老师教他练的楷体，字写得横平竖直：1975 年某月某日。他离开村里的最后壮举是把村里的喇叭线割了。

而且他凶狠地骂，骂的是大喇叭。

二

马市街的铁器坊是多年以后的事。

哥哥在离开瓦塘几天后的一个深夜，在莲花镇见到了满脸疙瘩的老铁匠。隐隐之中，哥哥餐风饮露一直在朝着莲花镇的方向走，那一天有风，风一直簇拥着他的后背，追着他的脚步，在快到青塘时他竟然把几天的疲惫忘得一干二净。他心里知道离莲花镇越近离瓦塘就越远了。他的身后一直有一只小鸟在叫，在叫着莲花莲花！小鸟的叫声和秋天的风在拥着他的脚步，当小鸟飞到他的前头时，莲花镇已经近在眼前了。那是一个深夜，其实，夜鸟已经不叫了，当他的脚步停下来时，他先是闻见了一种生铁的腥气，那种类似于连绵的大雨后泥土上苔藓的腥气或者鱼草一样的腥气。接着他看见了炉光，星星点点在夜色里孤独地闪动，那把孤独的锤在夜色里沉闷单调地响着，孤独的身影在火光中弯成一根丝瓜。幽静的小镇好像睡着了。哥哥的身子一阵颤抖，那种味道一下子把他抓住了，让他至今记忆犹新。他搂住了铁匠棚的柱子，棚顶上的树叶哗啦撒下一片，炉子里蹿出一团火光。锤声停了，老铁匠扭过脸，装满铁星的眼使劲盯住了浑身筛糠般抖动的孩子。但我哥从他的眼里嗅出了一种亲切，那种亲切一下子就抓住了他的心，像一根救命的稻草。哥哥对自己说，不再走了，不再走了！好像这就是他生命中的一个驿站，他生命的缰绳被一根柱子绊住了，拴紧了。好像眼前的这个老人一直在等待他的到来。终于，他听见老人说，孩子，是来给我抡锤的吗？哥哥扑通给老铁匠跪下了，他的膝下是蹄窝一样的两个深坑。接着我哥竟然搂着老铁匠呜呜地恸哭了一场。他的打铁生涯就这样开始了。

当我后来偶然读到一篇《张铁匠的罗曼史》的小说，我遐想着哥哥在流浪打铁的路上，是不是也该有过类似张铁匠一样的罗曼故事。

三

1984 年或者 1985 年,哥哥那时 22 岁或者 23 岁。

哥哥在那一年结束了他的流浪生活,和风烛残年的老铁匠回到了文城郊外的旷远村。在旷远村的第一个夜晚,哥哥在村外亮出了那把锋利的小刀,刀锋掠过哥哥的胡子,地面上即刻竖起一排整齐的胡茬,胡须被刀锋牵动沙沙作响,刀面上呈现一片黑色的倒影。这是哥哥在流浪途中锻打的一把小刀,每一年哥哥都将这把刀再一次淬火,哥哥不止在一个夜晚瞄准村外的杨树或者榆树,而刀刃卷过的地方都隐约地刻着瓦塘。如果要寻找他和老铁匠走过的路线,只需要去寻找村外是否有留下刀疤的大树。

瓦塘村外的那棵老杨树上落满了刀痕。

其实,我哥每年的秋季都回一次瓦塘,在青麻生长的旺季。我们的村庄——瓦塘一直都种着青麻,秋天的青麻浩浩荡荡,成为村庄的一项经济来源。少年出走的哥哥不止一次,心情复杂地站在青麻地外的某一个角落,静静地看着远处或眼前的青麻。哥哥从袖筒里慢慢地抽出那把小刀,他半眯着眼,注视着晃过刀锋的青麻的夜影,太美了,青麻的影子像一杆杆晃动的小旗。而后,我哥在夜色里蹚进青麻的深处,他的手举起来,用刀拨拉着壮实的青麻,听着青麻的波动,好像青麻的深处就是一片大海的中心，一汪海一样的深潭，瓦塘的夜色里因此有了另一种光线的影子。哥哥拨动着青麻，蹚在青麻地里，那些笔挺粗壮的青麻，一根根从他的身前晃过，又晃动在他的身后。他漫无目的地走，鬼使神差，常常会走到有房家坟地的青麻地里。他将脚步停下，看着透过青麻地的夜空，一缕缕夜风刺溜溜地在麻地里蹿过。哥哥在青麻地，像野猪一样地吼叫几声，栖落在叶上的小鸟被他的吼声惊飞，他甩出小刀扑哧哧劈断一片青麻，扑通一声沉重地把身体撂下，闭着眼，小刀就放在他的胸口。这时候他的眼前晃动的是彭小柱、彭小莲。哥哥手里的那把刀几次想去找彭小柱，几乎每次回来哥哥都带着一种复仇的欲望，可是他的脑海里又同时晃动着彭小莲的脸蛋和她那又圆又鼓的屁股，或许还有彭小莲的胴体。从青麻地出来，哥哥再次奔向那棵村外的老杨树，在杨树上留下几洞刀痕。

一个夜晚，他先是站在彭小莲家门前，他仰起头看着头顶上玉米粒一样的星星，他静静地站着。夜深了，除了扑嗒的树叶声、狗吠，瓦塘村沉睡得几近麻木。他倚着彭小莲家门前的一个柴火垛，手里攥着小刀，刀锋上粘满的是一群星光。他的身上拱满了柴火的酸气。然后他去了青麻地，在青麻地他闻见了一个女人的气息。看见的先是又圆又鼓的屁股，可是那屁股已经往上蹿了一截，离她的鞋跟越来越远了。小莲一直沉默着，在他的眼前像一桩沉默的树影，她的头发被夜风撩动着。后来夜风刮过来她的声音，告诉你，瓦塘村永远都会种着青麻！现在，将来，都会种上青麻！还想让我进青麻地吗？我永远会在麻地等你。那个又圆又鼓的影子，越来越凸出的胸部，头发被风拂动着，像一个英雄。

哥哥在那一刻真想再把她夹进青麻地里。他的身体忽然涌出一股潮水。那把刀救了他，他用刀尖在腿上剜了一下，他第一次自己试了试刀的锋利。就在他哎哟一声时，影子说，将来的瓦塘全都是青麻，我就在青麻地等你！

他伸开淌满鲜血的双手，眼前一片空渺。

他蹚进青麻地，在青麻地大喊，像一头疯狼。

那一年，全国人民的思想都开始打开了禁锢，文城也蠢蠢欲动，到处漾动着开放的气息，空气里都飘动着放开脚步的味道，哗啦啦的广告标语挂满了电线杆和树梢，各种小广告已经贴满了男女厕所。他们知道开放就是敢干，再缩手缩脚就够不着钱了，钱都被人家摘走了，钱就像个果园，谁进去得早，谁摘取的果子就可能多。就是那一年，马市街已经夜不闭户，现在已经混出名堂，甚至成为省级名吃的“卢记牛肉”“买记烧鸡”都是那几年打下的品牌。“惠园春”面馆的经理当时就是满脸疙瘩的半老徐娘，现在“惠园春”已经盖起三层气派的小楼，当年的半老徐娘现在天天涂脂抹粉，远远看去不过是刚过而立之年的少妇。一天清晨，哥哥带着一大筐铁器离开旷远村，站在了马市街的一个角落，忐忑地望着小城上空的一轮红日，疑惑地看着马市街半空中那些广告条幅的飘动。哥哥不再和老铁匠南来北往地漫游，老铁匠已经年迈，只能扎下固定的铺子里了。哥哥已是一个成熟的铁匠，铁匠铺鸟枪换炮，古老的大锤小锤变成了有节奏的气锤，老铁匠只需要坐镇指挥，用一双老辣的眼神审视哥哥手下的成品。哥哥手下出炉的是一件件精致的铁器。

一天，哥哥神色俨然地站在文城的马市街。

我哥这时候已经是方盘大脸，脸膛上沾满铁红，手指长而粗壮，长长的睫毛支开两片眼睑，高耸的鼻梁透出一个铁匠的彪悍。他把手插在裤兜里，神色俨然地审视着马市街，自行车不断地从他的身边穿过，过多的行人使马市街显得狭窄。哥哥的脚下是他带来的一筐铁器，门环、门搭、铁链等等。他多年流浪的目光有些陌生，脚下的铁器被过往的车辆震动，发出当当啷啷的回音，像来自夜间的琴声。他闭上眼，似乎是在倾听火车哐哐啷啷地轧过铁轨。在等待中，他陌生的目光有些恍惚地审视着街上的人流。这是一个秋天，身上的衣裳已经开始加厚，偶尔还能看到一些穿裙子露腿的女人。马市街曲曲弯弯地托举着一个城市的繁华。老实说，他有点怯懦，这么多年，他和师傅南来北往地行走在乡间，习惯了乡间的风雨和乡村夜晚的寂静，听惯了小鸟的啁啾，马市街的热闹让他有些生疏。他后来把铁器往显眼的地方挪了挪，再后来他又挪了挪，就这样一点点往显眼的地方挪。他渴望把这些铁器卖出去。快到中午的时候，他终于等上了一个买主，那个人把自行车支在了他的眼前，发出一声尖叫，哎呀！我终于找到门环，终于找到门鼻、门搭了。然后他蹲下身，一边念叨，这门环还真是细致，还真是结实耐看啊。那个人几乎买走了他三分之二的铁器，自行车都要驮弯了。后来哥哥把几件铁器掂在手上，铁器在哥哥的手掌间响声脆亮，仿佛那个人给他带了个好头，他带来的铁器很快卖完了。头顶的红日正悬在一座楼尖。

这天中午，哥哥顺着马市街找到了北头的老戏院，在老戏院的对门吃了五根油条，喝了两碗胡辣汤。抹拉了嘴后他站起来，从马市街的北头往南头走，又从东头往西头走，他一连走了五个来回，他肚里的油条差不多快消化光了。最后，哥哥在马市街南头狠狠地跺脚、放屁，这一脚跺出了一个后来的铁器坊。半个月后，哥哥的铁器坊在马市街开张了。

从此，哥哥夜里在旷远村锻打铁器，白天守在马市街的铁器坊里。他打了一个铁架子，每天打开坊门，把铁架子放在门口，把一件件铁器的样品挂在铁架上。然后是铁器被顾客一件件地挑走。傍晚，哥哥回到旷远村，向满脸沧桑的老铁匠汇报一天的经营状况。老铁匠坐在藤椅上，像一座古铜色的雕像，茶几上搁着两只透明的酒杯，哥哥每天固定地和老铁匠对饮几杯，这是他们在流浪打铁的路上养成的习惯。

哥哥不知道那些铁器将成全他后来荣归瓦塘的梦想。

四

彭小莲骑了一辆“永久”或者“飞鸽”去马市街。她脑袋后翘着马尾辫，穿一身当时流行的蓝色干部服，自行车的大梁上吊着绿色的行李袋，刘海粘在泛光的额头上，汗珠干净得宛如刚刚落在额上的雨珠，从刘海的间隙透出一种油光。一进马市街，她开始推着车走，但前轮还是几次擦着人家的裤腿。她不是怕找不到哥哥的铁器坊，她的心里开始有一种跳动，她甚至不想马上找到铁器坊。但她很快就听见了铁器在风中的响声，叮叮当，叮叮当，慢慢悠悠地响着，像坐怀不乱的男人，像一挂七色悠扬的风铃。当铁器被风撞在一起时，响声乱起来，这时候又像一群马乱了脚步。她扶着车，竟然那么容易就看到了站在铁器坊里的哥哥。这真的太简单了，马市街原来没有那么复杂，只不过是一条比瓦塘热闹的街道，多了一些人，多了一些嘈杂，多了一些凌乱。她忽然觉得哥哥陌生起来，心里甚至打了一个格颤，怀疑铁器坊门前的哥哥是不是就是青麻地里的那个男孩。不，他已经是一个男人了，脸上镀着铜红，肌肉变得粗壮，头发浓密而且乌黑，盖住了耳朵，一绺长发耷到眉毛上，哥哥的下颌结上了毛糙的黑草。那一刻，彭小莲的心顿时有些慌乱，想从心里探出一双手抓住眼前的这个男孩。不，这个男人。他的身上、脸上，包括浓密的黑发、粗糙的胡须都已经把一个男孩衬托得成熟了，而且这个多年来一直在流浪途中的男孩，天天打铁的男孩已经不再那样简单、那样柔软、那样脆弱了。彭小莲沉浸着，她已经忘记了自己，忘记了脚下的马市街，尽管马市街依然像农村的庙会一样喧嚣。她的脑海里后来蹦出的是一地的青麻，一地的鸟鸣，那种灰色的麻雀的叫声。她每年都渴望的秋天那大片的青麻，那种青麻和着田野的风声、和着田野的鸟叫形成一种天籁，宁静又肆意地扩展着。每年秋天的夜晚，她都似乎能听见一个少年，嗒嗒而来的脚步声。其实，彭小莲的成长是从青麻地开始的。那天在青麻地里她胆怯地看着哥哥的眼，听着哥哥的咬牙声，而后是她的颤抖，她听见了伴着青麻的摩擦声，一个少年的心跳，哥哥凄厉又压抑的大喊。再接着就是一场可怕的飓风，从来没见过的大风，山呼海啸般，她被风裹挟着冲出了青麻地，像大海里冲出的一条小鱼。那天夜里，她在小床上刺猬般蜷曲着，她捂住胸口，后来竟然在夜里又去看了青麻，在青麻地里站着，在青麻地里蹚了几个来回。哥哥的出走在她的心里系下了一个硬结。她对自己说，这个孩子会回来的，而且会回来得不同凡响。后来她去青麻地好像都带着一种寻找，一种不明就里的感觉。有一次她去了青麻地，她挤着眼，任意从一个方向往青麻地深处走，奇怪的是她最后睁开眼时竟然还是去了那个地方，看见了坟头上的草和青麻叶一样疯狂而又秩序井然地生长着。她的眼一下子湿了，泪水顺着她逐渐成熟的脸颊往下淌，她躺下了，甚至脱光了身子，把自己的身体亮在青麻地里，任凭满地的青麻、满地的坟草和青麻间隙的细草看着她光洁的身体，水一样的月光隔着青麻的缝隙洒过来。她慢慢地把眼闭上了，她在心里告诫自己：有一天，我要让瓦塘村都种上青麻。

睁开眼，她看见的是马市街的繁荣。

她的勇气来了。彭小莲推着那辆“永久”或者“飞鸽”自行车，雄赳赳、气昂昂地走向铁器坊。架子上的铁器急骤地响起来，我哥以为是风婆子来撞击铁器了，以为是哪一个性子急的顾客在摇他的架子，摇满架的铁器。他出来了，他出来后看见了一身蓝装的彭小莲，他一下子怔住了。站在门前的是一个成熟的女孩，他愣怔着，他觉得陌生，甚至不认识了。她的眉宇间藏着一种锐气，一种只有乡村的女孩、只有乡村的小麦和玉米、只有乡村的风婆子和土末子才能喂养出来的一种气，有点土但却很拗、很实、很硬的气。她的鼻梁和小嘴是那种乡村的西红柿和乡村的青茄子喂养出来的坚挺和秀丽，小嘴微微地上翘着。又长又壮的一双女人的手抓着几件铁器。我哥有些不知所措，他在那一瞬间惊呆了，眼前的彭小莲一下子揪住了他内心深处的东西，甚至被揪得隐隐作痛。

似乎是故意的，彭小莲说，我是彭小莲！

那年夏天，瓦塘人不断地看着彭小莲从城里回来。她自行车大梁上的工具袋里鼓鼓囊囊，像怀着一群猪娃的母猪，鼓囊得都要把工具袋撑破了。风大的时候人们见彭小莲是推着车回来的。那一年瓦塘村收割小麦用的镰刀，建设村小学、修建村委会用的那些门环和钉子都嬉皮笑脸或一脸严肃地从袋子里钻出来，一件件铁器都掷地有声。瓦塘群众想象着彭小莲进出文城的情节，先是把那些捎回来的铁器归结为她是村里的会计之外，瓦塘的村民似乎又有一种悄然的期待。

有一天，彭小莲装完铁器，她把钱递过去，在递钱时，手故意停在接钱的手里，钱摩擦着哥哥的手心，最后才狠狠地落下。然后她一个字砸一个坑地说，牛月伟，我一定让瓦塘村变成青麻村，我已经找到了一种更好的青麻种子！

五

这年春天，野草扑棱棱地长开了，整个瓦塘都扑棱绿了。瓦塘的村民开始准备春耕，春耕一开始，整个春天就真的来了。

瓦塘村来了一个贵人，或者说是为瓦塘村预言贵人的人。那个人白发飘逸，前额能挂住个箩筐，瘦长的身体像被风吹尽了青叶的枯枝，或者说像一头挑食的瘦驴。额头和手上的皱纹像道道风干的河床，他仄棱的肩头挎着一个草绿色的提包，提包带子上拴着一把已经掉色的酒壶。他像一个疯子一样，在瓦塘的街上，蹚过来蹚过去，脚底下的尘土像流淌的一层白雾。瓦塘的树，瓦塘的井，瓦塘的旮旮旯旯他都女人纫针一样地看了。最后，他的眼半眯着，站到一棵大槐树下的井台上，他的眼傻子一样瞪着瓦塘的天，天色里掺进一层灰色，那是麻雀的翅膀。他张开嘴，仰着头，先打了个喷嚏，阿嚏——喷嚏声拖得很长，像一声拉响的汽笛。然后他挥舞着长臂，拖着长腔说，瓦塘要出贵人了，瓦塘要出贵人了——说话的人像个疯子。

瓦塘的村民这才突然醒过来，支着耳朵、提着胸口可劲地听着，听这个仙风道骨的老人或者说疯子预言瓦塘村要出现的贵人。他们回忆着瓦塘的历史，他们拿不准曾经在瓦塘被如数家珍的两个人算不算贵人：一个是清朝的举人，那个人当了举人就不在瓦塘了，全家老小都搬进了京城，现今瓦塘村遗留的只是他和家人的骸骨，是他们死后又葬回了老家。那座盖在光绪年间的孤楼，没人住，孤零零地竖着，麻雀、黄鹂在每年的不同季节往楼上飞，楼顶上遇到大风天就纷纷扬扬地往村街上飘扬鸟毛，从石头缝里钻出的是一种叫狗尾巴蒿的野草。瓦塘的群众从古老的传说里知道的就是这些，不知道这个举人究竟给瓦塘带来了什么，大概就是一座楼和一个清朝举人的坟了。还有一个是南京大学的教授，他的儿子已经是另一个大学的教授了。老教授的父亲是瓦塘村的最后一个地主，中华人民共和国成立前夕听了当年在南京的儿子的话，把土地提前分给了村里的农民。他家留下的也是一座楼，没人住。再往下排就是在粮食局的老魏，在水泥厂的老连，在法院的老秋。瓦塘人听着麻秆老人的吆喝，回味着他们算不算贵人。最后，他们清醒了，即使他们算作贵人，也早已经成为历史，和当下没有什么关系，离现在的日子远了。于是，他们绞尽脑汁地开始在村子里找，在现实里找。

那个麻秆仙人还在絮叨着，瓦塘村要出贵人了……麻秆老人像秋天屋檐下被风干的草，在干热的风中飘扬，那沟渠一样的皱纹一波一波地涌动，好像要拼命地挤出水分，让水分再流淌成一道水渠，水渠上漂浮着一片一片的叶子。瓦塘人审视着自己的村庄，村里的半空中氤氲着淡薄的岚气，小鸟的翅膀一旋一旋地游浮着，伸长着脖子往远处的村沿儿瞅，村外的麦苗在阳光下伸腰打着嗝儿，风吹得它们有了活力。云还是一如既往地蓝，还是一如既往地灰白。瓦塘人就想着老人预言的贵人是个什么样子，这个要出现的贵人，究竟会给瓦塘带来什么？真有了贵人，到底会给他们带来什么吉祥？现在正在流行着发家致富，说不定这个贵人会让他们富起来，成为万元户，十万元户，百万元户。多年以后，瓦塘村说不定会变化成一座小城，什么奇迹都可能发生。瓦塘人就相互地往对方的身上、头上瞅，看一股岚气能从哪儿冒出来，眼神都瞅到对方的裆里去了，都瞧到骨头缝儿里了。可是谁也没有从对方的身上、头上、裆里瞅出什么，谁也看不出谁身上有别致的地方。于是就有人问，老先生，传话传到底，你说的那个人到底长个啥样啊？有人把烟递了过去，抽毛烟的递毛烟，抽纸烟的递纸烟，纸烟都是带玻璃嘴、海绵嘴的。麻秆老人的手里顷刻间就被塞满了，那白色的纸烟从麻秆老人的指头缝里钻出来。胖二叔从家里把水壶掂出来了，手里还提溜着大白瓷茶缸，倒在茶缸里的水咕咕嘟嘟地往外冒着热气。恭恭敬敬把冒着热气的水送到麻秆老人手里时，胖二叔说，给我们透个准信儿吧！瘦长老人吹了吹茶缸里的气，胡子扎在水里喝了一小口的水，嘴皮子巴巴咂咂的。把茶缸蹾到眼前的地上时，麻秆老人把身上的提包往上掂了掂，脚往外伸出半步远。老人说，等吧，等着吧，贵人就要出来了，瓦塘村要变样子了。走了几步，看屁股后还撵着一群人，像一群搭伙的驴或羊，讪讪地不肯离开他。麻秆老人就又顿住了，众人说，对我们说说吧！就又把带嘴儿的烟递过来，打火机点着烟，老人扬了扬头就又把话往外吐了，老人说，瓦塘的阳气太重了，阴阳是需要互补的，天地阴阳，自古就是这样，啥事儿都有它平衡左右的道理。唉，瓦塘的贵人应该是个女人，要是个女的就更好了！

哗——堵在心里的那口气舒出来了。

这一年瓦塘村要换村主任了，农村要实行村民自治，村主任要让群众公开选举了。瓦塘村的群众都陷入在村委主任人选的思考中，每天都有人敲着脑子，想着这个女人是谁。直到有一天，彭小莲支支扭扭地出现在瓦塘的大街上，听着彭小莲自行车大梁上叮叮当当的响声，瓦塘人的眼唰地一下瞪圆了。

这个春天，彭小莲在穿着上也开始显山露水了，但她的打扮是注意分寸的，是用了心思的，是既庄重又稍显诱人的那种。她先是穿了米黄色有淡淡碎花的秋衣，日渐膨胀的乳房把秋衣的上半部拱出两座微微凸起的小山，馒头一样的诱惑人、逗引人。后来她的发型也变了，头发一绺一绺的慢慢地逐渐地披散开，脑后的头发披下来，掩住她细长的脖颈。她轮换着穿上了一件玉白色的衬衣,很干净,又很朴素。她在村里走路的时候步子迈得均匀,又走得很有力度。她如果骑车出去,回来的时候,一入村,一定下来推着车往家里走,和街上的人打着招呼。但她的额头还是免不了要皱几下,这是在她回到家里的时候,或一个人站在哪儿的时候。这时候她的嘴唇也是绷着的,手禁不住插进了裤兜里,兜得屁股紧绷绷的,圆圆鼓鼓的,像快成熟的两个西瓜蛋儿。有时候呢,她就这样兜着屁股扭到苗地里,看见了村外麦苗儿浓浓郁郁的,黑青黑青地生长着,苗子上飞着小虫子,麦垄里蹿动着小老鼠样的细土溜儿,麦秆儿一天天膨胀变粗。她往麦地的中间一站,闻着麦苗的青涩,二指宽的麦叶儿晃到了她的脚踝上,拉得她的脚踝痒痒的,像有一只小花狗在舔。她这样站着,像站在荒草中的一棵树。又往前走了一截,闭上眼撞着她脚踝的仿佛是满地的青麻,头上又有稠密的麻雀叫了,叫得两耳乱糟糟的。这样,她又走到了那棵杨树下,杨树上的刀痕在月牙柔冷的光线中朦朦胧胧,在月光下诉说。她的心就更硬了。

一天晚上,她去了我家,在我家的堂屋里站着,后来在她要开口说话时手又伸进了裤兜里。她似乎已经下定了要说话的决心,她咬了咬嘴边的几根头发,说,我要当村主任!我要在全村种植青麻!你们要选我,要支持我!她侧过身看看院里,两棵大榆树的枝头绿绿莹莹。她看我一眼,走出屋门,仰着头瞪着大榆树。又扭过头盯着我,声音慢慢低下来,对我说,你没忘吧!那一年是你约我去青麻地的。

我对她说，记着呢！

她又拍拍那两棵留下来的大榆树，她说，又多少年过去了，长得多好。

我迷惘地看着，我说，更粗、更大了。

她又看着大树下的一棵小榆树，从树根上长出的小树已经一人多高。她说，这两棵树是我让他们留下的。她仰着头，头顶上一群小鸟飞过。她又拍了我拍的肩头，你看你都长这么高了。

我说我都不知道我啥时候长的。

走出好远我看见她又回过头。

那一年彭小柱已经老了，和我家的大榆树一样老了，脸上的皱纹深成了一条河。他经过了一场大病，走在村里的脚步慢得像一头老牛。有一天，他又忽然跌倒了，这一跌使他走路的脚步更慢了，蠕动着。挺起来再出现在大街上时、他的胳肢窝里拄上了两根拐杖，村街的路上都是他捣下的坑，坑凹里在雨天就盛下水了。他拄着拐，愣愣地往天上瞅，把天上瞅出一角一角的瓦蓝，又瞅出一洼一洼的乌云。有一天，彭小莲在街上碰见了彭小柱，对彭小柱说，哥，你行动不方便，就别满街跑了，你在家里安生些行吗？她挡着彭小柱的路。彭小柱不理她，看着头顶一窝一窝的云，对她说，你想让我在家等死、窝死吗？彭小柱拄着拐一瘸一瘸地往街上走，街上的水窝子越发地多起来。

一天傍晚，我哥在眯眼打盹的瞬间，忽然飞进他梦境的是一只青翅膀的小鸟，而且鸟周围的天空瓦蓝，像雨水洗过一样，风格外温柔。那只鸟慢慢悠悠地唱着一支歌，蓝色天空下都在倾听它的吟唱，风波动着，一绺绺白云就是曲谱，那鸟在歌声中飞，慢慢飞远了。彭小莲这天傍晚走到了马市街。那时候哥哥刚从梦呓中醒来，或者说还沉浸在梦境之中，他睁开眼时，彭小莲已经站在了铁器坊门口。她的目光中带着一种成功的自信，在那个春天，在瓦塘村的选举中，彭小莲成功了，成为瓦塘村的村主任、青塘镇有史以来的第一个女村委主任。她真的把瓦塘村都种上了青麻。她的一只脚跨进了铁器坊，门前的铁器哗啦叮当响成一片，她的另一只脚也跨进了铁器坊。她压着嗓子，说，牛月伟，你回过瓦塘吗？哥哥想不到梦见一只青鸟，眼前却出现了彭小莲，而且哥哥知道瓦塘村种上了遍地的青麻。哥哥有些惊异地看着匆匆而来的彭小莲。彭小莲在小城的夕照里脸上透着红晕，颊上的绯红像西瓜的两片红瓤，两只眸子像黑色的西瓜籽儿。只是那目光中的硬让人发怯。

村名可是上千年了！哥哥终于对彭小莲开口说。

我没有改村名，为什么要改村名呢？

你不是说要叫青麻村吗，不是说要改村名吗？

彭小莲说，不改了！

你不是说要改吗？咋不改了？

牛月伟，我不会改村名，你不要给我卖关子！

哥哥说，彭主任，我要收拾摊子了。

牛月伟，我过来就是要告诉你，你应该回去看看满地的青麻。

哥哥踢了踢脚下的铁器，在一瞬间，他的眼里忽然长满了青麻，马市街像涌动的青麻地，他的耳边是一阵风声。哥哥感觉到脚下的晃动，这是当年的那个彭小莲吗？是那场大风中从麻地奔跑出来的那个怯怯的女孩吗？

夕阳离地面越来越近了。哥哥一只手扶住了门框，他说，我要收拾摊子了。

六

哥哥在马市街遇见的那个女人叫冯慧慧。

哥哥那一年23岁或者24岁。他不再和老铁匠外出流浪，当他的铺子越来越大、生意越来越好时，老铁匠的另一个徒弟开始为他供应铁器，哥哥铁器坊里的货品越来越琳琅满目，门口铁架上的响声更加丰富。哥哥在铁架中间的一件较沉的铁器上系上了一根绳子，绳子的一端拴在屋内，更多的时候绳子就拽在他的手里，哥哥对倾听那些铁器的声音已经上瘾，风小的时候哥哥会随手扯动绳子，让铁器的响声扯住过路人的目光。然后他半闭着眼，听那些铁器凌乱又清脆撩人地传入他的耳鼓，那些铁器的响声在他的心里已经形成了一种曲子。他在经久的日子里对摆放铁器有了一种规律，而且不断调换着铁器悬挂的位置，好像在修改一首他创作的小调，风穿过铁器形成的旋律是多么悦耳，那样地抓着他的心，让他的心展开遐想，像孔雀开屏。哥哥就是用这根绳子扯住了冯慧慧。那个春季的一天，冯慧慧迈着碎步走进铁器坊时，哥哥似乎听见了乐曲中掺进了一丝咔嗒的伴音，或者说音乐中有了一种轻击，有了鼓点。冯慧慧走进铁器坊，哥哥的腿还在颠动，一只脚尖上下点动，他的右手在一下一下地扯动手中的绳子，闭着眼、嘴唇轻轻地翕动。冯慧慧在一家纺织品店的柜台做服务员，每天的工作就是向客人介绍柜台内的花色布料，布料的质量、布料的价格。然后用那种呆板的尺子给顾客量布。冯慧慧最初是怀着好奇心去站柜台的，站久了，冯慧慧想去看看窗外的阳光，想听听外界的喧闹，想去那条穿城而过的河流边听鸟儿的叫声。冯慧慧这一天顺着马市街转到了铁器坊，穿城而过的风，把架上的铁器撞击声刮得格外悠扬。冯慧慧被美妙的乐声抓住了，她有些犯傻地站在铁架前，她的腿不知是有了乐感还是因为激动在打着悠颤，拖到胯上的长辫子在乐声和风声中揉动。她专注而痴情地听铁器在风中唱歌，甚至陶醉地闭上眼睛。我哥就这样发现了冯慧慧。哥哥睁开眼，看着眼前的姑娘，问，哎，你要什么铁器吗？问过后他直愣愣地看着对面。冯慧慧还没有醒，仍闭着眼，甚至手还在轻轻地打着拍儿，额前的秀发在风中飘动。

“哎，你要铁器吗？”

冯慧慧终于被喊醒了。她忽然不好意思地扭过了腰，扭着腰沿着马市街窈窕地往前走，可是她的脚步越走越慢，慢慢地她拽着辫子停下来。然后呼地又扭过腰，好像有一个魂儿在后边勾她，勾得她往前的脚步走得迟迟疑疑、迷迷糊糊，勾得她非回来不可。她回到铁器坊，目光定定地盯着我哥，她的面前是一个皮肤粗糙但很有棱角的小伙子。她终于说，哎，铁匠，给我挑一件东西，有女人用的东西吗？哥哥对这个女人提出的问题有些为难，他迅速地睃着那些门环、镰刀、小锤、门钩…… 哥哥真的犯难，还真没有卖过城市女人用的东西。哥哥有些不好意思，面对眼前的冯慧慧有些惭愧，他脖子里被憋出了青筋，他的头梗梗地有些发硬，他再看女孩的目光是瞥过来的。女孩儿好像有些生气，有些嗔怪，开在城里的店怎么能没有卖给女孩儿的东西呢。哥哥说，我这儿是一个铁器铺。铁器铺怎么了，这就是理由？冯慧慧的话里带着遗憾，但声音是低低的、柔柔的，好像藏着一种娇羞。她的目光从铁器架扫到了屋里，谷扭子一样的目光扭到铺子里，在睃来睃去中眼睛蓦然亮了，她忽然看见的是一副铃铛，那种在乡村当时还算流行的、挂在牲口脖子上的铃铛。铃铛的外层镀着一层金黄，牲口用的铃铛比较单调，而哥哥把他的设计成了两种，除了普通的铃铛外，还锻打出另外一种小号的铃铛，这种小铃铛哥哥是计划挂在小驴驹或者小马驹脖子上的。冯慧慧的眼睛盯着小铃铛不转了，小铃铛像一朵小喇叭花正在开放，喇叭的花蕊是一个寸长的小滴溜，像小孩儿裆里的小鸟，一摇晃，小铃铛就传出一种薄薄的脆响。冯慧慧从哥哥手里接过了一只，她捏住了那只小铃铛的蕊，后来她掂着铃铛穿过马市街往那个叫德北的街上走。

从一只小铃铛起，我哥开始了和冯慧慧的来往。

后来的马市街和德北街都知道，一个卖布的女孩和一个打铁卖铁器的黏在了一起。这真是有些不可思议，本来风马牛不相及的两种东西却偏偏产生了相吸的魔力。冯慧慧和我哥恋爱的日子里，常常掂着玲珑的小铃铛从马市街走到德北街，或从德北街回到马市街，最后走到小河边，站在一片青草地里等着哥哥的到来。哥哥那年打的小铃铛都用来满足那个叫冯慧慧的女孩了。一天傍晚，夜风穿过河草，哥哥在小河边再也抑制不住地从身后揽住了冯慧慧，那个柔软的温暖的身子让他燃烧，不能自抑。他拽着那根弹性滑润的辫子，像捧着一件宝物，温馨从每一根发丝上浸出来，往他的心尖上缠。哥哥的眼润着一层潮湿，把辫子缠在自己的胸口，吻住了冯慧慧的耳垂，耳垂的柔软和浓郁在舌尖上缠绕，他的舌尖感到了耳垂的震动，然后他沿着耳垂向深处伸延，他听见了心跳，听见了鸟鸣一样的呻吟。而冯慧慧竟然绕着辫子绕到了哥的怀里，像一条游进水里的鱼，在广阔的大海里不能自禁，她听见大海深处浪涛滚滚。这个在流浪的途中熔化铁的男人，把一个城市的女孩熔化得不能自已。

七

风烛残年的老铁匠坐在一把缠满绷带的藤椅上，他的眼睛已经辨不清炉里的火光。每天晚上他在听觉中勉强地睁开眼，辨别着火苗的噗噗声，看着蓝光杂着橙色熏腾着一块块废铁，腾腾的火苗把一块又一块的废铁融化成泥。再听着哥哥的手臂敲打着小锤，叮叮当当，把一块块废铁打成物品。他能在藤椅上一坐就是几个小时，每一块铁的熔化、变形，都烂熟于心，几件铁器锻打之后，凭着落地声就能断定出一件铁器的成色。

在相濡以沫的漂泊中，哥哥实际上已经是老铁匠的儿子，最少也该是老铁匠的一个养子，这种父子关系无论是从外还是从内，是咋看咋像的。和火光铁器的交融，他们的脸色、神情也变得酷似。现在作为长辈，老铁匠最大的愿望是为哥哥尽快找一个女人，多年流浪打铁的日子，老铁匠实际上已经以一个父亲的身份对待着我哥。哥哥忠厚中透出的灵性使老铁匠打心眼里喜欢，也同时使老铁匠身上背负了一种深层的责任，这件事情已经到了揪心的程度。

于是，一天傍晚，哥哥忐忑地把冯慧慧带到了郊外的铁匠房。那是冯慧慧终生难忘的一个夜晚，她见识了一个铁匠炉火纯青的手艺，她第一次看见那些硬铁被投进腾腾的炉火，见识了一个凤凰涅槃的过程。这是一个有了凉气的夜晚，冯慧慧有些忐忑、有些羞怯地来到旷远村，旷远村的天空在秋季里是瓦蓝的，秋天的鸟儿在秋天的枝叶上叫唤。冯慧慧尽量地收敛着，乖乖地站在炉火旁边，她的手扶着一张桌子的边角，身子轻轻地倚着桌子。哥哥生开了火炉，炉火慢慢地稳定下来，慢慢装满了炉膛，炉膛被火映红了。冯慧慧觉得自己被烤热了，额头上浸出细小的汗珠，接着就是雨点样的锤声。哥哥把一块废铁钳进了火炉，炉里的蓝光渐渐变得粗壮。哥哥完全沉浸在锻打的陶醉中，甚至忘记了还有一个观众的存在。他在把整个锻打的过程展示给我未来的嫂子，哥哥最后把一个小铃铛递到了冯慧慧的手里。

老铁匠始终坐在那把藤椅上，只是在哥哥对冯慧慧介绍时才微微动了动身子。

可是，老铁匠在看过冯慧慧的第二天黄昏，对哥哥说，孩子，断了吧，这个姑娘不行！

哥哥的手里夹着一块废铁，炉火自由地飞舞着，整个屋顶被炉火映得通亮。他把脸从炉膛撇开，愣愣地瞅着藤椅上的老铁匠。在外出流浪的十年中，哥哥一直在计划着他该如何荣归瓦塘，在见到冯慧慧时，他把带一个漂亮的城市姑娘回到瓦塘，作为他凯旋的计划之一。在他的生意越做越好时，他的另一盘计划是在瓦塘盖一座漂亮的小楼，然后再扩大他在瓦塘的发展，在瓦塘村大展身手，甚至将来有一辆小车。随着日子的延伸，这样的念头在他的心里越拱越大，在认识冯慧慧后，他觉得他的第一个计划可以完成了。十年了，没有一次真正意义上回过瓦塘，每一次回去他都觉得自己像一只忽明忽灭的萤火虫，他的心里始终有一种憋屈。哥哥即使在梦里也在想排排场场地回一次瓦塘，那是他真正意义的家，真正意义的故乡啊。

老铁匠继续说，这个姑娘的身上有一种气，恐怕将来难以收敛。你没有经历过，从她的走路和身影我能感觉出来。老铁匠的话非常遥远。老铁匠似乎看见了那个当年远离他，而投奔他乡的女人，让他一直孤零。那是他一生的败笔，老铁匠也是在遭遇情感的挫折后才开始在打铁的路上流浪的，他的背井离乡也许是一直在寻找离他而去的女人。女人的出走可能是一种背叛，背叛也许潜藏着一种背景。他一直想听老铁匠和那个女人的故事，但老铁匠几次都欲言又止。

老铁匠蒲扇般大手在半空挥动，你不是对我说过瓦塘的那个女孩吗？她的身上倒有一种大气，或许她能干一件大事。

你见过她？

老铁匠在藤椅上发出轻微的鼾声。

八

冯慧慧坐在茨菰河边，呆呆地望着河水，她的手里捏着一只小铃铛。茨菰花在白荡荡的河水中盛开。哥哥不知道，几天前两个女人有过一次见面、一场交锋，不知道是冯慧慧找了彭小莲还是彭小莲找了冯慧慧。那一次两个女人坐在城里的蒲河边，冯慧慧把一瓶矿泉水递到了彭小莲的手里。冯慧慧听着彭小莲讲述着已经成为往事的青麻地，麻地里那一场忽然而至的大风。彭小莲说：我是在那一刻忽然喜欢上他的，我看见了他眼里射出的哀怨和无奈，一种男人的刚硬，他抓着我的胸口，我害怕他的冲动，他的头抵着我放声大哭，然后头抵到了地上，像一头受屈挨打的老牛。有一刻，他突然暴怒地撕开了我的衣裳，紧紧地抓住我，我浑身抖颤，不敢看他……风就是这时候起来的，漫天苍黄，我冲出了青麻地，我听见身后的大吼，我要走了，再也不回瓦塘——他真的走了，他在流浪的路上，我一直在想他究竟走在哪里，去了哪儿？青麻就这样刻在了我的心里……

他不知道两个女人就这样成了对手，在暗地里较劲。不同的是，彭小莲要把青麻做成大事，而冯慧慧对他展示的则是一个城市女孩的优势。我哥踏过岸边的水草慢慢地走向冯慧慧，他听见了铃铛在风中的摇动，听见水草在夜晚的摇晃，啪嗒啪嗒的水草声在淡薄的夕阳中很静。水声一点点远去，夜一点点往深处游弋。这个夜晚，冯慧慧逼视着我哥，说，你是不是想脚踏两只船，是不是还想要彭小莲？你告诉我一个答案，你是不是把彭小莲作为你对当年事情的报复？哥哥仰着头，往事流水一般流到了他的眼前，但他最后对自己说，我不会那么狭隘了。他喃喃地对冯慧慧说，其实我应该感谢流浪，感谢……然后，把冯慧慧抱住了，把冯慧慧撂在了草地上。哥哥跪在草地上，风吹乱了他的头发，他张开双臂，在河边喊，冯慧慧，这就是我的答案。

蛙声一片，水鸟在河岸飞翔。

半夜，哥哥跪在了老铁匠的面前，老铁匠的疲倦之身倚在床头，床头的小柜上倒满一杯白酒。等老铁匠把一杯酒抿下去，哥哥站起来给老铁匠又倒了一杯。他躬着身，大着嗓子喊了声，师傅！他说，师傅，我不能离开冯慧慧了，你就允了儿子吧，儿子已经没有出息了。

老铁匠无奈地闭上眼睛。吐出一句闷腔，贱啊，男人和男人一样！老铁匠闭着眼向他挥手，说，儿大不由爹了。

这年深秋，我和爹娘去旷远村参加了哥哥的婚礼。这也是老铁匠的愿望，哥哥最终改变了回瓦塘举办一场婚礼的打算，荣归瓦塘的第一个梦想成为他生命中的一个遗憾。

我和爹娘再去旷远村，是参加老铁匠的葬礼。老铁匠那年冬天离开了人世。

九

几年之后，铁器坊扩大了几倍。

哥哥的经营，不再局限于单纯的铁器，几乎整个马市街的五金家电都有了我哥的插手，流浪的铁匠凭借他踏实中的聪慧赢得了市场和伙伴的信任，话语不多的哥哥成为马市街有实力的老板之一。那时候叫个体户，哥哥已经是个体户中的佼佼者，他的门面房里挂上了几块先进工商个体户的奖匾，参加了几次全县先进个体工商户表彰大会，广播站的小喇叭里几次广播过他的名字。哥哥这一年买了一辆二手的桑塔纳，我的嫂嫂冯慧慧骑一辆流行的木兰踏板，他们在河滨区有了一个独立的小院，小院的角落里，一棵小榆树正使劲生长，那是哥哥从瓦塘移过去的一棵榆树。在种树上,嫂嫂和哥哥发生过争执,嫂嫂坚持把院里都种上花,或者种上适合在城里生长的草,但哥哥最终还是把榆树种到了院里,而且几乎每天都为小榆树浇水,小榆树在哥哥的照料下,蓬勃地生长。那一年文城开了一家大市场,冯慧慧投资十几万元在市场里经营了两个高档次的服装门市。哥哥和嫂子各自沉浸在自己的事业里,两人相见只有在华灯初上的夜晚,在疲惫中履行一次夜间的作业。

冯慧慧一直没有开怀。

在等待冯慧慧开怀这件事情上,哥哥表现出了极大的耐心。在一段时间里,哥哥几乎每天都提前回家,耐心地为冯慧慧熬一股中药,想用中药催开冯慧慧的肚子,整个屋子里飘浮着浓重的中药味。然后他恭敬地把熬好的药端到冯慧慧的面前,用一张笑脸讨好地请冯慧慧喝下。良药苦口,为了我们可爱的接班人,请夫人忍受。这是哥哥几乎每次都对嫂子说的一句开场白。冯慧慧先是忍耐着难咽的中药,和哥哥一样踌躅地等待中药催开的奇迹。终于有一天,她喝烦了,在一天晚上把碗摔了,白色的瓷碗在地上裂成一地的碎白小花,药水蚯蚓般在地板上爬行。冯慧慧摔碗的姿势显得泼辣,好像早讨厌了这只药碗,她叉着腿、红着眼,把碎片踢得满屋都是,碎片在光滑的地面上打转。她扯开嗓子说,滚吧!然后她好像在做一种补充,让这只破碗!尽管药味把整个空间都浸染了,但哥哥还是闻见了冯慧慧身上的酒气,他一把揪住冯慧慧的领子,声嘶力竭,你他妈的把酒吐出来！冯慧慧滚圆的眼珠瞪着哥，嗓音尖厉，傻瓜，酒能吐出来吗？

我没对你说不能喝酒吗？

冯慧慧喘着粗气，她说，我高兴，我想喝，我的生意好，我不想喝这苦药了，你不知道吗，酒比苦药好喝多了。

哥哥说，为了你的肚子，我一直都不敢喝酒，你知道吗？

冯慧慧较上劲了，她白着眼，吐着酒气，不知道！又说，为我的肚子，你以为我不知道你们乡下人肚里的弯弯绕？

哥哥把冯慧慧摔在沙发上。乡下人！乡下人怎么了？难道你们生下来就是什么城里人？城里人就不要孩子，就不想做父亲、母亲？那你又是怎么来到世上，你不是还有哥哥、妹妹吗？

冯慧慧借着酒劲撒起泼来，扯足了嗓子，我就是不生，你可以再找一个，那个种青麻的女人不是还在等你吗？冯慧慧夺门而出。

哥哥找了冯慧慧三天，冯慧慧好像从这个世界上蒸发了，让他找得疲惫，两家门市也几天没有开张。每天晚上他都失望地回到家里，他看着那棵已对把粗的榆树，树上有浓密的叶子，可是没有斑鸠的叫声。第四天的黄昏，他回到了瓦塘，他还是习惯在夜晚回去，青麻已经收割了，瓦塘的原野上一片空旷。他在瓦塘的土地上躺着，后来，他站起来，在辽阔的大地上听见了夜鸟的鸣叫，一种从小就感到神秘的鸟儿的叫声，呜呜呜——叫声拖得很长。每次，总是在深夜才有这样的叫声，这种鸟儿好像谁也没有见过，你如果寻找，似乎永远都离它很远。他在夜色里想象着鸟儿，寻找着鸟儿的方向，却还是那样遥远。他的泪在瓦塘的土地上，在独自一人的行走中慢慢流出。他走进村庄，村庄真的很静了，他在村庄里走了几个来回，最后才在自己家门口站住。他似乎听见了父母的鼾声，他的手刚摸上门环，泪又一次下来。快天明时，他才回到城里。

他看见了蹴在门口的冯慧慧。他狠狠地把冯慧慧搂在怀里，冯慧慧，我们都不要这样互相折磨了，我求求你，我求你了，好不好？

十

不记得是哪一年，彭小柱死了。

哥哥在一个黄昏的月光下，终于找到了那块墓地。彭小柱埋在南地，墓地上的花圈纸已经被雨水淋成了纸片，只剩下一副花圈的骨架子，墓穴顶上透出青色的草芽。他站着，听着夏天的风掠过土地，掠过满野的庄稼，掠过庄稼的间隙，再嗖嗖地掠往远方，小鸟从青纱间飞过。哥哥忽然想到他的斑鸠，十年前，十几年前飞过他头顶的斑鸠，这个夜晚要是有斑鸠的叫声多好。他在深夜里等着，他想着他童年的斑鸠、少年的斑鸠，听斑鸠叫声的快乐，曾经捉过斑鸠的懵懂，到后来他特别喜欢斑鸠。打铁的途中，他几乎每天深夜都想听到斑鸠的叫声，他会忽然停下活儿，循着叫声去找鸟儿，仰着头看着树上。老铁匠慢慢习惯了，知道哥哥和他一样心里有结，也许鸟儿对解开心结会有帮助。老铁匠在一个夜晚对回来的哥哥讲了他和那个女人的经历：那个女人是他在莲花镇打铁时认识的，女人每天定定地看他打铁，因为这个女人，老铁匠在莲花镇逗留了多日。女人后来就跟他走了，在打铁的路上天天守着他，给他洗衣、做饭，或者做些杂活。那是老铁匠最幸福的时光，从他手下打出的铁器格外精致，可是时间一长，女人厌倦了漂泊，有一天，突然不见了她的身影。此后的每年，老铁匠都会来莲花镇，老铁匠在莲花镇的晚上会忽然坐起来，走遍莲花镇的街巷，每次失望地回来都要徒弟和他喝酒。从此，老铁匠再没有找过女人。我哥明白老人的意思，路上的女人是不可靠的。

哥哥站着，这个夜晚安是有一只斑鸠多好啊。他仰着头，寻找着斑鸠，独自看着瓦塘的夜色。那种神秘的夜鸟又叫起来了，还是那样遥不可及。

我哥最后坐在彭小柱的墓地前，坐在夏天的土地上。他望着天空，在等待斑鸠的叫声，他后来把食指弯曲下来，搁进嘴里，一股悠悠扬扬的哨音在夜空飘荡，在他的哨声中，他真的听见了斑鸠的叫声，咕咕，咕咕……

哥哥仰着头。

哥哥一直仰着头，直到斑鸠飞远，直到斑鸠的叫声再一次消逝。他看见天际正悠悠地飘来一抹蔚蓝的曙光，他掏出几张红色的老人头,橙色的火苗从手里蹿出。他说,彭小柱,你收钱吧。他站起来,又说,怎么说呢,彭小柱,其实,我该谢你。

此时,哥哥的心似乎真的平淡了。

十一

那一年,瓦塘村的青麻成了气候。瓦塘村的旮旮旯旯都充满了青麻的气息,到处飞翔着青麻的青涩、青麻的花粉。瓦塘村的上空飞满了麻雀、斑鸠、喜鹊、蝴蝶和一种白翅膀的水鸟,到处都有小鸟的歌唱。瓦塘村成了名副其实的青麻村,不但种植青麻,而且还相继办起了青麻加工厂、麻绳工艺品厂、麻种供应公司、青麻系列产品研发公司。彭小莲从北京、省城甚至国外请来了专家和策划师,在将青麻的革命进行到底。瓦塘村的知名度超越了文城,成了全省甚至全国知名的青麻生产、青麻工艺品产出基地。

瓦塘富了,富得流油,想不到一地的青麻弄成了大事。瓦塘村有了小楼也有了小车。彭小莲身兼多职,成为瓦塘青麻集团的董事长,当地的新闻人物。

那一年,马市街再一次改造,低矮古老的房屋被强行拆迁。文城的决策者决心把马市街建成一个代表文城形象的专业商业大街。整条马市街在那个夏天和秋天飞满了灰屑,铁器坊被倾塌的房屋震得叮当作响,哥哥在拆迁后又扩大了铁器坊规模。

青麻公司在这年悄然进驻马市街，一座六层高的青麻公司办公大楼在马市街的西北角拔地而起。楼房的一侧画着满目的青麻，青麻的梢尖上飞着一群青鸟，给人的印象青麻已经不是麻了，成了漂亮的图画、一种艺术。董事长彭小莲住进了大楼，那辆锃亮的奥迪穿过马市街，穿梭在瓦塘和文城的路上。

一个深夜，喧闹的马市街静下来了，整条街流淌成一条灯光的彩河。彭小莲打开窗户，俯瞰着深夜的文城，她遥望北方，似乎望见了她的瓦塘，瓦塘街五彩缤纷的灯光，看见了瓦塘白天和夜晚的忙碌，轰鸣的机器和穿梭的车辆。她低头的瞬间看见了铁器坊，直立在铁器坊外的铁架子，铁器的余音似乎还在文城的深夜里回响。和铁器坊相邻的是一座交电大楼，大楼安静地耸立着，蓝色的荧光在深夜里闪烁。那个从瓦塘流浪到文城的人，尽管那座交电大楼有他的股份，但他还坚守着他的铁器坊。这个深夜，当她探下头时，忽然看到了铁器坊前一个孤零零的身影，她的心倏然揪了几下，那个身影在夜色里显得矮小，穿过清冷的灯影，她听见一阵悠远的铁器声，铁器还挂在文城的夜色里，成为深夜里马市街孤独的风铃。她把身子往外拱了拱，想看清那个影子，她真的看清了，那个身影竟然在望着青麻公司的大楼，那双眼像两个深洞。她手扶窗框，身子往下探着，要更加接近地上的身影。好久，好久，她内心的大闸终于掀开，她终于等到一个泄洪的机会，身体的深处开始汹涌，一浪一浪地排山倒海，势不可挡，酝酿太久的泪水毫不讲理地撞开彭小莲的闸门，硕大的泪珠径直地穿过楼层，穿过马市街氤氲的灯色，“砰”，一朵巨大的白莲开放在铁器坊前。铁器被沉重的迸溅声再次震响，整个文城，整个马市街都在震动。

也是这年秋天，我哥在瓦塘的一座大楼竣工了。

父子花

一

我想起，那一年我已经二十二岁，特别地彷徨。我对自己说，我是一个男人了，也许我不该哭，应当有一个男人的硬骨！尽管父亲在母亲离开后，变得暴躁，对我和妹妹更加颐指气使，动不动就狠狠训我："穷小子，我每天都饿你一顿！"

我还是禁不住流泪。我想已经离世的母亲和进城上学的妹妹。每次挨过父亲的训，我都更加怀念母亲。我想起母亲最后一次在地里点豆，天上下起了细雨，没有布谷鸟的叫声，鸟儿和蚂蚱都藏起来了，风也被细雨浸湿得刮不起来，前方的河堤更加邈远。雨网罩着母亲，母亲的全身都是雨水，她使劲地铲锹，然后从胸前的布兜里捏出一粒黄豆，弯腰塞进淋湿的泥坑。我把母亲从地里搀回家，短短几百米的路，她歇了几次。我的母亲患了肾病，她的眼睛、小腿都肿了，指甲塌陷。我记得，起初母亲的眼泡肿了之后，她不去看病，她找我们街道上的一个老人用缝衣裳的针给她挑眼，在眼皮上放血。燕子飞得很低，路边的草被雨淋得像刚染过，我们的脚上粘了黏黏的泥块。母亲说："儿啊，娘咋就这样无能呢?"母亲的言语里透着绝望。两年后，一个雨雪交加的日子，母亲离开了人世，直到殡葬那天，雨雪还一直下个不停。老天真是势利，在母亲最后的一截人世路上也不肯为一个苦命的人铺上阳光。

每次和父亲发生争执，我都去村外，仰起头，回味我搀母亲回家的那个雨天，我常拿这种回忆来温暖自己。

我们的争执还在继续，像秋天的雨绵绵不断。

也许我不该再去为那碰运气的写作熬夜，不该去为那个能否成功的小说熬到凌晨也不罢休。要是这样，我就能早早地起来了，可以在父亲还打呼噜时敲响他的屋门，坚持数日，他会有一天睡过了头(因我的打扰)。我可以理直气壮地回敬父亲几句，从此，他会理解我清早贪睡是因为熬夜缺乏睡眠。

我常常想象怎样才能平息我和父亲的争执，才能使父亲不这样残酷地待我。我担心如此数日，我本来挺好的胃口一定会被父亲惩罚得大吐酸水，罚得我桌子上、抽屉里到处都放着"胃舒平""吗丁啉"之类的药品。那样一面吐酸水、一面熬夜，我一定更受不了。我曾经为此苦苦地想过：向父亲警告我是他唯一的儿子吗？或者在和父亲争论后我跑出去，做一次出走；或躲到某个同学的家里让他焦急，不行！我反复地想过，对于父亲耿直、暴躁的脾气，这恐怕无济于事。唯一的办法也是最妙的办法，就是我的某一篇小说，或者某一篇文章能尽快发表，让父亲在报上或刊物上见到我的名字，使父亲在买烟无钱时用我的稿费来解决他烟瘾难断的困境。为此，也是山穷水尽的办法，我想到了抄袭。于是，我把我手边的刊物全摆到了床上，决定择其一篇，投给报刊。我选了整整一个上午，终于选定了一篇名叫《菊花赋》的散文，投了出去。几天后接到回信，想不到这篇《菊花赋》正是我投寄的那家刊物的某一位编辑写的。

二

我最怕的是父亲的骂声。

父亲骂人虽然不算絮叨，但却刻薄。他骂母亲，母亲忍气吞声；他骂妹妹，妹妹暗自抽泣。他骂我，则有所不同：我觉得我有理，就要与他争执，还要指出父亲的错误。所以这可能是他对我有怨气的原因之一。

比如，父亲骂我混账东西，我说："我不混！我很守本分，一不流氓，二不抢劫，只不过是想写点东西，得以发表。"父亲说："你发表个屁。"我说："我要发表的不是屁，屁是气体，出来就没影了。我发表的是文字，是用文字串接起来的语言和故事，就像我小时候听你讲过的‘大灰狼’一样，让人都爱听、爱看！再说我的故事不臭，如果印出来，还会散发出一种墨水的香味。”父亲说：“别给我说那些我听不懂的话，你癞蛤蟆想吃天鹅肉。”我说：“我不是癞蛤蟆，我是堂堂正正你的儿子。发表东西，不是吃天鹅肉，是我喜欢把我心里想的写在纸上，有话想说。”

真的，我常常觉得有很多话想说，尤其是在宁静的深夜，我越孤独就越有倾吐的欲望。也许，就是这种状态让我想到了写作，爱上了写作。有时，我写着写着就写哭了，可能我的写作还很肤浅，但我的感受却千真万确。多年后，当我看到一个作家说，爱上写作的人，可能都有一个不幸的童年。我回想，我的童年和少年特别孤独，一个人坐在小河边度过我的光阴，却感到这才是我的状态。找不到倾诉的对象，我就写了。

父亲要疯了。我说这些，他根本听不进去，他要惩罚我。他跳起来，说：“小子，别说废话，咱祖宗的坟上就没那棵蒿子，给我干活，今天把菜地的那片地给我剜了！”你听，他让我干活，还说，把地给他剜了。他要说，孩子，去把那片地剜了吧，该种菜了，那种出来的菜多好。我说不定干得比这乐意。

父亲经常这样说我，其实我更伤心。每个人都有自尊，父亲自认为他是我的父亲就可以不分轻重地训斥我，泄我的气，颐指气使。别人能干的事我为什么就不能干？别人能办到的，我为什么就不可能办到？父亲，你为什么不能给我鼓励？我爱上什么就让我爱！儿子有一个爱好多好。如果有你的鼓励，我对爱上的事会更用心！

我和父亲的争执已司空见惯。特别是母亲不在后，他对我的火气越来越大，动不动就发火，就破口大骂。父亲是个粗人，做饭、炒菜、做家务显得笨拙，这大概是他对我发脾气的原因之一。我们几乎天天吵，好在我平静得很快，情绪也因这司空见惯而不见紊乱。我们几乎形同路人，好像我是住店人，父亲是一店之主，虽然有时候招呼也懒得打，我们仍然吵架。只有他的骂声才足以证明我们是父子关系，证明这个家庭的存在。

我们爆发的第一次争吵，是母亲不在后。父亲第一次担任起家务，菜被他炒成黑色，又咸又苦，我问了父亲一句："忘了加水，还是忘了搅动？"

父亲正往炉里添煤，两眼红红地瞪着我，火捅狠狠地掼在地上，叮叮当当，震耳欲聋。如果我是一只小鸟，肯定会被震落掉很多羽毛。"你小子能，你怎么不干？"

我说："两个人的饭，你一个人做不了吗？"

他说："做不了，非你小子不可。"

我说："我也不是没做过，现在娘不在了，你也该学学。"

他说："不学，你嫌爹无能，把你娘唤起来，再来做饭，我也清闲清闲。"

我说："我真的想让娘还在。"我看着娘的遗像。

父亲说："你别嫌不好，做苦你吃苦的，做咸你吃咸的！"

我说："不吃，又有啥法？"

父亲大吼一声，犹如晴天霹雳："你小子嫌老子无能，你就快点找个女人来为你做饭，为你讲究。"

父亲又"咚咚"摔了几下火捅。

父亲后来逼我结婚也许就是这个原因。

两行热泪"唰"地流向我的两腮。我停顿了好几分钟没有讲话，在这几分钟内，有好几个女孩的形象在我的脑子里翻转，胖的，瘦的，高的，矮的。我在几秒之内想到了"结婚"二字，但我马上又打消了念头。我镇静自若地擦干了眼泪，在擦眼泪时我想到了我这两行热泪的价值：一是我忽然想念母亲，二是为了自己，三是想到妹妹应该考上大学或者至少也要去上某个专科学校，这样她人生的价值才会提高，才可能离开我们这个叫瓦塘南街的地方，她的目光里可以看到更多的东西，才会产生更大的理想，她才能走得更远，才能做一个有高尚追求的人，才能过上高雅的生活。人，有时候得有欲望！虽然，欲望会让我们痛苦。

我抬起头，父亲厚而干裂的嘴唇翘着，像干燥的树皮，随时做着回击的准备。我年轻气盛，理智的是：我明白我是儿子，他是父亲。我打算采取迂回的方式，更明白地说，我决定在父亲面前妥协。我悄悄地推开碗，推开碗之后，轻轻地和椅子告别，椅子的响声由高而低，越来越低声下气，配合着我的妥协。此时，我很像一个做了错事的媳妇，低眉顺眼躲离着凶煞的婆母。

刚迈开步子，身后又是一声炸雷："站住！"

我猛地站住。父亲说："把你碗里的饭吃了！"我呆呆地站着，想到了小时候，有一次，我上树掏斑鸠挂破了裤子，父亲让我在太阳地里站着，画地为牢；直到我身上的汗把脚下的土地揭起了一层皮，父亲才一巴掌把我扇出"地牢"。此刻我整个大脑翻来倒去都是那半碗剩饭和那又黑又咸的菜。我站着，我真想和父亲再战上一个回合。我是他的儿子，确切无误，可在生活上我和他是平等的，我有决定自己事情的权利。

我愣愣地站着，听凭父亲的下文。父亲说："不吃也好，拿把锹，把那片菜地铲好了回来！"

三

夜色笼罩了小村，家家户户的电灯亮了，昏黄的街灯也在刹那射出它低度的光线。我摸摸双眼，泪水浸出了一层晕圈，我已经一天没有洗脸了。

我躺在床上。情绪极坏，灵感全跑光了，书也读不下去。我拉灭灯，又有月光氤氲地照来，我也许该扯一副深色的窗帘。

我闭上眼，第一次疯狂地想到了女人。我想女人的原因首先是来自我的孤寂，一种惆怅影响着我的情绪。看看我床边的鞋，右脚的那只鞋已经脱帮了，从一只鞋我想着我的生活，我想女人，想一个给我帮助、给我关心的人。我很孤独。我想起一篇小说上说婚姻像鞋子的话。一个黑沉沉的夜里，村里的一个女孩曾悄悄地推开我的屋门。我们默默地坐着，没有多少言语，那时候我对女人的欲望恐怕连今天的十分之一也没有，如果换到今天，我可能把她要了。第二天、第三天她又来了，拿来一叠日记让我看，全是写给我的。第四天她又带来了一对枕巾，枕巾上面绣着两个比翼齐飞的鸽子。我终于动心了，我相信了她的日记，相信了她的真诚，我突然间搂住了她温热的身子，在她的脸上狂吻，可她脸上的汗臭，她身上的异味又使我推开了她。我想找到的是一种芳香，在芳香里迷乱，可我闻到的是一种背道而驰的异味，这种异味让我和她产生了距离。第五天她又来了，我不想理她，我不需要单纯的倾心，坐了一会儿她大概觉得索然无味，悄悄地消失在深沉的夜幕里。第六天，她的眼泪征服了我，使我又有了狂热的冲动，我和她翻滚在床上，当她的双手紧紧地拥着我的时候，我的理智终于又战胜了感情。也许是我的感觉，还留在我嗅觉里的感觉，我竟然闻到的又是那种混合着汗臭的异味。我坐起来，郑重其事地和她道着再见，我想到如果她真正爱我，该给我带双鞋来，她踉跄地走了，带着失望的泪水。人的感情是多么古怪，我想自古以来，人的感情就是和物质紧紧相连的，虽然，我们又常常抵触。现在想来，我并不是嫌弃她身上的异味，或许，我甚至根本没有闻到她身上的味道。那时候，我特别需要的是一双鞋或者一双袜子什么的，一双袜子可能使我找到一丝温暖，那可能是我当时的心境，我也知道我很古怪，不知所以。那时候，我很彷徨。

忽然间，灵感来了，我拉开电灯，我想我应该写点什么。

咚咚咚,有人敲门。打开门,父亲一双火炭般的眼盯着我。

我和父亲僵持着。终于,父亲开口了:“你还不睡?”

我说:“我睡不着。”

“你在干啥?”

“看书。”

父亲说:“半夜了,你不知道?”

“知道!”

“还不是该睡的时候吗?”

“是该睡了,可我不瞌睡!”

父亲说:“你不睡行,可你得把灯拉灭!”

我摇摇头。

父亲说:“一度电几毛,咱浪费不起!”

我说:“不到我睡的时候,我不想灭灯。”

父亲的脸开始涨红,肌肉往一块儿拥挤。大概是我一句也不谦让惹怒了他,抑或是几毛钱的电费使他的热血上涌。他一纵身,我没有提防,被父亲撞了个趔趄。“妈的,你不拉我拉。”父亲骂骂咧咧地去拽开关,“啪”,屋里暗了。

我想和父亲争夺开关,可我忍住了。半夜时分,人们大都进入了梦乡,我不必在这夜阑人静时掀起父子之战,不必让四邻在明天一早,为我们父子的半夜之争而去嚼舌。我静静地站着。借着月光,父亲又把手伸向开关,使劲地要把它彻底拉断。“砰”,开关绳断了,可灯泡却在开关绳断的同时恢复了原来的光亮。

父亲也在刹那愣住了。可是,他的手又马上伸向灯泡。父亲没有学过电学,可他懂得没有灯泡屋里就不会有光的道理。屋里又一次黑暗了。

一瞬间,我被一种难以言状的心情支配打起战来。真的,我浑身颤抖。我想到我的被浩劫而去的灵感和诗情,我想到父亲曾教导我:“我们不指望别的,就靠种这几亩地生活。”可是父亲,你想想,在把地种好之后,在劳动之余的晚上,你的儿子看看书、写点什么就多余了吗?父亲,你真正得到土地才有几天,当你的儿子将来因无知识而后悔的时候,他怨恨谁?我想父亲原来并非这样的人,我想到妹妹在被录取到县一中的时候,还是他亲自赶着架子车,把妹妹送到了学校。在村里,他是个那么逆来顺受、不大爱说话的老实人,难道这就是人的两重性,难道父亲是那种“外面的奴隶,家庭的暴君”式的人物吗?

这时候我又一次想到了床,我也许该躺下来好好地想想。黑暗怕什么呢,黑暗是窒闷不了人的大脑的。况且还有窗外的月光,明天还有黎明,还有太阳。

父亲出去了,我似乎看见他的手也在打战。临出门,他又看我一眼,在那双眼里,我仿佛看到了怜悯、痛苦,也看到了犹豫。是的,也许我该好好地替父亲想想,和父亲好好地谈谈。

四

我做梦了。在梦里我被无数的杂音、无数的光线萦绕着，我看见父亲温和地走向我，拉着我在沟边抓鱼，拉着我扯下一根柳条，拧成柳哨，“嘀嘀嘀”，柳哨响了，我蹦跳着，多么快乐！可父亲又忽然身穿长袍、头戴毡帽地出现在我的面前，他身子微倾，头发花白，成了一副令人费解的形象。这时候父亲身边又出现了一位须发飘飘的长者，向我微微笑道：“孩子，父在观其行，父没观其志。三年未改，父之道可谓也。你虽然心比天高，可命比纸薄，黄土养育了你，可惜要埋你终身，你怕是再挣也挣不脱呀。”

我泪如雨下。睁眼一看，月光仍朗照进来，方知我是在床上做了一个梦。翻了翻身，总觉得头昏昏沉沉的，不知道过了多长时间，又有一梦袭来。

这次梦见的是一辆大车，疯狂地在大路上奔跑，可怎么跑也跑不到头，仿佛一匹疯狂的野马在辽阔无垠的草原上狂奔乱窜。我坐在驾驶室的副座上，看着司机睁着血红的双眼，神经狂乱地驾车向前猛蹿。前面出现几个交叉路口，每个路口都站着一个张着血盆大口的人，每一个人都举着滴着鲜血的右手指引着大车的去向。司机更加慌乱，他猛踩油门直撞前方。车停了，司机晕了过去。我处于完全麻木的状态，车身上滴着红红的血液。

又一次醒来，浑身是虚汗，一种恐惧震慑着我，我不敢睁开惺忪的双眼，我的周围都是红红的血光。我把我的手慢慢地伸向床头，在床头我乱摸一阵后，恢复了清醒。现实告诉我，开关没了，一瞬间，我重温了父亲拉断开关的镜头。

慢慢地睁开眼，发现一切都被黑色笼罩着，隐隐嗅到了一种汗臭味。我这才知道自己是被沉沉的被子挡住了视线。我掀开被子，啊，明亮的月光温和地洒满窗外，我的大脑便又开始了平静，我又开始吃力地想着我的梦，慢慢地理出每个梦都和我的生活有关。

第一个梦，实际上是我重温了童年的欢乐。童年时代，父亲的确给我拧过柳哨，我也的确和父亲在河边掏过螃蟹，在沟里抓过鱼。那时候，作为独生子的我，是幸福的，令人怀念。父亲何至于变得这样暴躁？人老如童，难道父亲真的老了吗？

第二个梦，如果和现实结合起来，那是一段更加痛楚的往事。一年前，我的确驾驶过这么一辆拉货车，为了挣钱，求遍了一切能够拜求的亲戚、同学和熟人，终于和我的一个同学买下了这辆大车，于是我们东西南北中地跑，没日没夜。不幸的是，半年里我们出了三次车祸。我们终于下定决心，卖掉了大车，我举起了双手，向生活投降。

我隐约记得，父亲从那时起，在态度上对我发生了变化。他有时讥讽我，仿佛讥讽一个战场上缴械投降的败将，其中的症结恐怕还在于我举起了双手，更重要的是我向父亲坦白了我们对半年来账目结算的结果:车跑半年,不赔不赚,白白赔进了半年的光阴。

为此,我变成了一个撒谎的人。别人问我:“喂,咋样?”我说:“不咋样,仅仅挣了个彩电钱。”父亲在和我的一次争吵中大骂我是一个蠢货、败家子,没有脑筋,说:“你挣的钱呢?挣来的彩电呢?你怎么可以一蹶不振,像泄气的皮球?”我没有和父亲吵,默默地忍下了。父亲,你何必责怪儿子呢?当初,我是多么踌躇满志,我是一腔热血想挣到钱,为这个家做点事啊。

五

小鸟在院子里啁啾,隔壁隐隐传来父亲的几声咳嗽。

睁开眼就看见活泼的阳光,听见了欢愉的鸟声,我顿时感到生活并不那么可怕,那么烦躁,那么苦涩。

我想我的成长,又一次想到了母亲的眼睛,妹妹的目光,失去和存在的都在我的大脑中浮现,时而清晰,时而模糊。人,就是在这种模糊不定、阴错阳差中生活和变幻着。我想到我的学生时代,想起有一次我丢了钢笔,父亲对我的训斥,就是从那次起直到高中毕业我再也没有丢掉或损坏过一支钢笔。我想起父亲那次丢了卖粮食的钱后浑身的颤抖,想起他狠命地用巴掌击打自己的头顶,泪水顺着他粗大的手指往外流淌的情景。岁月频行,父亲快六十岁了,人生的盛年已经过去,而在他进入老年时和他相濡以沫的母亲走了，他的暴戾、他的怪僻也许和他的起居，和他的脾气，和他的生活有关。我想，我在态度上也应该变得和顺一些。

我几乎是用从来没有过的速度穿好了衣服，我一边系扣子一边拉开了屋门，走向堂屋。父亲正坐在椅子上，嘴里衔着烟斗，像在思索什么，烟荷包在烟杆下悠悠地晃动。见我进来，父亲脸上的肌肉似乎抽动了两下，头也略略地俯了下去。我走向炉台，双手轻轻地打开锅盖，一股热气扑向我的脸。我向旁边瞥了瞥，炒好的萝卜丝放在炉边。我的两行热泪流了出来。

父亲的变化使我忽然迷惑起来，记不清我是怎样喝下了那碗热腾腾的米粥，是否吃了那炒好的萝卜丝，那一刻我完全忘记了昨夜和父亲的争吵，一切都回归平静，充满了温馨。我丢下碗，走向门口，看着那在枝叶间啁啾的小鸟，想到了人也许都是两个面目、两种思维模式：一个理智，理智中蕴含着善良、怯懦和忏悔；一个冲动，冲动中包含着报复、蛮横和不假任何思考的恼怒与行动。

我又听见父亲叩烟锅的响声，接着听见一阵干咳，然后对我说：“牲口喂好了，去拉土吧。”

我温顺地走向那个喂牲口的小屋，很快套好了牲口。我挥动鞭子，不轻不重地在牲口身上击了一下，骡子嗒嗒的蹄声十分清脆，车轮在街路上滚动。起土坑离村里很远，满野都是露出嫩芽的麦苗。我坐在架子车上，从温驯的骡子我想到了驯服，想到人类历来都是一面受着别人的驯服或者传统习惯的驯服生活着，而人人又都在驯导着他能够驯服的东西，来得到一种心理上的平衡。我想到父亲，想到我。父亲实际上是在一种习惯定式的驯服下生活，他已经被这种生活弄得麻木了，他从未感觉到这种驯服，他把这种不合理的驯服当作了生活的常规。我不甘驯服，总想反抗，却总有一种东西压抑着我，想使我甘于驯服。我也许产生了一种对传统势力的叛逆，时刻想走出这狭小的包围圈，走出祖先，走出父亲心理与习惯的氛围。但我的力量太小，只能感到一种渺茫，我像一头瘦驴，难以负载生活的重担。

蹄声嗒嗒。

起土坑到了，我把土一锹一锹扔上架子车，我又忽然生出许多的感慨，我想到我的祖先、我的父亲含辛茹苦地匍匐在这黄土地上，背朝太阳，面朝黄土，无情的土地一代一代埋葬了多少人。我想到它伟大的衍生和它伟大的埋葬力量；想起种麦时父亲忽然跌倒在地；想到母亲带着病、顶着雨在地里点播黄豆和玉米，饥肠辘辘，病困交加，黄泥粘住了她的脚，她再也走不出这黄土地的羁绊。我每每想起母亲死时那没瞑目的眼睛，心就像被塞进了大把的棉花般憋闷得难受，长长的粗气使我更觉得像活在一个窒闷的笼子里。我常常想到飞，想到怎样逾越层层阻隔，跨过山水，投入一个无忧无虑的仙境，或者从此永远地超脱。这一幕幕情景常常困扰着我，使我感到一种无法言状的难受。

黄土地，黄土地，黄土地啊，我该怎样对你哭、对你笑、对你恨、对你爱呢？我的亲爱的母亲，我又该怎样想你、念你、写你呢？

我的双眼不知什么时候已经模糊，我听见了河流的声音、风吹的声音、干草的声音、小鸟的声音。此时我真想大哭或者大喊一场。我抬起头，看见我的周围有好几张黄色的脸。我的情绪仍在奔流，我想象着他们。他们的一生又将怎样，黄土地上一代代有多少人，他们就这样一年又一年地过着，一茬茬地活着，把土地侍弄得厚重而又肥沃，最后又归宿在黄土地里。这就是我少年的野地吗？我一次次寻找的我少年的野地。我知道我是在野地里长大的孩子，表面的平静下藏着狂悍的野性，我是热爱野地的，但又似乎在一步步拉远和野地的距离。我曾经怀疑我少年的野地：那种空旷、邈远、无遮无拦的土地的大气；那种蓦然而生的烟岚，群鸟的自由，坟冢的孤独；那种暄腾、软和发油的土壤，牲口和机械在大地上的忙碌，种子在大地上的播撒，火车的呼啸，河流的充沛；那种敞怀喂奶的风情，劳动中的吆喝，乡间小路的消失和重新诞生，蓊郁的野树……这是我少年的野地，我一直要赖以生活、赖以活命的地方吗？

我的心在旷野里飞奔着，一个少年的心不会满足，会一直寻找少年的野地。融入！我曾经狠狠地想过这两个字！但是，总又不愿屈从，又总是想到背叛。

有人拍了我的肩，轻轻地，我却觉得生疼。我回过头，两眼直视拍我肩膀的人，看到的是一张笑脸。站在我面前的是左轮，我从小的伙伴，小学到高中的同学。我们相对站着，有几分钟谁也没有说话，我只觉得有一种情绪上的窒闷，我的舌头也被这种情绪紧紧地攫着，而他可能是被我的泪水弄呆了。

“左轮，你来干啥？”我生硬地面对这个我从小的伙伴。

“我……到你家找你，你不在，就……”左轮吞吞吐吐地说着，在这间隙里我擦掉了眼角的泪水，望一眼服服帖帖站着的骡子，又扭过头来问左轮。

“找我有事？”问过这话之后，我忽地觉得我问得有点生硬，我不该这样对待左轮，左轮是我从小的朋友，我们无话不讲。可最近我想他又恨他，你们知道，谁在郁闷的时候不想找一个倾吐心肠的人？可左轮自半年前买了一辆拉货车就再也不像以前那样经常地见我了。我知道他的生意好，他有一个好哥哥，在水泥厂里，是一个说话有用的人物，所以他得意，所以他忙，所以他再也没有那么多时间找我聊了。

太阳很耀眼地升高了。

左轮掏出一支烟，递给我，给我燃着，对我说：“又生气啦？”

我点点头，问他：“今儿个你咋有时间来找我？你成了大忙人，不容易啊。”我想用一句重话来刺激他。

“啊，原谅我吧，我也真忙，厂里活少些，就回来了，我想找你谈谈。”顿了顿他又说，“给你找个女人吧？”

女人，其实我现在根本就不喜欢女人，可一种逆反心理让我说：“好吧。哈哈，左轮，你真不愧是我的好朋友，感谢你为我的生活着想，好长时间不见你，一见你，就提到了女人。”

骡子长嘶一声，我从恍惚中抬起头，该装土了，时间长了，说不定父亲又该训我。左轮又扔给我一支烟，对我说：“我也该走了，不耽误你拉土，我去保养车。其实这女人不是我给你介绍的，是李荫，对方叫桂敏。”

哦，李荫，我的又一个朋友，比我还小一岁呢，已结婚一年，已经有一个胖墩墩的小子了。啊，朋友们都在为我操心，我真可怜，他们总认为不会有女人主动看上我，即使有过也是一次误会。我把一锹土扔进车厢，觉得这土是那样沉，我说：“谢谢你们。”

左轮走了，一条瘸腿骑在自行车上向外撇着，他满身油腻，临走时留下一句话：“有时间还来找你。”我站着，又沉浸在黄土地包围的氛围中。

六

夕阳在西山沉没，脸红彤彤的，仿佛遇见了自己的情人。夜幕就这样降临了。

我很疲惫，整整拉了一天的土，田野的风吹得我身上沾满了尘土。左轮走后，我的心情不知道为什么又烦乱起来，我把浑身的愤懑、整个心底的郁结都狠狠地用在了装土上。我铲起一锹锹黄土，仿佛在为自己筑修终老的坟墓，这坟墓将很大很大，不仅仅埋没我弱小的身躯，甚至将埋葬许多麻木的灵魂和躯体。用不了几分钟我就把车装满，然后狠命地驱赶骡子。父亲叼着烟袋在门口等着，一等车到，便默默地和我卸土，只听见两只铁锹撞在一起的卸土的声响，以及父亲的呼吸和咳嗽、我的呼吸及骡子的喷气声。整整拉了一天，没说几句话，但我看到了父亲的眼神。我赶得太紧了，骡子满身是汗，父亲看着骡子露出了心疼的表情。我领会了父亲的目光、父亲的沉默，领会了他的叹息。可我还是狠命地驱赶骡子，不知道为了什么。

我摸黑走到床边，轻轻地躺下，借睡眠消除我一天的疲劳。是的，睡觉，是万能的，它可以使你在沉睡中忘却一切，无论你是伟人还是庸汉。可不争气的习惯又在作祟，仿佛有一丝灵感钻进了我的大脑，我迅速地坐起，从外衣口袋里掏出刚才从小卖部里买来的两支蜡烛，然后把火柴凑上去。就在这光亮闪现的一刹那，我愣住了，啊，灯泡放在我的桌子上。不用说，这是父亲悄悄地给我送来的，我托着额头一阵战栗。

父亲啊，我的善良而又暴躁的父亲，我的任性但又多情的父亲，如果你今晚注定要把灯泡还给我，昨晚又何必发那么大脾气，那么冲动呢？

我双手扑腰，灵感又荡然无存了，蜡烛在我的面前闪着悠悠的光亮，那个被摘去而又复归的灯泡在我的视线里飘动、转悠，像一双眼睛在盯着我。我不愿去安上灯泡，微弱的烛光反而使屋里显得幽静和安谧。我想我也许太不理解父亲了，昨晚他为什么？今晚又为了什么？我的面前又出现了父亲的目光，父亲多皱、抽搐的面颊。想起岁月渐渐染白了他的头发，想起为了盖房，父亲每天凌晨起来拉起架子车到河滩上拉石头，一天两趟，最后一趟路程是在晚饭后才能回来。星期天，我看妈妈太累了，就随着父亲早早起来，对父亲说："爹，让娘歇着，我去吧。"父亲点点头，然后我们架车走出清静、冷落的村街。一出村，父亲便说："孩子，你坐车上，我拉着你。"我拗不过，被父亲拉着一步步走向那个几里外的河滩。河滩到了，父亲挥起铁镐起劲地刨着，再一块块地搬到岸上，刨了大半车我们往回走。那一步步是多么艰难，父亲是那样耐得住性子，一步一步，经过了多少坡，越过了多少坑凹，星星被我们刨沉了，太阳又一步步地升高。这时候我又想起一位青年诗人在谈起他的获奖诗《神农》时，曾深情地谈起他的父亲。诗人说："那是一个风雪交加的日子，父亲从矿上拉煤回来，徒步行走了近二百里地，回来就病倒了，第三天离开了人世。"诗人，其实我们有着同样的父亲，他们忠厚、勤劳、朴实。诗人，我常想起你面对黑压压的人群时的两行热泪，想起你"农民是伟大的"的喊声。

我的父亲，父辈们啊，儿子们该怎样来和你们相处，来倾诉对你们的爱呢？面对你们的辛劳，儿子们又是多么渴望理解，来为你们分担。父辈啊，我的尊敬而又保守的父辈们。

当当当，又是谁敲响了我的屋门。当当当，声音缓慢而又执拗。"谁?"我问了一句，没有回声。我起来，轻轻地打开屋门，啊,是父亲!

“有电啊。”声音浑浊,像一种乞求,我的泪哗地出来了。

七

我和左轮敲响了李荫的家门。

两口子笑盈盈地迎我们进去,胖乎乎的孩子被林梅抱着。落座以后,我们三人各燃了一支烟,小屋里立刻弥漫起袅袅的烟气。这才看见床边还坐着一个姑娘,那姑娘只是默默地坐着,不时地瞧我们两眼。

李荫捅了捅我的胳膊,我领会了他的意思,给我介绍的就是这位姑娘。我不觉多看了几眼:一副长脸,黑黑的眼珠,说不上来什么形状的小嘴很是好看,尤其是她那双乌黑细长的辫子透着一种古朴典雅的美。我没有想到就是这双辫子纠缠了我的一段感情。一丝孤独感使我想到了女人的种种好处,我决定走进爱情的河流,去体验男女之间交往的那种神秘,那种说不上来的情愫。

在我们点燃了第二支烟的时候,她走了。起身送她出去后,我们便天南海北地谈,谈话使我暂时忘记了苦恼,生活的单调跑远了。两个小时后,我们和他们两人道了再见,临别时林梅说:“你明天晚上还来吧,再跟桂敏见见,要是没啥,恁就说说话儿。”

啊,桂敏,多好听的名字。

回家的路上我没跟左轮说话,大脑里一直想的是:桂敏,多好听的名字。大脑又很混乱,不知该不该叫父亲知道。

事实是我又去了,而且跟那个叫桂敏的谈了。想不到世界上还真有这一见钟情的事儿,我不知道该不该和父亲商量。不和父亲吵架,我可以控制,可让我跟父亲平心静气地谈话,我似乎失去了这样的信心。想起来是足以悲哀的,亲生骨肉之间竟然会产生这样的隔阂。

终于和父亲说了,而在这之前我们竟也爆发了一场争吵。想起来也足以令人困惑,那个月明星稀的夜晚,大家都在安静地享受,而我们却在制造着折磨。

那晚,我实在回来得太晚了,原因是我陷入了一种恋情的摩擦之中。那双辫子对我有种说不上来的诱惑,它所包含的古朴使我陶醉,黑夜里,她的那双眼睛透着摄人心魄的魅力,我们的话语就像自然流溢的江水,都自觉地登上了爱情的小舟。每个相约的夜晚我都忘却了时间,尤其是那晚,我回来已是深夜两点,街门锁着,我敲了门。好长时间,父亲才缓缓地走出来,嘴里边嘟囔着:“妈的,你个小子,又成了他妈的夜耗子了。”

我站着,默默地听任父亲谩骂,不住地搓手,晚秋的天气有些冷了。街门开了,我径直去开我的门,可门上的钥匙被拽走了,于是我跟着父亲到堂屋。父亲披着一件破皮袄,在炉子旁点烟。

“爹,钥匙呢?”

爹瞪了我一眼:“别忙,说清楚了再拿。”

我站着,有些疲惫,看着表,三点,正是大家酣睡的时间。“爹,要我说啥?”

“说啥?你咋这时候才回来?”父亲斜过来的目光使我感到了一种惶然。

“说呀!”父亲的声音里透着严厉。

“我……”我不知道该怎样向父亲解释。

“说呀!”

“我……”

“说吧,嗯,半夜不回来,能干什么好事?”

“爹,我、我不是……”

“不是,是啥,你是喝酒喝倒了,还是跟别人做贼去了?”天哪,父亲你把儿子看成什么样的人了?儿子吞吞吐吐,只是不好开口罢了。

“没有?”父亲忽然离开灶台,围着我转了半圈,“没有?你看,你头上还有树叶哪,穷小子准是让别人拉下水了。”

我好委屈,真是莫须有啊,我再也不能隐瞒事实的真相了,那片树叶肯定是我和桂敏在小树林时落到头上的。几天来,我们常常在小树林里,倚着小树说话,它竟然和我进了家门。我忽然把头抬起来,面对着父亲。“你、你听我说……”

听完我简单的叙述,父亲沉默了,他喃喃地说:“真的吗?”

我也喃喃地回答:“真的。”何必对儿子这样多疑呢?

不知道是怎样从父亲手里接过了钥匙,实在太乏了,我推开门,倒头便睡。

一觉睡到上午九点,我匆匆地起来,爹默默地坐在椅子上,像有满腹的心思。见我进来,他抬抬头,对我说:“快吃饭吧。”我匆匆地洗脸,又狼吞虎咽地吃了饭,饭吃完了,我开始刷锅,这是我久已养成的习惯了。父亲做饭,我就刷锅和饮牲口。我正要端馊水去饮牲口,父亲说:“别去了,饮过了。你坐下,我有话问你。”

我坐在床边。父亲说:“你夜里说的是真话还是诓我?”

我说:“不诓你!”

父亲问:“谁做的媒?”

我说:“李荫和林梅。”

父亲点点头,对李荫和林梅他当然熟悉。“人家家里都同意了?”父亲又问。

“还在商量。”我说。

父亲点点头:“这是正事,只是不要太晚了才回来,让人碰见说闲话,叫人家闺女挨骂,叫人当贼抓。”

父亲又吩咐:

“你让李荫来咱家一趟吧。”

走出屋门,秋天的太阳已升得很高。我走向一片铺满阳光的院地,在阳光里我深吸着清新的空气,面对蓝天与白云,我伸了伸尚未解除疲乏的腰身。我忽然想起了爱，爱包含得太多了：失去了却使人难以忘怀的母爱，畸形而又难以割舍的父爱，我的妹妹与我共有的兄妹之爱，以及伟大的田野之爱，滋润了大地的甘露之爱，还有永远澎湃、永远流动的卫河之爱，我正沉浸的异性之爱，我的难以割舍的理想之爱。爱啊，谁离了你能歌，能跳，能唱，能跑，能活啊？如果离开了爱，还活得有什么滋味啊！人生，还有什么力量啊！

听，这秋天的阳光，你使我遐想了这么多，可爱的无私的光啊，我要为你写一首诗。我跑进屋，掂起了笔：

秋天的阳光是爱的阳光
使人冷静更使人遐想
没有秋天的阳光
是一种缺憾
没有秋天的阳光
是一种爱的创伤
啊，秋天的阳光充满了爱
秋天的阳光是爱的阳光

八

李荫来了。父亲准备了丰盛的酒菜，让李荫有些意外。

我和父亲商量,叫来了正好在家的左轮和对门的张山。

父亲斟了酒,把第一杯酒递到李荫面前,说:“李荫,你费心了。”李荫接过酒杯一饮而尽。

我们那天都喝得贪婪。酒过三巡,父亲掏出了烟荷包,带着已经微微涨红的脸问李荫:“我们都不是外人,我问你,小安这婚事是真的还是他在诓我?”在这一刻,我愣了一下,父亲还是不相信我的话啊,也许是我以前拒绝他的次数太多了。

李荫吃了一惊,感到父亲这话问得有些意外,然后对父亲说:“大伯,小安不诓你。”

父亲长长地出了一口气,又虔敬地端起酒送到李荫面前。“小李,你给俺家办了好事,我敬你一杯,你和林梅多操操心吧。”

我们继续喝酒。

他们要走了。

我支撑着身子送他们。啊,夜色这样好啊,星星多好,月光多好,蓝天多好,白云多好,清冷的风儿多好啊。

父亲又和李荫说着什么,李荫点着头。好,李荫,我知道你要把那长着大辫子的姑娘往我身边拉,拉就拉吧,我已经喜欢她了,我们已经有很多次很多次约会,在小树林,在小河边,在田埂上,在麦秸垛旁。不想这些了,月光多美啊,能走吗?不能走就住下,你有酒量,喝这些没事,能走就走别客气。祝我成功,什么?理想还是婚姻。谢谢,谢谢,再见了,再见,秋夜多好。

秋夜多美啊,我忽然又想作诗了。

啊,秋夜
你的神秘让人费心地猜测
朋友走了,带走了我的秋夜
却带不走我心头的恍惚
秋夜啊
你明天还会光临
有星星和白云伴着

妹妹回来了。

这是一个星期六的傍晚,明天是重阳节,父亲割了大肉。按惯例,九月九是该吃饺子的日子,我按父亲的吩咐洗好了几个萝卜。

妹妹进门时,脸红扑扑的,额上还挂着稠密的汗珠。每次妹妹回来,家里气氛便会变得融洽一些,妹妹天生的好脾气,从来不会发怒,回来之后干这干那,手从不肯闲。还和父亲天南海北地谈,谈学校的稀罕事,她在县城的见闻。父亲默默地听着,头垂着,或者一面吸烟,一面点头。父亲变得宽厚和慈祥,我缺少的似乎就是妹妹的耐心和顺和,我也曾试图努力,可总不能如愿。有时候我想象父亲是炸药包,而我是导火索,似乎只要我和父亲接触,就会引爆。世上的事就是这般奇怪,努力与效果并不一定成正比，有时候想得到的事情得不到，想不到的事情常常会发生。

就是妹妹回来的那个傍晚，父亲把一叠整齐的钱放在我的面前。父亲掏钱的过程极为动人：晚饭后，父亲从褥子下摸出钥匙，然后用充满老茧的手去开柜锁，从柜的最底层摸出一个布包，布包一层层伸开，露出了整洁的钞票。我忽然感到一阵悲哀，这是父亲，包括我，包括死去的母亲流淌了多少心血挣攒的一点积蓄啊！父亲把钱放在我的面前，对我说："去，拿去，早点走，别让人家等着。"妹妹大睁着一双眼睛，云里雾里地摸不着一点头绪，她终于忍不住地问：

"哥，这是干啥呀？"

我淡淡地说："给你未来的嫂子。"

"嫂子？"妹妹几乎是忘形地拍起了小手，"哥，找对象了。"

对于妹妹的兴奋我未受丝毫的感染，我反倒陷在一种世俗的困扰中不能自拔。我不明白，历史进化到今天，为什么男女定亲，要以钱和物质作为交换呢？这和传统的聘礼有什么质的区别呢？先是这聘礼，再后来便是喝定亲酒，而发展到今天，我们这里又变换成一种承包的形式，即所谓的大包：男方给女方多少钱，此婚便算笃定。社会，难道这就是你的进步吗？此刻，我感到这钱是那样沉重，我真不知道，我拿得起吗？我的小小的衣袋，能承受得住吗？

我抬起头，屋里的灯光显得昏暗，这是低瓦数灯泡的缘故，就在这昏昏沉沉中，我看见妹妹流泪了，我充满了疑惑。

妹妹说："咱娘这次该放心了。"

啊，妹妹又提起了母亲。母亲的面容，母亲的憔悴，母亲的辛劳，一幕幕又映现在我的面前，我想起母亲临终时拉着我的手说："孩子，该找个媳妇了。"妹妹就是为这话而哭、而流泪吗？啊，娘，想起您我就心痛，可您并不懂得对于儿子来说，除婚姻之外，还有更牵动他心肠的理想。一位诗人说过："人的生活方式有两种，要么腐朽，要么燃烧。"我只能燃烧不能腐朽啊。

"哥。"

我听见妹妹在喊，我抬起头。"哥，你去吧，娘在病重时为这事操了多少心啊，那天，你去给娘请医生，娘紧拉着爹的手说：'给孩子找个媳妇吧，我就托你这一件事了，你一定要把媳妇给儿子找了，要不我九泉之下不会安心。'"

父亲长长地叹了一口气，对我说："去吧。"声音是从未有过的浑浊与柔和，我慢慢地站直身，把钱装在衣袋里，妹妹已把自行车给搬了出去。

我走了，走到拐弯处，回头看看，隐隐约约中父亲和妹妹还在院门口看着我。我掏出手帕揩掉了眼泪。路，沉重地延伸着。

九

冬天来了。好像从前没有留心观察过冬天的景色，我在初冬的寒风中漫步,看见到处都显得萧瑟,光秃秃的树的枝条,惨白的土面,路沟中的落叶,单调的房屋,大自然失去了它的美和魅力。

我站在辽阔的旷野。我心情不好,我怀念喧闹的春、热情的夏、蓬勃而富有诗意的秋,尽管我知道春还会来,秋还会来。我走着,忽然想起这冬也是可爱的,一种冷色的美、单纯的美。我怀念我那过去的岁月,怀念我已轻轻蹚过的年头。我已经蹚进二十二岁的河流了,我知道我面对的将会更多更多——家庭、事业、理想。然而怎样来解决这些矛盾,面前沉重的路该怎样去走?我总结过,每当我在家无所事事的时候,我们父子之间出现的舌战可能更多。我常常感到空虚,生活太无着落了,当我在屋里掂起笔的时候,我总是提心吊胆,生怕父亲撞开我的门,我怕父亲那双老辣的眼睛。

村里响起嘹亮的喇叭声,这是一个邻居家的儿子明天完婚,一丝惆怅倏然袭入我的大脑。我该结婚吗?也许。可那双乌黑的大辫子离我而去,没能紧紧地把我缠住。在我们的接触中,我和她的距离一次次拉远,因为她关心的仅仅是住房,仅仅是存款和未来的生活。她不止一次地主张我出去做工,主张我去某砖窑上出砖、装窑,说那可以挣很多的钱。我也懂得我该挣钱,可我不需要她这样说,她仅仅上了个小学四年级。那时候我的梦彻底地破灭了,当我写出一篇作品时,我要把她作为我的第一个读者让她提出意见,她能吗?我要把我的痛苦、我的惆怅、我的构思向她倾吐,她能理解吗?姑娘,你太重实惠了。

理智使我和她道了再见,也许我太苛刻了。"我们分手吧。"我说。

"啥意思?"她吃惊地问。

"我们合不来。"我说。

"咋合不来?"她的嗓门倏地提高了。

"反正,合不来。"

我看见了她的眼泪,在秋天的最后一个晚上,像受了巨大的委屈,紧紧地缩成一团,身体抽搐着。我说:"我不是你所希望的那个守本分的人,黄土地并不是我的命根子,我想做黄土地上的叛逆者,我需要心灵上的真正沟通,你能吗?"夜一步一步走深了,她踉跄地离开了我,狐疑的目光最后紧紧地看了看我。我久久地看着她的离去,流出了难以说清的泪水。

结束了,尽管各自心里都有一种留恋,我还是长出了一口气。

晚上,父亲把我叫到他的面前,他放下烟袋,干咳了两声,看着我。

"有事吗,爹?"

爹微微欠了欠身:"你听这喇叭多响啊,人家三喜明天结婚了。"

我点点头:"知道。"

父亲说:"你猜三喜多大了?"

我摇摇头。

父亲说:“比你小一岁。”父亲的话音落地的一刹那,我打了一战,我猜出了父亲的下文,果然。

“你也该结婚了。”

我站着,一阵摸不着边际的思想攥住了我,我想这是个梦,那个大辫子的桂敏恐怕此生再也不会属于我了。

爹说:“你让李荫和林梅到女家说说。”说着父亲从衣袋里摸出几十块钱,对我说,“明天就去,去时给媒人买点礼物,这是规矩。”

我没敢接钱,呆站着,不知道怎样才对,我像做了一个梦,或者说为父亲织了一个梦,又把这梦打碎了。父亲不知道这梦的破碎,仍然在梦中沉浸着。我不知道该把父亲从梦中唤醒,还是让父亲继续在梦里沉醉。我想到就是这个梦,使我和父亲减少了吵架的次数,父亲日夜都在盼我结婚,结婚后他就可以卸去一份欠债般的重负,我就有了约束,就会有人打破我非分的想法,这可能是父亲的思想。

良心告诉我,我应该把事实告诉父亲。我向父亲身边走去,父亲以为我去接钱,伸过手来时,对我说:“别迷瞪了,快拿去,你的事的确该办了。办了,我也放心了,为你操心的人都放心了。”

我猛然间感到我是一个罪人,在这之前,我只想到了我就是我,并没有想到我的一切行为、一切负担还紧紧地和我的父亲、我的亲属甚至和死去的母亲相关。他们每时每刻都在为我操心，这是血缘的责任感，这是传统所赋予人的精神责任，也是人赖以生存的生命支柱。

我没有接钱，我张了几次嘴终于把嘴张开了。

“爹，你听我说。”

爹又开始装烟，从烟包里摄出烟丝装进烟锅，又划着火柴燃着，滋滋地吸，吸得有滋有味，一面吸烟，一面脸朝向别处，几乎给我一个背面，眼不时斜过来，我自觉地俯下了头。

“爹，你听我说。”

“说吧。”父亲也不看我。

“我……我……”

“你……你，你还不想结婚对不对，我怎么养了你这么个不听话的败家子，你让我为你操多少心呀。”

“爹，你听我说。”

“说吧。”

“我，我们拉倒了，断了。”

“啥？”这一声如五雷轰顶，接着父亲粗声地对我说，“我不信，你小子别捏点儿来骗我。”

“骗？”父亲啊，我何时骗过您，作为儿子骗取父亲的信任是不道德的，儿子向您保证我从未在您的面前说过谎话。“爹，我们真断了。”爹一巴掌拍在桌子上，烟袋锅也掉在地上。“你个穷小子，连个姑娘都保不住，恁好个姑娘你说咋断了？”我说：

“说不来。”

“说不来,还不是你小子心高,你也不撒泡尿照照自己。”

我什么也不愿说。父亲站起来,在屋里踱步,忽然一巴掌打在我的脸上:“你,给我跪下。”我跪下了,像小时候做了错事那样跪在了父亲的面前。爹,我二十二岁了,我多年没给你跪过了,我忽然觉得这跪是多么的亲切,仿佛回到了童年和少年。

爹踱了几个来回,又突然想起了什么。“你说,断了,那钱呢?”

“钱,我在信用社领了个存折。”

“存折呢?”我缓缓地站起来,从抽屉里找出存折递到父亲的面前。父亲晕倒在椅子上,我慌了手脚。我想,也许他经受不了这样的打击。好久好久我都在想:“我孝顺吗?”

翌日,父亲亲自去找李荫和林梅。

事实使父亲更加泄气,他似乎是勉强着才回到家的。他回家的时候我站在门口,我不知道该说什么。我看着太阳,太阳的光环使我一阵阵晕眩,我呆滞地站着。父亲呼呼地喘着粗气,我看见从我面前走过的人满脸失望,我忽然感到的是一种不孝,是对一个老人的失敬,是对亲情的亵渎,而且这个人是我的父亲。我胆怯地站着,我无法说清他的表情,那一刻我充满了内疚。

我悄悄地侧转身看父亲旁若无人地走进里屋,展开了被子。我打开炉子,准备做饭。我知道父亲并没有睡着。他不停地翻身,发出不均匀的呼吸,有时还发出轻微的呻吟。我明白父亲难过，为了我，可我有什么办法呢，事实已经形成，更何况没有心灵的沟通怎么会产生真正的爱情和婚姻呢？

父亲的长吁短叹刺激着我的神经，我有点经受不了。我又一次想到了飞，想到了逾越，每当我心里难过时，我就会禁不住这样想。我想，我走了，就不会有一场又一场的父子之争，儿子在父亲面前永远没有理由可讲，哪怕儿子是哲学家或雄辩家。“父之过，子不纠”，况且，你又怎么断定就是父亲的错呢。

饭做好了，我恭敬地将一碗饭端到了父亲面前，他侧身躺着，轻轻地眯着眼。

“爹。”我连叫几声，父亲才慢慢地睁开眼。

“爹，吃饭了。”父亲躺着，不耐烦地撇撇嘴。

“爹……”

父亲慢慢地坐起来，一脸的怒相，他开始吸烟，烟味沁入我的鼻腔，呛得我一阵咳嗽。

“饭要凉了。”

“我不吃，不饥，胃里撑得很。”

我默默地把碗放在父亲床边，退出来。父亲吸了两口烟，又大骂道：“穷小子，你作怪，我不饥。”“啪！”烟锅狠狠地敲在碗上，碗裂成了碎片，接着父亲粗粗的喘气声传来。

我愣愣地站在炉台旁。父亲又骂：“唉，你小子不争气呀，心比天高，你尿泡尿照照自己，就是你浑身是铁能打几个钉子，你这种懒货，谁还肯嫁给你呀。”我听着父亲的谩骂，听着父亲一面骂一面吸烟的声音。

“啪!”父亲又把什么东西摔了,我掀开门帘。地上,小收音机成了碎片。这就是毁灭,父亲想把我的理想毁灭,不能如愿,他就可以无谓地把物质毁灭给我看。父亲啊,你给儿子一点自由吧,你儿子不愿只做传宗接代的工具啊。

父亲竟然哭了:“有你这样的儿子我可怎么过啊,你不争气,不争气啊……”我一阵反感,又一次掀开门帘,对父亲说:“爹,你哭什么,你儿子真找不到媳妇了吗?你就不能给儿子一点自由吗?”

父亲的哭声戛然而止,他站起来,掂起身边的一根铁棍,向我掷来。我一阵晕眩,接着一股鲜血从我的额头流出。我蹲在地上,任额头的血流着,恍惚中,看见父亲愣愣地站着,没走过来,也没坐下去。

当我带着白色的绷带从医生那儿回到家时,看着满屋的狼藉,看着我的小屋,我最强烈的想法是:我要出走!

哦,我看见了满山遍野的绿色和野花,看见了皑皑的白雪,白雪中的青松,看见了奔跑的火车和奔流的江水。我真诚地想:“该出去了,世界之大,何必孤守小屋!”我激动得战栗。

十

起风了。风很大,狂风像一把巨大的扫帚,涤扫着大地上的落叶，又在大地上制造着灰尘，大路上掀起一阵阵尘雾。这是一个寒冷的清晨。

我裹上棉衣，走出小屋。父亲还没有开门，我站在门口，看着寒风怎样疯狂地肆虐，呼啸声不断刮过耳际。我格外地冷静和清醒，我该出走，这是一个年轻人所拥有和所应有的使命。大自然中尽管有狂风、有暴雨，但毕竟是美丽、是可爱的，外部世界尽管复杂，却可以使人的阅历更加丰富。人活着就该有胆走向大世界，也许我早该走了，我又裹了裹棉衣，恨不得一步跨出这陈旧孤寂的小院。

可是，父亲躺倒了。

自那个寒冷的早晨，他一直躺了整整五天。小院显得格外地寂静和冷清，每天我做饭，然后端到父亲的面前，他有时哼一声，有时连哼一声也懒得给我。做好饭，我再做另外的杂活：刷锅、喂牲口、出圈粪、到地里去……父亲默默地躺着，我默默地干着，干完了我就在小屋里发愣，有时来了兴致便笔走龙蛇地写它一阵，有时则为书中的主人公暗捏一把劲，和主人公一起经历悲欢离合。

第三天，左轮来了，手里拿着一本油腻的文学杂志。我接过来，有心无心地翻着。外面传来风的叫声，点燃烟，左轮问我：“你爹呢？”

我说：“躺着。”

左轮问：“咋躺着，病了？”

我说："心病。"

左轮问："又生气了吧？"

"嗯。"

左轮问："吵架了？"我点点头，左轮说，"干吗天天吵，为啥？"

我说："为我。"

左轮："你爹让你结婚是不是？"

"嗯。"

左轮："咋，你不结？"

我点点头。左轮往前凑了凑："结了吧。"我说："结不了了，我们断了。"

左轮大惊："啥？怎么没听你说过。啥时候断的，你真是太混了，人家姑娘哪点不好，你这样，李荫两口子不是白操心了吗？"

我只好苦笑，此时我心绪烦躁，对任何人不愿做任何解释。

左轮说："我去找李荫一趟。"

我说："不用去，断就断了。"

左轮说："你心太高了吧，娶了媳妇不一定就妨碍了你。"

我点点头，心想，那要看这个女人是个什么样的女人。我那时候真是心高气傲，直到几年后我还是找了现在这位并没有多少文化的妻子，才知道，事业和生活是要互补的。

左轮掐灭了烟，叹口气，站起来说："我劝劝你爹去。"

我静静地坐着，听他迈着不匀称的脚步进了那屋的门。接着我听见了爹的一阵剧烈的咳嗽，爹的咳嗽使我想到他也许真的病了，咳嗽之后，我又听见了爹对左轮骂我不孝，骂我败家无规的声音。

我静静地听着，对这些暴躁的骂声我已习惯，完全可以耐心地听之任之了。

十一

下雪了，这是我最喜欢的天气，冬天不下雪，就不是真正的冬天。风夹着雪嗖嗖地在空中舞蹈，我欣赏着雪的景致。

我酷爱雪，酷爱夏天的雨。现在回忆，作为一个回乡的农民，我最盼的就是这样的天气，那种天气仿佛就是给我的一个假期，只有在这样的天气里才会赢得一个消闲的机会。老实说，很多书我都是在这样的日子里读的，我的很多东西都是在这样的天气里写成的。这样的日子里我可以无拘无束，父亲不会骂我，他蒙头大睡，我便如获大赦。感谢老天爷的照顾，让我能够看书或者写作。

父亲还是躺着。他没再骂我，可他咻咻的出气声却使我不寒而栗。

我该写点什么？写我的童年、我的少年，我的永别人世的母亲，写那粘住母亲的黄泥、葬埋了母亲的黄土，母亲坟前轻摇的柳树吗？

我的大脑一片模糊，思绪纷乱。

记得童年时，一次房檐上的燕儿正好把一摊粪便拉在我的新衬衫上，我火气上来，一竹竿捅破了燕儿窝，可燕儿没赌气飞走，竟又耐心地重新筑窝。我不明白这对燕儿何以对我家的破房恋恋不舍，对我的蛮横置之不理。后来我忏悔地想，燕儿重新筑巢和我洗掉身上的燕儿屎相比，要难得多。

我对生我的土地恋恋难舍，这片土地如此深深地哺育了我们，让我们有自己的出发地，有走出第一步的地方，站在黄土地上，每一个角落都可以是迈出第一步的出发点。父母把我养大，我二十多岁了，父亲还仍然放不下他的责任，他不明白他的儿子并不喜欢他这样做，不会知道他这样做实际上束缚了儿子。父亲，你应该放心地生活了，我说过，当我成人后我就有权利自己决定自己的生活。

我不喜欢你的干预，正像小时候我不爱吃糖糕你非让我吃糖糕一样，我不喜欢什么你何必让我喜欢呢，难道儿子沿着自己的轨道，过自己喜欢的生活都行不通吗？

父亲，我们何至于生出这么多的不快与隔阂，有些隔阂又是那样无端。

比如，小妹大前年升高中没有升上，我说让小妹复习一年吧，你便怒目金刚般地看着我，正好那时村里有人举办裁缝学习班，你便给小妹报了名，你说："十好几的女孩，该学点持家的手艺,不然将来到了婆家会受奚落的。”为此,我们好一场争论,最后还是小妹的眼泪使你软了心。第二年妹妹考上了,你却又那么快活地亲自送妹妹到学校去。那一刻,我是感激的,我为我的父亲这样做而骄傲,我觉得那一刻,父亲高尚而且高大。那一天,我一直看着你送妹妹的身影。

再比如,我们吵架往往是为了干活的速度,你劳动的哲学是“永不闲着”,而我的想法是“有效率地干完”。

哦,父亲,我实在不愿意再继续罗列我们之间的隔阂。作为儿子,罗列和父亲的隔阂,父亲的过错,也许是我的一种罪责,说得越多,我的罪责就越大,会让我的内心愧疚。其实我更希望没有任何埋怨父亲的地方,更希望我们之间有着令人羡慕的和睦。

也许,每个人都在为自己解脱。

雪停的那天,父亲从床上起来,他又坐在椅子上吸烟,我长长地松了一口气。

他起床后的第一件事是和我分家,我如遭雷击,怔怔地看着父亲,仿佛走进死胡同般地憋闷难受。啊,父亲和儿子分家意味着什么,尤其是没有成家的儿子被父亲分开。父亲啊,你要让儿子无地自容吗?这样的打击我实在承受不了。

“爹。”我猛然跪在父亲面前,以泪洗面。

“爹,儿求你了,我们凑合着过吧。”

父亲滋滋地吸烟,对我的哀求无动于衷。我抬起头,看见父亲将烟荷包扔在桌子上,头枕双手仰躺着。“爹。”我站了起来。

父亲没有说话。我恍恍惚惚地站起身子，做梦一般地推开我的屋门。

雪似乎又慢慢地飘下，天气并没有晴的意思。

迷迷糊糊地躺到傍晚，父亲用烟锅叩响了我的屋门，打开门，又见满天弥漫着纷纷扬扬的雪花，轻微的寒风吹拂着，将一团雪雾打在我的脸上。我顿然大醒，又一个夜来了。

我走进大屋，父亲将五块钱递给我："你买一瓶酒来。"

我裹裹棉衣，踏着积雪去执行父亲的命令。外面的世界多好啊，皑皑白雪，摇曳着雪花、雪团的枝条。十字路口，一只茫然的狗在雪中抖着鬃毛。我记起一句话："当你孤独茫然时到自然中去。"我踏着积雪慢慢地走向村外，看到大片大片的原野被这银白色覆盖着，路在银色中延伸，路面上留下了几行零散的脚印，继而又被白雪淹没了。每个人都在走，每个人都会留下脚印，每一行脚印又被淹没了，而后，还会再走出一双双脚印来，在黄土地上，在雪地上……

我忘记了一切。不知过了多少时间，我才恍然记起我该去为父亲买酒，我慌忙向村里走。回到家，父亲正用一双哀怨的眼睛看我。左轮来了，父亲的好朋友林金大伯也来了，桌面上零散地摆着几盘菜，我突然有一种预感。

我们默默地就座，左轮无言地递给我一支烟，林大伯叹息着看着我和父亲。

几杯酒后，父亲对林大伯说："老林，你替我说吧，左轮也是我请来的。”

林伯无言地呷了一口酒,我则浑身一震。

林伯又呷了三杯,父亲一把从他手里夺过了酒壶。

“老林,你说嘛。”

“我,”林伯长长地吐了一口闷气,“哎,还是你自己说吧。”

父亲实在憋不住了,匆忙喝下了面前的一杯酒:“好,今儿个我把两位请来,是我为我和儿子分家的事儿。”说着他又去端面前的酒杯,我看见左轮露出吃惊的神色,大概父亲事先没有对左轮说明。

我浑身一阵颤抖,定定地看着父亲。

父亲接着说:“咱俩合不来,就分开过吧。”

三双剑一样的目光定定地朝着我,我怔怔地不知所措,像在梦中。须臾,我猛然站起,对着父亲,对着他们大喊一声:“不!”

三只捏着酒盅的手都停留在桌子上,一动不动,父亲的嘴唇似乎颤动了一下,又听见他说:“咱爷儿俩还是分开吧,你也别伤我的心,我也不拦你的想法,权当我不是你爹,你不是我儿。”

我浑身发颤,这话让人寒噤。“爹,”我双目流泪,“爹,你儿子再不好也是你儿子,你不该这样,不该这样,娘九泉有知,她该多难受啊。”

“你娘咋了?你娘死了,别拿你娘来抗我,分,我说分就得分。”

我猛然又跪在父亲的面前。

“爹，儿求你。”

“你怎么光是想你的自由呢？你娘临死前还想着给你找媳妇的事，你让我怎么向你娘交代？你有多挑剔，你有文化又怎么了？咱乡下多少没文化的人，他们怎么了，他们就不过生活了？……”

一阵沉默后，林伯对父亲说：“老弟，你看……”

爹长长地吐出了一口气：“好吧，不过，要是不分，你得服我一个条件。”

我静静地听着父亲的下文。

“你得服我一条，年前结婚。”

“结婚?”面对父亲，我有些迷茫，想，有那么现成的人吗?跟谁结呢?

爹说：“你只要同意，有人愿去保媒，年前把事就办了。”

我好似扎进了一场大雾之中，短跑似的速度，天知道这姑娘是怎样的脾性啊，况且，即使结婚也总得相互了解一下吧。

父亲说：“不行，咱就分!”

我慢慢地站起：“爹，太仓促了，明年吧。”

“不行，我老了，不等了，我要趁早把你的事办了。”

“爹。”

父亲断然地向我摆手：“别解释，你多大了，再不找，谁还找你?”

我说：“爹，你放心，儿总得给你娶个媳妇，迟早会的，只是你不要逼儿子。”

“别哄我,迟早会娶,到什么时候?”

“爹,两年后好不好?”

“两年,我等不及,说不定我明年就死了,有儿娶不了媳妇,抱不了孙子,人家会怎么说?”父亲说着竟然流下了眼泪。

父亲,难道你的儿子仅仅是一个传宗接代的种子吗?一种抵触情绪使我真想对父亲大喊一声,我拒绝你的要求!

我镇静下来,对父亲说:“爹,咱好好谈谈吧。”

“谈,有什么好谈的?”

“爹,你有条件,儿尊重你,你就不能尊重儿子一点吗?”

“你尊重我,你咋尊重了?跟老子讲条件,你有啥条件,说吧。”

我努力克制着自己:“爹,等我两年,我不想结婚太早!”

“不想成家,你给我滚!”父亲两眼冒火,向我打来,被左轮和林伯拦住了。

父亲呼呼地喘着粗气:“你说,你到底应不应?”灯光下,我看见林伯向我眨了眨眼,左轮也悄声地对我说:“先应了。”

我慢慢地低下了头:“我再想想。”

我抬起头,林大伯向我摆了摆手,对父亲说:“此事不是小事,也该让孩子想一想嘛。”林大伯又扭过头说,“歇去吧,我跟你爹再合计合计。”

我临出门时爹说:“小子,我等你两天,不应,咱就分。”

我踏出门坎，外面的世界仍是风夹着雪。

我走进小屋，左轮进来陪我叹息。一墙之隔传来了林大伯和爹的说话声，外面有风的肆虐，听不清楚，只是隐约中时而听见父亲大喊，时而听见父亲的叹息。我想，世界上存在着许多诚意，但有的诚意，是盲目和可怕的。

一夜恍恍惚惚，风声、雪声叩打着窗棂。

外面的世界是如此不平静，恍惚中林大伯和左轮什么时候走的我记不清了，这一夜似梦似醒，浑浑的大脑折腾了一整夜。

我也许是个混蛋，永远成不了气候，可我总不肯罢休，年轻人总该有梦。我也许真该出走，可我的出走意味着什么？父亲会不会又大病一场？如果是那样，无疑增加了我的罪孽，最后我的决定是：如果父亲执意和我分家我就出走，因为我需要回避，和父亲保持距离，缓和我和父亲之间紧张的局面。

这样胡思乱想，临天明时我进入睡眠，在睡眠中又被一个梦激动着。

我梦见一棵蓬松的花树，花树上开着两个硕大的花，格外夺目，一朵浅蓝，一朵粉红；一大一小的两朵花在阳光的普照中紧紧地贴在一起，那样和谐。然后，那个大的花旁站起了父亲，小的花朵旁站起了儿子。哦，这就是我日思夜想的"父子花"吗？这就是我和父亲共同浇灌出来的花树吗？

我又一次流泪了，在泪中我醒了，梦醒之后我是多么失望，我的情绪又变得那样怅然，我想刚才的那一幕不是在梦中而是既有的现实，蒙眬中我忽然想跑到外面的大世界中去，对着天空、对着白云、对着整个世界，声震屋宇地大喊：

“理解万岁！”

我是多么想和父亲好好谈谈，假若我们能求得相互的理解，该是多么令人激动的事情。我该不该走，在我想走的时候，我又是多么留恋自己的家乡、自己的家园，尽管这家园存在着诸多的矛盾，尽管这个家使我痛苦，我想不通这到底是因为什么，为什么我要迷茫。

我听见了咚咚的敲门声，打开门，进来的是左轮。左轮匆匆地在我床边坐下，对我说：“我要到外面去要账，你要尽量和你爹和好，不要分，分了对你不好；你们家就三个人，你妹妹正在上学，是什么影响？父与子相争，世俗总是向着长辈的。”

我点点头，又茫然地问：“要是爹非要和我分呢？”

左轮燃了一支烟，后来他说：“不要，千万不要，你找人再做做你爹的工作。”

我低着头。

“唉，小安，你就不能做只绵羊吗？”

“你这是啥意思？”

左轮猛抽一口烟：“应了你爹的条件，结婚。”

我顿坐在床，天，左轮也持这种论调了，难道在父辈的面前，儿子们永远只有做俘虏的份吗？是的，我可以结婚，可这毕竟与我现在的心思不相吻合，轻易地去毁掉自己的信仰和诺言还算什么真正的男子汉？况且这闪电式的包办婚姻，谁能保证会给我带来和谐与幸福呢？假如不是这些而是相反的结果，那么结婚又有什么意思呢？

我摇头："不，如果是我了解的人我情愿，可事实不是，我总得有做人的自由吧。"左轮吸了两口烟，一只手抚着脑门："你爹也太偏执了。"

我仰起头又一次看着左轮，我说："左轮，我想走。"

左轮似乎一惊："走？"接着眉头一亮，对我说，"对，走，你可以走，三十六计走为上策啊。"

往哪儿走呢？

左轮说："我有个亲戚在天津搞建筑，你可以找他。"说着左轮拿过我的笔和纸，刷刷地写下几行字，我握着那张纸，心潮澎湃，心想：我要去的地方不只是天津，也可以是，或者北方、北大荒、南方及其他地方，不论我干的活计多么苦，只要能求得心理上的愉悦我都愿意。

我脸上闪过一丝自嘲般的微笑，我站起来，望向窗外，仿佛要和家乡远别了。

"可，你爹他，怕要生气了。"

"这，我想这样，要是我爹坚持和我分家我就走，我知道他是在逼我就范，可我不能！"

"你走吧，你走了，我得空会往这儿跑，有事我们再联系。"

我说："我可能真应该走了！"左轮使劲拍了拍我的肩头。

两天，一闪就过去了。

傍晚，我踩着积雪去找林大伯，林大伯住在村的最北头，我走着，看着灰色的天空，听着脚下冻雪的吱吱声，我感受着这冬天的博大，享受着清冷的气候，只是鸟儿的叫声太少，这是一种缺憾。我想，在这冬天，有多少人盼望着温暖，可温暖并不是万能的，也不一定能给人带来快乐；相反，冬的清冷使人更清醒。

家家户户的电灯次第地亮了，积雪在灯光的映照下显出一种温和。我走进林大伯家的院子，我站在林大伯、林大娘以及另外几个林家成员的中间，他们似乎都在用一种同情的眼光看我。

“大伯，我爹他，一定和我分吗?”

林大伯长长地出了一口气:“唉，难哪，你若不答应你爹，他怕真要和你分的，你真不答应你爹吗?”

我不说话。

“你爹他脾气太直，从来是钻进胡同不回头，我找他说了好几次，都不行，他太固执了。”

也许，我也太固执了。

“其实你爹就是想早点给你娶个媳妇，你应了，就没事了。”

我不想说话。我什么也不愿说，我只是踩着积雪向回走，站在积雪中间，走在铺满白雪的大路上，我一次又一次地出着长气，父辈的命令是这样违拗不得吗？我慢慢地走着，街面上很少有人走动，我忽然想起我的妹妹，我有些对不起她，在这篇小说里我对她着墨太少了。她与父亲也许还算和谐，妹妹的脾气好，妹妹和父亲的见面次数少,也相应地减少了许多摩擦。我的出走不也是要减少和父亲的摩擦吗?我忽地又想起左轮的那句话:“三十六计,走为上策。”

推开父亲的屋门,飘来一股浓重的烟味,父亲半躺在椅子上,眯着眼,满地都是烟灰和火柴棒。我愣愣怔怔地站着,不知所措。我在这窒闷的空气中有些站立不住,我轻轻地叫了声“爹”。父亲慢慢地睁开老眼,我看见父亲在两天之中显得更加苍老,不难想象,他这两天的日子也是不好过的。

我禁不住打了个寒噤,这个劳累了大半生的老人,也在受着心灵的折磨。他,他们也有自己生活的信条,有他们自己的想法,不想轻易改变自己,并且要求他们的下辈顺从地跟着他们走。然而,他们忽视了社会的发展,世道的变化,儿辈们的开放已不会再循规蹈矩,他们有自己的想法,有这一辈的信念、自己的追求。这并不意味着他们对长辈的不尊重,而仅仅是一种生活与理念上的差异和自由。变化永远是一种存在的规律。

“爹。”

父亲慢慢地从椅子上抬起身子,似乎不耐烦地说:“说吧。”

我说:“你原谅儿子吧。”

“原谅什么?”

我说:“我想了,一直在想,我还是没有说服自己,我不能答应你的要求。你容儿子了解一下对方吧,这不是急的事情,给我一段时间。”

“了解,到什么时候?”

“我说过,今年不成了。”

爹说:“想不分家,你就得成。”

我说:“爹,终身大事不能这样简单,这是儿子一生的事呀。”

爹说:“什么简单不简单的,要想不分家,就是个寡妇也得给我娶了,就是我借钱买也得给你买个来。明白告诉你,这闺女是让人家糟蹋过的,再说人家也是图钱才答应快点结婚的。”

妈呀,我禁不住倒退两步,这不成了买卖婚姻了吗?儿子结婚没有儿子的一点自由,这是多么可悲呀!什么年代了,怎么还能这样?父亲说:“我们家这条件,你还敢讲究,还敢拖吗?拖下去,你可能就是一根光棍,别迷瞪了。”

“爹,要是我不答应你呢?”

“不答应,咱各过各的。”

父亲还在逼我。我身子发颤,最后又看了一眼父亲,看了看父亲的屋子,退出门外。天空中出现了星星,我在星星中找着方向,甚至想变成一只小鸟,钻到星星的缝隙里,不是说有一个外星的世界吗,如果能去外星的世界里生活多好。我决定走了,不再犹豫。我分别给妹妹和父亲留下了一封信。然后我蹚着积雪的街道,走到左轮家,左轮没有回来。

十二

第二天黎明,带着简单的行装,我悄悄告别了生我养我的村庄。在这寒冷的黎明,我站在村外,满含深情地望着白雪包裹的瓦塘南街,禁不住双眼潮湿。

保重吧,我的家乡！我的村庄！保重吧,我的父亲！我的妹妹！保重吧！我的朋友们、乡亲们。我会回来的,但愿在我回来的那天,我的故乡到处都长满花树,到处都开满美丽的"父子花"。

面对渐渐从沉睡中苏醒的小村,我一遍又一遍地从心底里喊着:理解万岁！我一遍又一遍地默念着:父亲,儿子是爱您的！儿子出去了,儿子会回来看您,会和您联系,不会让您担心的！但是,我必须出去了！原谅儿子对您的违拗,您等着,儿子会带一个媳妇回来！会带一条路回来！儿子会用心血去浇灌一棵花树,在那棵树上好好地开放……

我转过身,面前是白雪铺成的道路,通向远方。

林晓菲的格子铺

一

起初，林晓菲来六里屯只是找一间房租，和朱光来这里一起生活的。可一溜儿的店面，店面晃眼的招牌一下子把她抓住了，似乎六里屯在等待着她的到来，为她做着开铺的准备。林晓菲浏览着，六里屯其实是一个小城区，不远处就是省城的大学城，街上走动的大都是在这里租房的学生。

一个月后，林晓菲已是一家格子铺的老板。所谓格子铺就是把租赁的商铺分成格子，再租出去，由承租者在格子里卖自己进的货，老板管理别人的经营，收取租金和管理费。赵凯租下格子铺将近四分之一的柜台，是林晓菲没有想到的。之前，林晓菲在一家热水器的代理公司上班，赵凯是她的业务主管，如果说结缘，或者其他什么的都是从那儿开始的。

格子铺开张一个月后，林晓菲在“六里香”设宴答谢租户，一共是十一个人，放眼望去，赵凯的成熟和魅力一下子就显出来了：高挑的身材，平头，宽边套金框的眼镜，因为年龄和成熟抑或他是格子铺里最大的租户，自然被小弟弟、小妹妹们推到主位，更显出他的出类拔萃、玉树临风。赵凯是经过场面的，坐得坦然，骨子里透出几分底气。只有林晓菲从他的目光里看出了另外一些内容：忧郁甚至猥琐。

喝过几杯，赵凯挑起一个话头，说：“我们敬林老板一杯吧！”一桌人被这句话挑动起来，蠢蠢欲动地端起酒杯，一个小弟弟已经把酒瓶握在手里。赵凯又及时制止说：“我们这样敬，岂不让林老板轻易过关了？我先敬，然后你们再敬。”林晓菲也许是太兴奋，忘记了戒备，不知道这可能是一个阴谋。她一杯接一杯地应付，直到最后喝得有些晕乎，忘记酒席是怎样散的，单是怎么埋的。第二天清醒过来，赶忙把电话打到酒店，说了一通抱歉的话，酒店总台的小姐说：“账结过了呀，林老板。”

“结过了，谁结的？”

“一个戴眼镜的男士。”

林晓菲马上想到了赵凯，又给赵凯打电话，说：“赵经理，我马上还啊。”

赵凯笑笑：“无所谓，怎么就该一定是你埋单啊？”

林晓菲说：“不，不，这情我不能欠的，你租赁最多的柜台已经是对我的支持,我非常感谢了。”

林晓菲这才回想起昨天的事:从酒店出来,她被赵凯拉到了一个茶馆。赵凯要了一种醒酒的茶,说:“晓菲,等酒醒醒再回去,这样回去不好。”其实赵凯也喝多了,身子歪在椅子上,醉眼蒙眬地看着林晓菲,手在林晓菲眼前挥动,滔滔不绝地说着:“林晓菲,你开什么店我跟什么店,你到美国、澳洲我也跟着!林晓菲,我是你的追星族。”说着抓住了林晓菲一只手。

林晓菲挣脱着,说:“你做过我的上司,不要这么说。我们喝了茶就走。”赵凯的眼瞪得圆圆的,下颌上翘,抓过林晓菲的手放到脸上。林晓菲像触到了一块烧熟的炭,往回缩,却被有力的大手钳着,又摁到他的胸口。她使劲地抽出手,趔趄着往外冲,他从身后拽住了林晓菲,说:“林晓菲,你跑不了,我倾家荡产也和你绑着,你,你听我说……”

二

林晓菲对那种事,就是男女之间的那种事,不可能主动。这和她内心的阴影有关,那个遭遇一直在她的心里窝着,成为一种障碍:那一天父亲和母亲争吵,又一次说到了分手,母亲顺手把她几十年的老琵琶摔了,又拾起来,划出几个音,心疼地看着落泪,对父亲说:“林国亭,为什么？为了一个小女人你至于这样吗？你还有良心吗？对得起我们几十年的时光吗？你好好想想,你就肯这样狠心甩了我们母女?”

一到这时候父亲就是沉默,这是他的撒手锏,以寡言销蚀对方的咆哮或者指责,让气氛窒息。母亲在抱着琵琶流泪,偶尔弹出的几个音符像在哭泣,她朝向窗外,一只小鸟静静地站在窗栏上。父亲开始抽烟,烟雾和他的沉默弥漫了房间,让林晓菲厌恶。林晓菲喝住父亲:“你不要晃来晃去的让我们心烦。”父亲没走,也没有吵下去的意思,踱到阳台,继续大口大口地吐烟,好像是一种掩饰,他有些怜悯地看着晓菲,说:“我会对你好的,你不管干什么需要老爸帮忙,老爸都会支持。”

林晓菲说:“怎么变成了帮忙?不是你分内的事了?”

“孩子,别抠字眼儿,有什么事一定给老爸说。”

“我不稀罕。”林晓菲别过头去。

父亲说:“话不能说得太早,鱼儿离不开水,瓜儿离不开秧。”

林晓菲瞥了一眼父亲,说了一句:“讨厌。”噔噔噔下楼,楼梯震得炸响,似乎是一种示威。她想出去走走,在城郊的路上散步。天沉下去,月亮升出来,远远地看见城市的灯光亮了,万家灯火。林晓菲在城市的楼缝里寻找着属于自己的房间、一扇楼上的窗户。她慢慢地不情愿地朝着回城的路上走。

她遇到了一个醉汉。醉汉本来已经骑着摩托走过去了,又折了回来,破摩托喘息几声被扔在路边,酒气喷到了她的脸上。林晓菲身后是一堵破墙,破墙围着的是一个破院,可能是一家破产的企业。林晓菲扭过头朝破院里跑,直到事情发生后才知道自己选择错了,她不该往破院里跑的。那个人追过来,她的腿软了,颤颤巍巍地躲到墙角,那人一手摁住她的肩膀,又一只手撕她的衣裳。她感到了一种坚硬,像一把利剑要穿透她的身体。她恶心极了,夜空里,一只大鸟嘎嘎叫得瘆人。她用力抓住对方的头发,牙咬住对方的额头,可是咬住的只是干燥的头发,腹腔内一阵恶心,强烈地想呕吐。她最终还是被摁倒了,被顶在角落,摁翻在瓦砾上,真的要顶穿她的身体,她几乎绝望了。这时候,林晓菲忽然喊:“我可以做你的女儿,我可以做你的女儿了!你家有没有女儿啊?”然后是撕心裂肺地哭,哭声刺穿了整个夜空。这一哭一喊,上边的人一愣,猛一松懈,酒好像醒了。林晓菲趁机在他的胳膊上咬了一口,一声尖叫中她挺起来,狼狈地朝大路上狂奔……

跑进家,父亲睡在沙发上。她掂起凳子、书、塑料花,所有手边能抓到的东西不容分说地朝父亲掷过去。她披散着头发,父亲和母亲都过来拉住她,问她有什么事情,有什么事情,她钻进房间,蒙在被子里哭了一夜。

留在她记忆里的是一种恐惧。

和朱光的恋爱是漫长的。从初中开始,父亲把她送到省城的一所封闭学校。那一年父亲正和母亲闹得厉害,漫长的离婚马拉松没有终点。父亲当年是 C 市小有名气的企业家新星,有人捧,有人奉迎,父亲正是被这些奉迎弄得头脑发胀,看不起母亲。母亲忍耐和忍受着，她相信，围在父亲身边的是很多嗡嗡的苍蝇，迟早会被赶走，会知趣地飞远。这样的气氛林晓菲显然是不适合待的，父亲还算心疼女儿，把女儿支去了一所远离C城的学校。可林晓菲有了自己的心思，女孩子成熟早，已经把痛苦装在心里，有时候从学校给母亲打电话，侧面问母亲饭吃了吗，身体好吗。母亲不会让女儿分心，给女儿报的都是喜讯。那时候林晓菲每一次回家，每一次走进楼道都有一种担忧，常常先站着往楼上望，听着楼道上的说话声。

就是这时候，她在学校认识了朱光。和她一样，朱光的父母已经离异，父亲在省城开一家公司，把儿子带到了省城的学校。

两人从初中、高中，再到一个大专班。从林晓菲回到C城，又从C城回到省城，来到叫六里屯的都市村庄，他们分分合合，感情进展得不温不火。在C城，他们就曾在一起住了，在C城的南干道找了一所民居，置起家什。林晓菲把家里的音响抱到小屋，晚上关着灯任凭音响的荧光在铿锵的节奏中闪烁。林晓菲就是那时候喜欢阿桑的，那种歌声中的忧郁和感伤，就像之前在大街上迷恋刀郎的苍凉。一次阿桑唱着，屋里没有响动，朱光仔细一瞅，林晓菲竟然满脸泪花。

男女在一起带来的不仅是感情，还有相融的欲望。可是林晓菲害怕、恐惧。这对朱光来说，简直是一种折磨，欲火正旺的年轻人，同居本身就代表着身体的结合，为什么要刻意地远离、要艰难地忍受？终于，朱光忍不住了，他先在她的胸部听她的心跳,然后突然从床上坐起来,低着头看着林晓菲,那目光是醉人的、逼人的、带电的、有毒的、强悍的。林晓菲不敢看,把眼眯上。朱光还是看,从上往下,一寸寸、一厘米一厘米地往下看,说:"林晓菲,不要折磨人了,青春苦短,我们不能这样。"

林晓菲摇头。在摇过几次头后朱光终于不能自制,强硬地动手,而且硬硬地直冲过来。林晓菲叫喊,拼命反抗,夺门往大街上跑,像一个疯子。就是那次,林晓菲忽然听见摩托的嗡嗡声,浑身颤抖。朱光怜悯地把她抱起,一直把她抱到了楼上。

朱光不知道林晓菲不能这样,林晓菲怕硬来,怕那个硬硬的东西。

一夜,两个人先喝了酒,又放开了音乐,听林晓菲喜欢的音乐和歌手的歌,听阿桑寂寞的悲伤,王菲的忧郁,杨坤的空城。可惜,每次之前的音乐都是林晓菲放的,或者是林晓菲逼着放的。朱光就是这一夜趁着酒兴,确切地说趁着林晓菲的醉、林晓菲的不省人事,终于长驱直入,完成了一个男人的成长、一个男人的堕落。林晓菲醒来后唰唰的眼泪让他心疼,她楚楚地抽着鼻子,长发掩住她红红的双眼。以后的相融差不多都是这样完成的。朱光不知道林晓菲是故意把自己麻醉的,这让朱光的做爱有些牵强、有些单调,一次次总是听不到对方的回应,又有一种说不上来的失落,但毕竟有了男人的体验,有了深夜的宣泄。两个人的心里似乎都挽了一个结,心照不宣。但毕竟,几次后,她越过了那个坎儿,那个深藏在心里的结。

三

赵凯来格子铺那天，正有人在他的电器前挑选，一个俏丽的少妇挑中了他的加湿器，还瞥了他一眼，赵凯还了少妇一个微笑并加了一句谢谢。这个冬天太干，没有雪，整天都是干燥的冷风，刮在身上干硬，屋子里都能揭起一层尘土。赵凯很有眼力，不愧是江湖老手，他会及时把加湿器增补到格子铺，还有冬天里少妇们喜欢的居家用品。林晓菲悄悄地俯在他的耳旁："赵总，挑你货的都是美女少妇啊。"

赵凯耸耸肩，说："这些客户，我还真是感谢她们，看着都让人养眼。"这天临走，赵凯很一本正经地对着林晓菲说："林晓菲，我现在郑重地向你发出邀请，今晚我有个特殊的宴席请你赏脸。"林晓菲差一点喷出笑来，说："赵经理，你怎么这样酸啊！"

林晓菲按照短信找到了一家旅馆，就在六里屯，一家新开的中档宾馆。林晓菲推开门，明白了：赵凯生日！桌子上一个大蛋糕，几十根蜡烛亭亭玉立，灯光一片粉红，房间的气氛十分温馨。赵凯坐着，一副尽情享受的姿态。倒是林晓菲非常尴尬，愣着，说："赵总，你这就见外了，你怎么不说明白，你看我什么礼物也没有带的。"说着要返身下楼，被赵凯挡住了，说："不用，我只是想自己隆重一次，有你这个贵宾就足够了！我也是第一次这样为自己过生日，以前从来没有，不知道为什么，今年我特别想为自己过一次生日!”

林晓菲做个略显惊讶的动作:“哎呀,赵总,我忘了你的贵庚了。”赵凯俯身,几十支蜡烛正徐徐燃烧,眼花缭乱得不可能数清。赵凯叹口气:“我都奔四的人了,三十五!”林晓菲说:“如日中天,如锦似玉的好年华啊。”赵凯说:“林晓菲,你也笑话我,我如什么锦似什么玉啊?我怎么如日中天啊?我吧,顶多也就是别人的一个附庸,现在我又成了林老板的股东。”

林晓菲不想说这些不太吉祥的话,不符合生日气氛。赵凯感觉到了,音乐慢慢响起来,很温馨的《祝你生日快乐》。

然后吃蛋糕,喝红酒。美妙的音乐让她忘记了白天的紧张,因为音乐,她和赵凯频频地碰杯,她不想让赵凯在他的生日感到扫兴。她的脚打着拍子,酒杯在烛光中摇动。她记得一次赵凯去格子铺,她正放阿桑的《寂寞的快乐》,赵凯说:“林晓菲,把音乐换了吧,放欢快的、快乐的,阿桑的嗓音让人压抑。”林晓菲换了《佛心》、凤凰组合的《自由飞翔》等。不想,有一天几个女孩在买东西后停下来问:“老板姐姐,为什么不放阿桑了?”“阿桑?”“对啊,姐,我们第一次来就是因为阿桑,其实,我们是很喜欢阿桑的。”林晓菲告诉她们,从开始发现阿桑就没离开过,在家每天都听,尤其独自一人的时候。几个女生看着她,说:“谢谢!她的歌真是很好听的,有一种磁性。”林晓菲说:“好,你们听,我放!”阿桑的歌即刻就唱起来:开着车,开着窗,打不开的是心房……现在的女孩子心扉不知道是如何敞开的。看着几个学生的背影，林晓菲有些沉醉地听着阿桑。但阿桑的歌也让人忧郁。

又碰了一杯。林晓菲忽然说："其实，这气氛更适合你和夫人……"

不想触到了赵凯的痛处。

赵凯的家不在省城，在另一个比 C 城还要远的地方，那里有他的一个家，有妻子和孩子，有他的父母。赵凯和妻子的结合有父母对亲家的一种感恩：在他们家最困难的时候，岳父家给过他们帮助。赵凯到省城上学，后来成为他未婚妻的小云去了另一个城市。岳父家在供应女儿的同时拿出一部分精力支持赵凯，赵凯和父母非常感激，遇到暑假或者寒假两家人都要聚在一起。赵凯和小云的接触在两个假期里多起来，虽然学的不是同一个专业，不在同一个城市，但共同的学业、共同的话题还是很多的，两人的关系就是在这样的情况下不言而喻地确定的。更多的因素是双方的老人，他们说，这两个孩子的年龄、学业其实挺般配的，把更多的空间给了他们。双方老人的话语里开始给自己的孩子透露出这个意思，直到这时候赵凯忽然发现，原来自己的婚姻早已在预算之中。再见未婚妻时就多了一种挂碍，可那时候对方落落大方，后来两人的谈话散步有了更远的去处，比如郊外的一个湖边，湖边上的胡杨林。爱情就这样来了，按照预定的方案，按部就班地朝前发展。问题是，赵凯在大三的时候又喜欢上了一个女同学。女同学对他的攻势让他动摇了和未婚妻的恋爱，让他在不自觉中做了比较，因为更多的接触发现了更多的魅力，再加上外表的对比。还有更大的原因，那个女同学他每天可以见到，而和小云的相见只是在假期里，女同学进入他的情感也算是乘虚而入。

他和县城、和她的隔阂产生了。在又一个暑假，他很晚才回到老家，对父母说的原因是在外打工。他对小云的冷淡没有逃过老人的眼睛。几天后，当赵凯想从家脱身时已不可能，父母在一天晚上兵分两路地坐在他的身边，父亲耐心地瞅着赵凯，在酝酿谈话或者在准备着把酝酿的话说出来，耐心地盯着赵凯，似乎要把赵凯看到崩溃，自动投案。赵凯和父亲憋着一股劲儿，谁也不想主动缴械，都哑巴吃饺子——心里有数，心照不宣。母亲到底心软，对着丈夫说："你有话就对儿子说啊。"老人不急，似乎在逼赵凯就范。到底母亲心疼儿子，母亲说："孩子，你，你是不是要变心呀？"

"变心？"

"对，你就对妈说吧，是不是学校有了同学和你谈啊？"

"没有，妈！"

"交代吧，孩子，我们都看出来了。"

"没有！"赵凯还在坚守。

母亲说："你不能忘了小云！"

"我没有。"

"没有？你回来为什么不找小云？为什么不按时从学校回

家？一放假人家小云就回来了，回来几天就来家问你，你也不和小云打个招呼，你什么意思？”

“我没有意思。”

“妈看得出来，知子莫若母，你的心思其实藏不住的。”

赵凯倚着床边，不说话了。

“说话呀！”

“你们不相信我，我说什么？”

父亲就是这时候急的，拍了桌子，椅子翻了。父亲的手颤着：“你是不是想做陈世美？小云哪一点不好，配不上你？你好好想想。”

赵凯把头朝床里头别。

父亲把他的头扭过来。

赵凯终于摊牌了。

赵凯不知道小云就在他们家，正在这时候推门进来。小云进来后，就是掉泪，梗着头，一只手抓着辫子。

最后的结果是赵凯离开了同学。

现在他们的女儿已经八岁。

赵凯摇摇头：“我们从来没有一起过过生日。”然后说，“林晓菲，有一件事我想告诉你，我已经从公司辞职了。”

“你？”

“对！”

“那你，是跳槽？”

“没有，我跳什么槽？我把赌注都押到你这儿了。”

林晓菲真吃惊了。

林晓菲说：“赵经理，你的赌注押得太大了，对格子铺我也没有把握，也是试试。这么个小地方，你不觉得委屈？龙非池中物啊。”

“我感觉行。”

“托你吉言。”

“林晓菲，如果不是你先开了格子铺，我会再开个和他们竞争，你看，这里正有很大的增值空间，一个正派生商机的地方会给人好多的机会。”

林晓菲有些吞吐：“你，你可以开呀，你不开我也不会是独行买卖。”

“不，林晓菲，我不想这样，因为你的格子铺，我不会再开，我不会成为你的同行和你竞争，我喜欢你。”

林晓菲没有想到他能说出这样的话，张大了嘴巴。

赵凯站了起来：“真的，林晓菲，从你进公司的门，我就对你有一种说不上来的感觉。”赵凯还要说下去。

“不，不能。”林晓菲真慌了，她站了起来，打断了对方，拿着杯子的手有些晃荡，她觉得赵凯的话像醉话，是醉话，有点荒唐，“赵经理，你喝多了吧？”

“我知道你和朱光没有爱情。”

“不，不，赵经理！”

“我们喝酒。”赵凯端起酒杯，红酒里一片烛光。

“啪！”酒把一支蜡烛浇灭了。

四

林晓菲找到了那条河，群鸟河。她听见了鸟鸣声，在深夜的郊外，都市村庄的一侧。鸟声让你静下来，让万物静下来，静得好深。这简直是另一个世界，原来喧嚣的市区之外总有一个幽静的去处。林晓菲想好好地看看夜色中的河，听夜河的流声，夜鸟的叫声，鸟鸣声也是河流的共鸣与和音。她本来想往前走的，但现在她走不动，她被河的夜色迷住了，她只想看河。她想着河的静流可以梳理一切，河风送来凉意，但没有感到那种冬天的刺冷，鸟还在叫，冬天河流上的鸟鸣才是最可爱、最可贵的。在冬日的月光下，群鸟河静静的，看不见它的流淌，灯光像把一片片的金光洒在河面，明灭时，似乎是河水把灯光流走了；远远听见风中有一小阵水声，像鸟的翅膀、鸟的叫声被扇动起来，往远处流动，融进水波。一阵风吹来，她蓦然看见在月光下的东南处有一大片黑色的簇动。那是芦苇，冬天的芦苇啊。鸟儿是不是就在芦苇里休憩，在芦苇丛里休眠啊？芦苇是不是就是它们的家？有翅膀的鸟儿是更自由的，只要有天空，飞翔是谁也挡不住的，做个有翅膀的鸟儿多好。脚步禁不住朝有芦苇的地方挪，脚步快起来，再快起来。水向后移动，有一簇灯光朝芦苇洒过来、扫过来，慢慢地近了。果然就看见了一大片的芦苇，就在要走近芦苇时她停了下来。她去过一个苇湖，在一个县城的东部，几年前的一个夏天，大片的苇湖，更多的芦花在水面上荡漾，她坐在湖边，想在苇湖里忘记一切。那是她刚刚目睹了父母的离异，自己又经历那个可怕的夜晚后。她曾经想在苇湖里盖一座小房，每天就生活在苇湖里，在苇湖里钓鱼，躺在苇湖边的地上盯着月亮，像一个出家人完成一个人的人生。后来，她没有，她不想如此颓废，自己又是个女孩子，实现这些愿望可能更难。不甘愿就这样了此一生，太小了，自己的生命、人生，才刚刚开始一段短暂的旅途。但那天，她很留恋地离开苇湖，离开很远很远，一次又一次地回头，对苇湖挥着小手，揉着手中的帽子，然后返身。

好像把心中的阴影淡忘了，这几年她开始敢一个人走夜路了。不过，她会有选择地走在某一个街道里，不会去太僻静、缺少人气的地方。她隔一段时间就会来一次群鸟河，看着夜色中的河流，听着夜河的流动和夜色中的鸟鸣。在夜里来，她会打一辆车，给出租加钱，让司机等她。比如今夜，那个秀气的女司机就等在湖边，司机很随和，说："如果走远了，你打手机我跟过去。"

林晓菲的手机的音乐，怎么说呢，是母亲的琵琶声。母亲每次打过来，或每次手机响起，先听到的是母亲的琵琶声：《春江花月夜》《阳春白雪》《塞上曲》《平湖秋月》。那是她特意录的，在母亲弹着琵琶时，不经意间录的。这种音乐，是她在这个城市的另一种安慰，是想念母亲时的一种寄托。有时会特意地放着听，有几次，她打电话，放给母亲听，说："妈，您听，多好的琵琶声，您听出来是谁弹的吗？"她又自己回答，"是一个我心中的大名人、大音乐家。"她听见母亲在电话那头笑，她也笑，笑得很开心。

母亲难得有爽朗的笑声。每一次回家，母亲的身影总在阳台上，琵琶声从阳台上绕下来。阳台上的花在音乐里绽放。

好久没去见母亲了。她忽然感到惭愧。

夜深了，鸟声显得更远。

出租车还在河边等她，远远的，尾灯闪烁。

回到家，朱光已经睡了，但她看见床边的一张字条：我要…… 她走近朱光，有些紧张地伏到床上，她知道她讨厌的那种东西今夜又在劫难逃，朱光会马上醒来，不饶过她。似乎已墨守成规，不知从哪天开始，每一次之前，朱光都会这样给她一个提醒。她知道朱光是不想让她反抗，让她痛苦，他自己也不想在一个女人的反抗抵触中去进入一个身体，后来就干脆有了这样的默契。

每一次，朱光都会先有这样的提醒。

老实说，这几个字给她的是更深的孤独。一次比一次深。她试着改变过自己，可是不行！到了中间又会忽然蒙上一层阴影，仿佛朱光给她的是一场巨大的暴力。她曾经求过朱光："朱光，你应该试图改变我，给我一个过渡，好吗？"朱光每一次的回答几乎都是:“晓菲,我们已经过渡几年了。”她年轻,按说是喜欢的年龄,而且应该会有更强的欲望。可是,她真的喜欢不起来,强烈不起来,常常在朱光冲锋陷阵时,会忽然感到一片阴影,像一扇巨大的翅膀把她覆盖,把她攫住,把她推进荒凉的沙滩,身体在无望的半空旋转。她会有一阵喊叫,可那不是快感,而是一种挣扎,像一个精神突然失常的人。朱光拼命地问她:“晓菲,你告诉我,你为什么这样?为什么会这样?我这算强暴吗?我为什么每一次都要小心翼翼、偷偷摸摸?像偷情,像一个贼,像一个强盗!”“朱光!”有一次,她这样喊道,眼泪就下来,她有一种强烈的倾吐的欲望,想告诉朱光,你别急,你好好地培养我,让我有一个过渡,一个过程,一个气氛,让我忘记再让我适应。她却欲言又止。看到她的眼泪,朱光默默地为她拭擦,有一种惭愧,对她说:“晓菲,对不起,你到底怎么了?”她摇摇头,似乎倾吐的机会还不成熟,有一种担忧,她咬住嘴唇把想说的话又往舌头下压。她知道她不能这样,不能长期这样,对不起朱光。从几个月前开始,她采取了一种妥协的办法,那就是吃药,催眠自己!之前用药,迷迷糊糊地让朱光冲锋,自己像在梦里,脑子里隐隐约约有一种运动,一个人在她的身上长跑。如果突然醒了,她马上再吃两片催眠的药,眯着眼又昏昏沉沉起来。不过她得对朱光交代,早上叫我的事可交给你了。好在格子铺开门一般都在九点以后,可以给她一个充足的补觉时间。大概就是从那时开始,朱光学会了提醒她。林晓菲知道她要吃一种药,开始麻木自己。有时是两个人喝酒。朱光实际上也是对自己的一种理解。她有过一次爆发,有一段时间朱光很馋,要得很勤。一次她刚把药吞进去,朱光就迫不及待,简直有些疯狂。那时格子铺刚刚开业,林晓菲正累得晕头转向,朱光坚持干自己的事情,在一家公司打工,对格子铺的打点,从开头就置之不理,一副无所谓、事不关己、高高挂起的态度。在朱光扑过来时林晓菲有了一种强烈的抵触,林晓菲说:“朱光,我累死了,你还知不知道心疼人?我的格子铺就是我的格子铺吗?我挣了钱没有你的份吗?我们不买家具、不买房子了吗?你说,你还有事业心吗?”朱光兜头被泼了冷水,眼睛闪着紫光看着林晓菲,伸出手要把林晓菲抓在手里,往床上搡。朱光说:“林晓菲,我是行尸走肉对不对?你是女强人对不对?你在内心里看不起我对不对?我怎么没有事业心了?我和你一样在各个公司之间打拼!在城市间奔波!对,我们都是打工者,可中国的打工者有多少?我怎么就被你看不起了,我怎么连在你面前的尊严都没有了?怎么我的恋人,和我睡在一间屋、一张床上的女人每次我都得低三下四,都要有一个漫长的等待?是,我没有尊严,尤其是在你的面前我一点尊严也没有了!”

林晓菲感到了一种乏,工作了一天的乏,那种慢慢上来的药力的乏。林晓菲大脑没乱,对朱光说:“尊严,我的尊严呢?难道只有我尊重你,你才有尊严,把自由和欲望全为你敞开才有你的尊严吗?我白天黑夜地忙碌,你在家看电视、玩游戏,回来还逼我就范，这就是你的尊严？”

朱光从沙发上跳起来：“林晓菲，不要认为我们之间的协调就是小事！不，这是生活的一部分，重要的部分！格子铺是你要开的，我一日三餐伺候你，不想干涉你的格子铺，我知道你的固执，包括对格子铺的位置、装修、进货、经营，我和你有不同的看法，你不会听进去，我不想和你吵架，这就是我回避的原因。”

“你不要找托词，朱光，你合理地提出来，我真的不考虑、不接受吗？你不要折磨我好不好？你给我点自由，我不是小孩儿。”

朱光终于爆发了：“折磨你？究竟是谁折磨谁？林晓菲，我的心被你折磨着你知道吗？我的欲望被你折磨着你知道吗？我被你煎熬着你知道吗？和谐，我们的和谐在哪里？我们的未来是要现在培养起来的。你不要光说你的格子铺，生活才是主要的！生活是什么，是我和你现在的关系，我们的融洽，我不想畏怯，不想迁就，不想像强奸一样对待我的恋人，不想像趁火打劫一样……林晓菲，你好好想想，好好说说，林晓菲！林晓菲，再这样下去，我可以去找小姐……”

林晓菲把一只花瓶摔了。

在摔下去时，她倏然想到了母亲的琵琶。

“难道生活就剩下了晚上的这点事儿吗？”

“我们白天没有工作吗？”

“朱光……”

她的药性上来了,可那一晚朱光没有找她。

现在,林晓菲又把药拿在手里,小药片在她的手心里打转,转动,幻成了水,像两滴眼泪。林晓菲往镜子前站,她对着镜子把药吞下。

迷乱的视线里是一块幕布,她迷糊地躺下,等待着音乐的弥漫。

五

赵凯没有告诉林晓菲,他其实就住在六里屯。

有一段时间,赵凯半个月都没有到格子铺来,他的货差不多卖光了,林晓菲着急地给他打电话,可是他的电话总处在关机的状态,每一次打都是对方已关机。林晓菲无奈地把电话打到原来的公司,问一个同事。对方说:"你说赵总赵凯啊?"

"对。"林晓菲说,"见到他了吗,麻烦你让他打电话给我好吗?"

"林晓菲,他辞职了,你不知道啊,在你离开之后他就跟着辞职了。我们还以为你们一起跳槽一起另谋高就了呢。"

林晓菲忽然想起他是说过的,还以为他是开玩笑,给自己施加压力,原来赵凯说做就真的做了。林晓菲苦笑地摇头,人多的地方是容不下一点风吹草动的,自己和赵凯之间有过什么吗?竟然把赵凯的辞职和自己扯在一起,简直是匪夷所思。她打算自己去进一批货了,不能让货架上空着。格子铺现在已经形成了良性循环,赵凯在格子铺里的格子是最多的,不能空了,不能让半壁江山就这样地不景气。林晓菲对自己说,再等等,再等一天、两天,就真的不能再等了!一定要把空出来的地方补上。她已经在做着去进货的准备。对于进货的渠道林晓菲不算生疏,在哪儿进,从哪儿提货,怎样和对方盘价她基本上掌握了。赵凯的失踪让林晓菲心生不快,也对赵凯有一些担心。

这天晚上,她走在六里屯的大街上,不知不觉又走到了群鸟河,刚下过一场雪,群鸟河蒙上了一层白,河边树枝上挂着冰凌,脚底下是雪的吱吱声,脚踩上去有一种松软。偶尔还会滑一下,林晓菲赶忙扶住河栏。看不见那一片芦苇,到处是一片白色,影响了视线。她选择了个雪少的地方站着,不觉间她又拨出电话,电话竟然通了。她正要和他说话,电话响了几声又挂断了。

那个身影就是这时候在她的左前方出现的,匆匆行走的身影,一看就知道是个男人。赵凯!林晓菲脱口而出。她紧跑几步,如果是赵凯就好了,一定要和他好好谈谈,她朝身影跑去,脚下吱吱的雪声更频繁地响起,她两手在雪地上甩开,有几次她瘦小的身体打了趔趄。她大喊几声。扶着河边的一棵树,看见前边的男人迟疑地停下来,向后趔了趔身。她喘着气,反射的雪光晃住她的视线,树上的雪粒被她一拽,洒落一片,身影返过。赵凯——赵凯——她就是在这时候滑倒的,屁股狠狠地撞在地上,生疼,脚脖在滑行中扭了。她勉强抬起身,撑着地,在挣扎中那身影快步地向她走过来。可只走了几步，又更快地消失了。只有群鸟河在夜色里无声地流淌。

六

林晓菲把钱把手机把一切手续都丢了。确切地说林晓菲丢了包，一切都在包里。是进货回来的路上丢的。

林晓菲瘫在椅子上。完了，两个月的经营，包里有格子铺的一切手续，她的手机，两万块的现金，她的一个记着心思的日记本。林晓菲觉得太乱了，自己的大脑都是糨糊，塞满了，等她强撑着站起来，看见赵凯的格子差不多全空了。

林晓菲把东西往货架上放，泪在清瘦的脸上像一团蚯蚓，四面八方地蠕动。她是太累了，她扛着几个大包上了班车，没有座位，她手拽着拉杆累得有些迷糊。公交车走了将近一半，终于有了一个座位，站在她身旁的一个女孩，见她累的样子，把她扯醒，说："姐，快去坐，打个盹吧！"到站也是被别人叫醒的，仓皇中肩扛手掂地下车了。等下了车，想起手里的包时才发现已经丢掉了。

她给朱光打电话，朱光慌慌张张地赶来，晓菲的泪落了一脸。"我怎么办啊？朱光。"她把列出的清单递给朱光。朱光说："我去公交公司报案，万一有人在公交车上捡了，交给了公司……"

林晓菲摇摇头:“不可能。两万块的现金、一张银行卡、手机,谁会有那么好啊? 还有,我都不知道到底什么时候,在什么地方丢的。”还有一样没说,就是她的那个日记本,她记了几年的日记,她每天的生活,每天的经历,包括她的欢乐和烦恼都记在里边。

朱光说:“那怎么办? 我去报警吧?”

林晓菲摇摇头。

“那就这样等吗?”朱光问。

林晓菲没有回答。

几天过去,杳无音信。那几天的绝望和等待是无法描述的。

第二天,她按捺不住给母亲打了电话,打通了就有些后悔,怎么能给母亲报这个消息呢? 让母亲为自己担忧。她犹犹豫豫着还是给母亲说了,此刻,她特别地想让母亲抱着,偎在母亲的怀里,像小时候一样,把眼泪在母亲的怀里哭干。

母亲说:“别急啊,妮子!”母亲至今还叫她妮子,“妮子,别怕,这都是经历,有些经历是绕不过去的,经历过了,以后就不会再有这样的事情了。”

“嗯,我知道。妈,您还好吧?”

“你不用担心妈,妈是过来人,都云淡风轻了。”

“嗯,妈,我想听您弹琵琶了。”

“妮子,你手机里不是有吗?”

“不一样,我想看着您弹。”

“妈随时都盼着女儿回来啊。”

“妈,过一段时间我一定回来看您。”

“多长个心眼,妮子保重。”

妈顿了顿,突然说:“妮子,给你爸说了吗?”

“没有。”

“如果真困难了,别硬撑,找他,他说过的,何况我们就你这一个女儿。”

“我知道。”

“我先给你打些钱吧,别因为丢了钱饭都不舍得吃了。”

“不会,饿坏了,连去见妈,都得走回去了。”

父亲的电话还是打来了,她知道母亲到底忍不住对父亲说了。她拒绝了父亲过来,或者说来给她送钱。她说真的有困难会找他的。

就在这一天,林晓菲接到了那个电话。

没有想到会有人来还她的包,她说:“朱光,你说这是真的吗? 这会是真的吗?”

朱光笑笑:“人家电话都打过来了,还不是真的?”

到这时候,林晓菲忽然害怕起来:“朱光,他们会不会敲诈?”

朱光仰仰头,再正面地看看林晓菲:“不会吧,晓菲,你想想,人家敲诈你什么? 人家敲诈你还用得着还你吗? 里面有两万多呢! 在咱这个城市,不至于有人对两万块钱无动于衷吧?”

“那他怎么来还呢?”

“这说明真有无动于衷的人。”

然后两个人商量着该怎么办,商量着如果他们不还钱怎么办?要不要报警?如果完璧归赵该怎么感谢?最后否定,警是不能报的,对方说话的声音瓮声瓮气,像一个好人,旁边还有说话的女人,好像对找到自己还非常激动。隐隐约约地听女人说:“是人家的就快让人家过来拿,人家一定都快急疯了。”林晓菲真是差一点急疯了,两万块钱,两个月才能挣多少啊?那是自己准备好的流动资金;还有,还有说好等流动资金开始往返就和朱光筹备婚礼的事。两家人几乎每天都在催促,又是一年,不能再折磨两个破碎的家庭,不能再折磨母亲了。

林晓菲真的不知所措。

林晓菲最后只身去了和对方约定说好的地方——六里屯的一家小诊所。她想象不到自己会到这个地方了,来之前她一直想象着见到对方的情形:一对憨厚的夫妇,手拉手站在街边等她。然后,她会拿出钱来感谢他们。在车上的时候她还在想象着他们的模样,想象着男人的脸、女人的身材。她不敢把事情想象得那么简单,也不会那么简单,怎么会那么简单呢?这不是一件小事情啊,这关系到自己的一段经历,那些证件可以补,但又要耗去多大的精力,补办之前必须在报纸上登一则启事,然后拿着登过的报纸去找相关的单位。当初办这些手续跑折了腿,很累,现在想起来还有一种怵。问题是还有那个笔记本,那上边有她的隐私,是她的内心倾吐,是几年的内心活动,如果将来整理自己的生活,日记是最好的依据。在车上,她的另一种想象让她害怕:如果,这一对夫妇是狡猾的、狰狞的,他们千方百计地找到了自己,他们肯定设置了圈套,这么多天,他们已经有了充分的预谋。能有什么预谋呢?可人家来还自己的东西还会怎么样呢?最坏的设想是他们说,对不起,包里的东西我们没动,我们只是看了你的日记,从日记里知道了你的名字。包里,包里的钱呢?钱?我们从来没有见过钱啊。如果是这种情况该怎么办呢?

朱光说:“哪有什么好办法,至少得到了该得到的东西。”

六里屯不大,小诊所在六里屯的最东头,是一处老宅基,老胡同,老街路,还没有改造到的地方。林晓菲下了车,心里呼腾一声,她看见一个女人,个不低,但不妖艳,很质朴的女人,女人手里掂一个棕色的包。就是她了,那个包就是自己的!林晓菲匆匆走上前,原来预设的先悄悄躲在一旁观察,再见机行事的计划早被忘了。林晓菲站住,不知道应该怎样说,好久,从嘴唇间憋出来,说:“我,我叫林晓菲,我,我就是那个丢包的人。”

“哦,我们在等你,他在屋里,正在输液,所以我们选择在这里和你碰面。”

林晓菲心一咯噔:输液,这个人有什么病?

对方似乎看出了她的狐疑,说:“没事,他耳朵感染,想快一点好。”

林晓菲看见了躺在床上的男人，点滴正在滑动，一瓶液体输了大半。男人的脸有些俊朗，脸形让人喜欢，眼神里有一种平淡。他抬了抬手臂，说："你是林晓菲？"

"对！我是。"林晓菲看着正在下滑的液体。

"你包里都有什么东西？"男人欠了欠身。

这是预料中的。林晓菲把在家列好的清单递过去，两口子坐在一起看那个清单，又打开包对照着检查。林晓菲盯着丢失又见到的包，心里有一种感觉，她恨不得把包搂在怀里，她克制着。两口子把包看完了，男的说："给人家吧！"女的把包递过来，说："你再点点东西。"林晓菲迅速地浏览了一下包，所有的东西都在，两叠钞票依然在一个大红的皮夹里。林晓菲再也憋不住了，她噙着泪，说："大哥、大嫂，你们，你们有什么要求吗？"

"没有！"男人说。

林晓菲不知再怎么说下去，她还是有些不相信。说："大哥，我怎么像在梦里。"有一滴泪落在地上。女人说："小妹子，不要这样，我们知道你不容易！人心都是肉长的，都一样。妹子，这几天让你着急了，对不住你。"

"对不住我？"

"对。"男的说，"实在是找不到你的联系方式，我们真的着急。我是读了你的日记才知道你的不易，才知道你有一个博客，我们家没有电脑，因为找你，我第一次进了网吧，在网上找到你的博客，才终于联系上你。让你受惊了，妹子。"

“不,不,我太感谢了! 大哥、大嫂,我,我……”林晓菲把钱拿出来,随手扯出一把递给女人。

“拿着妹子,如果图钱,我们还用还你吗?”女人说着,推开林晓菲的手。

林晓菲丢下包,去交医药的费用,又被女人一把拉了回来:“不用,我们不是图钱,我们都是不容易的人。”

“都是不容易的人!”这句话让林晓菲的眼泪一下子出来了。她扯开身,几乎是喊着:“让我去缴医疗费,让我去——”

七

夜幕渐深,门外是夜归的车辆和行人,脚下是咯吱咯吱的雪声,雪把六里屯的夜映出一片异光,天空打出几个雪闪。林晓菲正准备打烊,门口站着一个疲惫的身影,像一头豹子,在雪中裹得很紧。林晓菲停下手,有些狐疑,等看清是赵凯时,吓了一跳:“赵,赵凯,赵经理,你去了哪儿? 一去一个多月,杳无音信。”

赵凯裹了裹棉衣,哈出一口雾气。

“你冷吗? 你,你架上的货我都替你进几回了。”

一说到进货,林晓菲又想起了那个包,想起那一对好夫妇,万般的感慨涌上心头。当时包丢了,真是懊恼至极,在心里骂,都怨这个赵凯,怎么能不辞而别呢? 让她的心乱乱的,要不断地去为他的货位上货,正是去进货时把包丢了。后来却因祸得福,遇到了两个好人。林晓菲又去看过他们,想不到两个人说话那样好听。一次,三个人在一起吃了饭,账是林晓菲结的。走了一段路,林晓菲觉得女人是一个能说体己话的人,说:“嫂子,我在这六里屯无亲无故,以后我有话就来找你诉吧?”女人答应得很爽快,抓住她的手,说:“好啊,那我认下你这个妹妹了。”林晓菲又看着男的:“郭大哥,我找嫂子说话你不介意吧?”

男的叫郭敏。郭敏说:“我们在六里屯也没有什么亲人,你们有话尽管说,有要我帮忙的也请直说,我们都是六里屯的外地人。”

这句话,一下子把距离拉近了。此后,林晓菲真的和女人保持着联系,两个人差不多成了无话不说的朋友。

林晓菲和赵凯进了一家小酒馆。林晓菲把进货的遭遇以及遇见两个好人的过程向赵凯说了。林晓菲说:“你格子里的利润全是你的,这几次进货的钱你给我就行。”

赵凯说:“不,晓菲,你进的货赚的钱当然是你的,以后进货再说。”然后赵凯看着林晓菲,“你知道我去干什么了吗?”

林晓菲往椅背上欠欠身:“你们男人总有自己的秘密。”

“你为什么不问?”

“不问。我只想问你和格子铺的事。”

“那我说吧?”

“那我就听。”

赵凯说:“我先是回了老家。”

林晓菲手里握着一杯水，茶水徐徐地散着热气，两人眼前有一层白雾。林晓菲听着。赵凯说他回了趟家，这几年他回家的次数越来越少，知道自己对不起女儿，对不起父母。和家、和妻子相隔的时间长了，便有了一种疏远，这种疏远两个人都感觉到了。这一次两个人好好地谈了，平心静气地谈到了分手，一旦平心静气，很多事情就显得好办了。两家的老人也不好继续阻拦，他们顺利地办了手续。

赵凯说："林晓菲，我现在是只身一人了。"

林晓菲仰起头，不想说什么，不想评价赵凯的对错。

喝了一杯酒，重新倒了一杯茶暖在手里。赵凯接着说："我出去了一趟，和一个老朋友做了一笔生意，我得给她和孩子一笔钱，这是法律规定的，我不给，心理上也过意不去。她说我不用着急给她，可我必须按我的良心、我的良知给她，我不能欠我女儿、我女儿的妈。可我暂时给不了她们了。"

林晓菲一个冷战，预感到了什么。

赵凯说："我被人骗了，这就是我一直没有回来的原因。"

林晓菲仰着头，哈出一层雾气，屋里的热气把玻璃弥严了。林晓菲用指头刮了个孔，玻璃上透出一条小缝的灯光。

"林晓菲，格子铺的事我对不住你。"

林晓菲摇摇头，捂住冒着热气的茶杯："你不用客气。"

"林晓菲，要不你把我的格子租出去吧。"

林晓菲摇摇头："即使另租也不会在这个时候，落井下石，不！我不会这样！”

“我，我……”

“不要说了，人都是有良心、有良知的。你可以用格子的周转金继续租赁，况且你的格子已经赚不少钱了。”

赵凯说：“你相信我，我会东山再起。”

赵凯继续说：“林晓菲，我有一件事想对你说。”林晓菲看见赵凯的头仰着，五官被一层水汽迷蒙，眼睛里闪过两道光，赵凯抓住了她的手，“林晓菲，我如果爱你，可能吗？林晓菲，我对你有一种念想你知道吗？”

赵凯呼腾跪下，仰头看着林晓菲。

“林晓菲，我不想再折磨自己了。”

林晓菲跳开了一步。那一刻，林晓菲简直要晕过去。林晓菲的嗓子哑了，在一瞬间她的嗓子变哑起来，像吃了辣椒突然噎住了嗓子，卡进了鱼刺，喉带有一种疼痛，憋胀，说不出话，嗓子眼儿里像堵了个大坝。林晓菲伸出手，又把手蜷了回去，哑着嗓子对赵凯说：“赵凯，你站起来，你不要这样，不要逼人！你这样做我受不了。你做事不能这么草率，我尊重你，因为你做过我的经理。你怎么能草率地把婚离了，不要自己的女人？你快起来，我受不了，我和朱光已经在一起多年，我们马上就要结婚了。”

赵凯没有起来。赵凯说：“林晓菲，我喜欢你是真的，自从你进入公司，我就开始注意你，我觉得你身上有一种气质，是我喜欢的，让我欣赏。你有志气、有内涵，别看你是一个女人，你将来能成大事;你能受苦,不怕累,有股子劲。真的,林晓菲,我不是和你开玩笑,没有谁会拿自己的内心去开什么玩笑,那是不尊重自己。真的,林晓菲,你办格子铺,我找到了和你合作、接近你的机会。其实从你离开公司我就离开了,从你的格子铺开业我就住在了六里屯,先是住的旅馆,就是你上次去的那个地方,后来我在六里屯租了房。有时候我会在深夜来看看格子铺,远远地看着,和格子铺有了感情,离不开格子铺了,我觉得格子铺是我们的,它让我觉得格外亲近。"

林晓菲吓了一跳。

"现在我租的那间房子布满了灰尘,它让我想起被我冷落的柜台,我知道一个多月不来关照我的柜台是不负责任的,不是一个男人的做派!我向你道歉。我原本没有想到我会去这么长时间,我是挣钱心切又去了南方,却又赔了进去。林晓菲,男儿膝下有黄金。真的,我说不清楚我是怎么喜欢上你的,也许你身上有我那个大学女同学的气质。我也怀疑自己,时光告诉我,我的喜欢是真的,我拷问过自己,我问过自己为什么。可是,我真的放不下你了!晓菲,我会去努力,再干一番事业,我会让你,不,让我们幸福的。"

林晓菲站起来,听不下去了,断然地说:"不,你错了,你还是错了!我有朱光,我对你谈不上喜欢。赵凯,世界上有很多一厢情愿的事,你就是一个一厢情愿的人,你太感性,太过相信自己的感受,恰恰缺少了理智,忘了设身处地,没有去度量对方,这就是你容易犯错的软肋。赵凯,这不可能,我和朱光去年就开始张罗结婚的事,今年我们还打算……”

赵凯笑了笑:“打算,你们去年就在打算,为什么又放弃了,今年都又下雪了,为什么你们还在犹豫？林晓菲,爱一个爱你等你的人吧,那个人就是我！我知道你们之间没有幸福。林晓菲,凭我的才气我迟早会干成一番事业,我们如果配合,将是天作之合！林晓菲,我愿意成为你的幸福,我会是你的幸福。”

“别说了,我和你原来只是上司与员工的关系,我们之间有多少了解？你怎么会说能给我幸福,你怎么会是我的幸福？你这话说得太轻率了,我和朱光已经很多年了。”

林晓菲推开了一扇窗户。

“我有感觉,林晓菲！谁和谁结合,能不能碰撞出幸福,有时候就在冥冥之中,每一次看见你,我都有一种悸动,仿佛一种电流,仿佛我已经碰到了前世的缘分!”

赵凯的声音动情地有些低沉。

林晓菲几乎要被打动了。她扭过头,靠在窗前,伸出手把雾气弥漫的窗上印出了几朵花,透过掌印看见了大街上的车,夜路上的行人,天空上的星星,在高空中炸开的烟花。感觉,我的感觉在哪里？在什么地方？幸福,谁能预言我们的幸福？是赵凯吗？能吗？幸福是能预言、可以预知的吗？是可以豪情壮志、预测未来的吗？如果可以预言,可以预见,也许我们的人生会少了很多的迷茫,我们不怕通向幸福之路的漫长……

她的眼前又是无声的群鸟河，她的眼湿了。

她说："起来吧，赵凯，你的话怎么像背台词。"

"不，林晓菲，这全是我的心里话。"

林晓菲有一种急不可待的感觉，想出去走一走，想有一双翅膀在天空飞，飞过六里屯的天空，飞过群鸟河，飞到那一角的芦苇湖，飞到自己曾经寻找到的一个苇湖，在苇湖，在苇湖的天空里大叫几声，展翅飞翔。

林晓菲再也忍不住了，使劲地拉开门，挣开了赵凯的手。

一股清凉扑面而来。

她在六里屯的大街上走着，很快，越过了几条街道，远方又是几道雪山，两边的街道为她匆匆地闪开，脚下的雪融化着，在深夜流成一道雪水的溪流，不知道会流向哪里，是流向群鸟河吗？是流向更远的远方吗？夜风吹乱着她的长发，像一湖芦苇在深夜，在六里屯的夜色里漂浮着……

"林晓菲，你不要固执，不然，你不会幸福。"背后是赵凯沙哑的喊声。

我怎么会不幸福，我怎么会没有自己的幸福？你怎么可以预言、可以断言？赵凯，你幸福吗？你怎么那么自信可以给人幸福？谁有理由为谁预言，为我们预言！混蛋！你能预言我的幸福吗？你真的理解我吗？谁能预言我们的幸福？世界，我不相信！好久好久，她不知道走到了哪里，她扯开嗓子，喊着：我不相信——她走着，离格子铺越来越远了。

八

带着潮湿的鞭炮终于响了。这是一个人的婚礼，两个人的婚礼。林晓菲和朱光携手走在红地毯上。司仪的热烈主持，双方父母、亲戚、朋友的注目，一场轰轰烈烈的婚礼正在进行，红色、红花，庄重而又隆重。

原来人和人真正的结合需要的就是这样的一个形式。林晓菲身着鲜艳的婚纱，朱光穿得格外地郑重、笔挺。可是，林晓菲感到了无聊，走进形式的有多少是真心的相爱，又有多少在内心里带着被动。林晓菲对后边的形式都麻木了，司仪带着煽情的主持让她感到太过的烦琐，到了后半场，她有些心不在焉。朱光提醒她："哎，我们不用再站在台上了。"林晓菲笑笑，红色地毯上飘满了一路撒下的纸花，两个人的婚纱照，光彩夺人，亲戚朋友们仰着一张张的笑脸。林晓菲倏然感觉这也许是上天的旨意，一个人走到这一步是应该懂得珍惜的。

可是，这一晚，没有变的还是已经走过了多年的两个人。夜静下来，两个人的房间里多了几个大红的灯笼，灯笼上大红的喜字。朱光躺在新铺的床上，新被子散发出新棉花的香味。朱光抱住了林晓菲："林晓菲，我们重新开始吧！我们与时俱进，和谐发展，对未来充满梦想，你别再拒绝我，好吗？"

"我拒绝过你吗？"

"你没有？可你配合过我吗，晓菲？"

晓菲不想说这个话题，这将会是一场不愉快的谈话。她摇摇头："今天不谈，朱光，别坏了今天的气氛。"晓菲却不能不想，和朱光为什么越来越别扭生疏，好像提前经过了七年之痒。为什么要是七年？为什么两个人像非常理智的陌生人？为什么去年要办的婚礼挪到了今年？为什么去年推迟时谁也没有留恋、没有怨言？为什么今年挪到今天？到了年末，再跨几天又是一个新年了。

林晓菲还是走神了。

朱光把房间的灯关了，只有床头的灯朦胧又孤独地亮着，像每一次朱光准备做爱前一样。不同的是，朱光今天晚上的话显得格外轻柔，目光里充满了期望，话语里带着乞求。他把手撑在林晓菲的胸前："晓菲，今天就不要吃药了，好吗？"

林晓菲把床头灯摁了。

九

赵凯还是从格子铺撤走了。

过了年，生意还没有上来，正是淡季，年前撤走的几家，年后没有再来。又下了一场雪，好像在补年前的雪量，街上更显得冷清。为了不使格子铺显得空旷，林晓菲自己先占了几个格子，进了几批货，不能让格子铺冷落了。只是客人的购买力上不来，可能是受大雪的影响，每次变天，生意都会像天气一样冷淡。包括林晓菲，每次走亲戚、看朋友都是趁这样的天气。林晓菲有些慵懒，坐在藤椅上，电脑上是马伊琍、佟大为主演的电视剧。林晓菲的两眼盯着文静深沉的马伊琍，前一段她刚看过马伊琍主演的《美丽无声》，外景是江浙交界的乌镇，湖水太美了，林晓菲看过后就合计着去看一趟水乡，水乡总能给人美妙的遐想。林晓菲进过几趟山，山总是提不起她的兴致，单调，过分的粗陋和雄性，也许男人更喜欢山，这些话在她的日记里也曾经写过。年前她掂着礼品又去看了郭大哥夫妇，一起吃了饭，又谈到了她的日记，嫂子说："我从你的日记里知道你喜欢水。"林晓菲说："是，水乡美，水看着净，也静，我打算去看水乡。"嫂子说："我们一起去吧！"林晓菲说："好，路费我全包了。"郭大哥说："晓菲，你要这样，我们就不去了。"林晓菲赶忙摇头，说："好好，我们只是结伴。"

赵凯也是趁这个雪天来的，赵凯一身雪站在门口，往格子铺瞄了几眼，说："林晓菲，不好意思，我要撤了，我可能有其他生意，我怕顾不了又冷落了货架，给你增添负担。"

林晓菲沉浸在剧情里，站起来，问赵凯："你，你说什么？"

赵凯说："林晓菲，我要撤走。"

林晓菲点头，点得很有力度。

赵凯一撤，格子铺又突然变得空旷。赵凯临走时在雪地里叉着腰，仰头看着飘洒而下的白雪，不知是融化了的雪还是泪水，他的脸上一片潮晕。他对林晓菲喊："林晓菲，我还会回来的！"

林晓菲咬住嘴唇,使劲地对他点头。

赵凯说:“林晓菲,你怎么不挽留我,也许我可能回心转意。”

林晓菲摇头。

几天后,终于来了一个补充的客户。是一个女孩儿,手插在裤兜里,水灵灵的大眼里有一层空蒙,发型像《在悉尼等你》里的薛佳凝。

女孩儿扫视着格子铺,站到赵凯刚撤的货架前,仰着头,嘴唇一咬,女孩说:“就是这几组货架,全包了。”

林晓菲看眼前的女孩儿,1.60米的样子,南瓜脸,有副好看的鼻骨,直直地盯着林晓菲等着回答。林晓菲故意压低声音,说:“你好,小妹,这可是商铺子里最大的格子,最大的空间啊。”

女孩儿说:“我赁,赁得起!”

“一个人刚撤走的。”林晓菲朝窗外看看,似乎在看赵凯的身影。

“他经营什么?”

“小电器!还有……”

“可以吗?”

“当然,不信去周围问问。我都替他可惜,对他的走我都不解,如果你不赁,明天我就自己进货。”

“你不用这么说。”

“是真话。”

“真不真，我都定了！”

林晓菲看见一个男人站在雪路上。女孩儿喊：“哎，你过来看呀，我可定了啊，最大的格子。”

“随你！”男人说。

“你过来呀！”女孩儿跑下台阶，挽住男人，进了屋里。

林晓菲看着，在心里说：这对男女，将来会有故事。

十

半年后，林晓菲去了一趟 C 城。格子铺经历了又一度春秋，发生了很多事，租户换了很多人，最坚守的是来接替赵凯的女孩儿。林晓菲一直感觉应该发生的故事没有发生，只是掀起了一点小小的波澜。不久前，一个中年女人来了六里屯，先在格子铺前徘徊着，后来从格子铺拽出了女孩儿，当众辱骂着。林晓菲看不下去，把女孩儿扯回到格子铺，对女人说：“这能怨女孩儿一个人吗？你怎么没有管好自己的男人。”问题是，中年男人真的跟黄脸婆走了，几天后男人把电话打到了格子铺，说：“林老板吧？”林晓菲说：“你有话要说？”电话里说：“你帮了那个女孩儿，我谢谢你，她有什么困难你告诉我，我还会帮她。”

林晓菲说：“好吧！”心里替女孩儿难过。

“我回不去了，让她别等我。”

“嗯。”

林晓菲庄重而悲凉地点头。她抬起头,看见女孩儿站在门口看着她。林晓菲擎着电话,电话里已是忙音。她想对女孩儿说:就这样算了?就这样过去了,就这样过去了吗?一个男人真的会被一个女人困在笼子里吗?我怎么忘了教训那个男人,现在的男人真的都没有责任感了,真的要堕落了,把渺茫和失落留给一个女孩儿。还有,一个女人究竟该怎样珍惜自己的青春?挥洒是一种珍惜吗?她又想起那个苇湖的鸟叫声,深夜的鸟叫声究竟是一种坚守还是寂寞?我应该把女孩儿带到湖边,让她去听听深夜的鸟鸣,让她以后多想一想,懂得什么是真正的生活,好好地料理自己。

朱光到底找了小姐,把小姐带到了家,被林晓菲撞上了。朱光在女人的叫声中很陶醉。林晓菲敞着门,小姐仓皇地离开。林晓菲不说话,站在门口,咬住嘴唇,脸上绷出一层淡笑。朱光尴尬地站起来,说:"林晓菲,你说话呀!你为什么不说话,你不说话不是折磨我吗?"

林晓菲还是不说话。朱光最后头顶着林晓菲,说:"林晓菲你说话好不好?你和我说话,你骂我,打我,你对我喊,对我哭,像野兽一样大叫好不好?林晓菲,我求求你,林晓菲……"

林晓菲咬着嘴唇,就是不吭,不爆发。随后像一只猴子跑下楼,一股劲儿跑到一条小街上的手机门诊,对着郭大哥、对着嫂子,终于歇斯底里地哭了出来。

接下来发生了很多事,主人公轮番登场,看得都有些麻木了。出了正月,她的生意好起来,客人中产生了许多想加入格子铺的人,格子铺马上就满了,商品琳琅满目。每天她都不能正常地关门,到了她想关门的时间客人们还在挑选,或者又拥进来一批客人。她不断地催促着租户:“你们快补充货物,快,明天就要卖空了。”与其说是一种着急,不如说是一种激动。看她的生意好,原来租过柜台的人纷纷都想回来,一些想加入的和林晓菲预约,情愿再增加租金。林晓菲摇头,静下来,在那些预约名单上找熟悉的名字,她的选择是把熟悉的名字打掉,他们在淡季给过她打击,如果再遇到一些因素,迅速给她打击的可能还是他们。有些人你要记住,难关是更需要共同坚守的,他们给你的不单单是效益,更是安慰。

果然有人在六里屯建新商铺了,这个世界日新月异。他们早早地先把广告打了出来,声称要做最好、最快、最大的格子铺,承诺给商户各种优惠的条件,就在和林晓菲格子铺遥遥相对的六新街。在六新街的另一个街角,同时也在建一个大型的超市。

但这还不是更大的挑战,更大的挑战是她没有想到她的格子铺所在的位置必须拆迁,而且拆迁是因为C城到省城通了城际公交,城际公交的车站在六里屯,要修一个大站。如此大的动作谁也阻拦不住,房主在对林晓菲说这个消息时眼泪都下来了。林晓菲有点痛不欲生,人,找一个驿站多不容易啊,生意好不容易好起来,打击又一次从天而降,防不胜防,也根本无法去防,人生是无法预设的。她决定离开六里屯,那个原来租来的房已经买下了,她最后送给了朱光,给共同生活过的人留一个纪念。然而又一个让她想不到的是:和朱光要住在一起的是她曾经的大租户——接替赵凯货台的那个女孩儿。林晓菲独自地摇头,生活真是万花筒啊,人啊,真是的。

她离开六里屯之前又去了一次群鸟河,似乎在和群鸟河做一个告别,在河边坐了很久。她自己沿着河边走,一直走。她的手机里放着几首歌,都是阿桑的,寂寞而又深入骨髓,哀婉里有一种静谧。接着她去见了郭大哥夫妇,告诉他们自己要走了。其实在得知拆迁的消息时她已经在C城做好了准备,在C城的大学城租下了一套房子。她说:"大哥,大嫂,我想给你们留一间,和我一起去那儿干吧,C城是省城之外大学最多的城市,新校区集中了C城近十所的大专院校,那里会有好生意。"

郭大哥夫妇非常感谢,但郭大哥说:"我们就在六里屯吧,我们用不了多大的地盘,在哪儿都是一把手艺,安身立命,况且,在这儿已经熟了。"林晓菲很诚恳:"大哥,嫂子,房子我先给你们留着,你们随时,随时都可以过来……"

"好,好吧。"嫂子拥住了林晓菲,像搂孩子一样搂着。林晓菲偎着郭大嫂,说:"我还在记日记,把一切都记在日记上了,我有时间再拿给你们看啊。"说着,头靠着嫂子,像个孩子,眼泪已经淌在大嫂的怀里。

林晓菲真正离开六里屯那天,六新街的那家新商铺正值开业典礼,旧的过去了,新的正在诞生。林晓菲站在六新街想听完鞭炮声再走,就在这时她看见了一个身影——赵凯!她的心一阵悸动。赵凯,我要走了,可你回来了,你想到我的格子铺会拆迁吗?人算不如天算,如果是为了和我拗劲,已经没有意义。

林晓菲返身没入六里屯的人流。

手机响了,是母亲的琵琶声。林晓菲握着手机,任音乐、任琵琶声响着。

贵人的罂粟

一

救过那条狗之后，我忽然明白，生命中有一个贵人是多么重要。

我在离开仙人掌酒吧回出租屋的路上遇见了那条狗，它奄奄一息，躺在路边的冬青树旁，嘴边是一堆呕吐的秽物。我把狗抱起，在牧城大街寻找救狗的门诊，那天深夜，我一个酷爱养狗的朋友最后救活了这条狗。从此，我在牧城的生活，有了一个伴儿。

那年夏天，我疯狂地喜欢啤酒，我的肚子成了装啤酒的一口深井，那些泡沫和泡沫里的酒精在我深井般的肚子里发酵，我在喝了啤酒后狗吠一样肆无忌惮地在大街上唱歌，抑扬顿挫或者沙哑的歌声像乡村的马尿在牧城的大街上流淌。就是那年夏天我认识了夏小坤,我在酒后打着酒嗝打夏小坤的电话,对夏小坤抒情,诉说我在牧城的孤独,听她给我唱阿桑的歌,阿桑的寂寞和悲伤。在大街流淌啤酒的这个夏天,我开始在夏小坤的身体上试着狂奔,在狂奔中流着眼泪,没有想到我还能在牧城找到一种安慰。我们在一起的时候不愿分开,恋恋不舍地分手之后,又接二连三地发着短信。我回味着她脸颊上的红润和偶尔的泪水,她清水一样流动的呻吟,她在那些深夜里睫毛闪动的沉醉,风中蝴蝶一样地把翅膀收紧。

她每一次离开,对我都是一种折磨。

我在牌坊街的胡同住了三年,孤独的三年。通向胡同的路上有一家骨头城,一家叫马朗的网吧。马朗可能是一个俊朗又流气的青年,我曾经猜想站在我对面的一个大个男孩,戴着眼镜、脸上带着凶相的人就是马朗;因为搞这种经营的都有一种痞气,有一个后台。事实上我至今也不知道马朗的模样,那个开在楼上的网吧我一次也没进去过。胡同里还有一家沐足城,一家发廊。这条街五色杂陈,我每天都能看见各色人等。还有我,从一个文化站跳出来在牧城一家叫"幸福女人"的公司打工,可"幸福女人"的时光并不幸福,徐娘半老的女老板疯狂地喜欢上一个小白脸,一个所谓的幸福公司就要垮掉。我曾经把她视作我在牧城的贵人,可她毁了我对贵人的期望,从此我对冠冕堂皇的人不敢相信。

小屋里的仙人掌青春勃发,很快长成一盆盘根错节的造型,开出米色的小花。我就是看着仙人掌忽然想象着牧城该有一家叫仙人掌的酒吧,有一条通向仙人掌酒吧的路。夏小坤在那个夏天的某一个黄昏真的在酒吧里骚动不安,她后来告诉我,她一直忐忑地捂着胸口,似乎有一种遭遇就要降临。黄昏的天上降着针尖儿样的细雨,她穿着仅能遮住阴部的短裙,葱白一样的小手摆弄着一根竹笛,额头上镀着一层金光,目光锐利地穿过酒吧外的一条小路,孤独而期望地坐在一把仿古的椅子上,过量的饮酒使她眼露色相。

比起去仙人掌酒吧,我更多的是去一楼的餐馆。酒吧设在三楼,我喜欢那个嗓音略带沙哑的歌手,他唱汪峰的《北京北京》,让我想到我和牧城,我在牧城的寂寞和狼狈。就是那时候我读到了里尔克的诗:你要爱你的寂寞。可是有谁会喜欢寂寞,如果寂寞再加上贫穷,就像诗人顾城所说,贫穷有一个凉凉的鼻尖,其实还有自卑,还有畏缩。好在我遇到了夏小坤,后来我恋上夏小坤的胯骨,喜欢夏小坤秀色的小嘴吹出让人心颤的笛声。笛子藏在袖筒里,很短,装笛子的布筒上绣着七只小鸟。

二

去仙人掌酒吧以前,我喝酒都在牧城的“万客园”。这是一家大排档,离牌坊街很近,是流浪食客常去的地方。门口的冬青发育成齐膀深的小树，没有任何压抑地疯长。我在酒后握着话筒胡乱地诉说，对我的同事，我的朋友，或者随便拨一个电话。我酒后的思维天马行空，那些唐诗、宋词，苏东坡、苏小妹、元好问、辛弃疾、王勃、杨炯、骆宾王、卢照邻以及舒婷、杨炼、海子等等的诗都蝌蚪一样在我的舌头下游动，我对着电话背海子的诗：从明天起做一个幸福的人，喂马，劈柴，周游世界；从明天起，关心粮食和蔬菜，我有一所房子，面朝大海，春暖花开…… 我简直不知道自己多么幼稚，现在谁还懂那些纯粹的诗歌？你对大街上的人讲，海子卧轨，谁还相信？

我住在一个大杂院里。加盖的二楼上，我的桌上有一台收录机，我就依靠它听阿桑的歌，听阿桑寂寞的歌唱。我的屁股下是一个话吧，每晚零点左右是话吧的高峰，那些依赖话吧的人都在饭店、酒吧、桑拿店里打工，也许他们的朋友和亲人已经习惯了午夜的铃声。有一天，我听见一个女孩带着泣声的哀求，她说，我的钱丢了，在去超市的路上，明天我要回家看姐，姐病了，能借给我路费吗？然后一遍遍地乞求。她的电话把我的思绪打乱，她遭到了朋友的拒绝，拨通另一个电话……隔着窗户我仿佛能看见她泪水的流淌，她在这个城市实际上举目无亲。在又一次遭到拒绝后她声嘶力竭，妈那巴子，你们为什么如此无情？我走下楼，她托着头，乞丐一样蹴在话吧外的墙角，楚楚可怜，瘦削的指头，使劲地在头发里插着，两腮是绵绵的泪雨，在灯照中返光，嘴唇舔着淌到嘴角的泪水。我在暗淡的灯光下看她，头伏着，腿缝里降着小雨，头在脖子上扭着。后来她仰起头，唇绷得很紧，她望着头顶的月亮，从衣袋里摸出一个小本子，慢慢地翻，合上，手一掷，小本在夜空飞旋后落下，像一只受伤的小鸟。她一只脚踩上去，挤着眼，后来又捡起小本，把其中的两页撕下，撕碎。纸屑在空中飞，带着泪水。我从暗淡的灯影里走过去，我说，你的电话我听见了，我看见她仰起的脸其实很美，像我喜欢的一个演员，眼睫毛很长，眸子被泪水洗过后清丽明亮。我拿出100 块钱递过去，她狐疑着，嘴皮打战，甚至向后撤身，为什么？我说不为什么，相信我！单薄的纸币在夜幕里打悠，像一张冥币。我说拿着，快回家看你姐姐。她露出怯意，你，有要求吗？拿着。你，真的没有，是要我吗？你说什么！我声嘶力竭，把话吧里的人都吓了出来，她真诚可怜的目光让我又压低嗓音，快走！

扭回身，我流下泪水。

一个深夜，在牌坊街口，我碰到一个男人。我从"万客园"回来，肚里灌满啤酒，打着酒嗝。这就是我的状态，一个流浪食客，一个流浪的打工者，失去了职业。我手里攥着一把冬青的枝叶，我真有点恨这些冬青，那样葱茏，肆无忌惮。我碰见的那个人很矮，我一直想象他像谷地里的草人。真是讨厌，他竟然截住我，我正撕完最后一片冬青，交个朋友吧？去他的，远远地他的猥琐已经让我讨厌。他说，我可以为你服务。为我？对！我观察你很久了，你是一个孤独者，每天独来独往，我能看出你的寂寞；孤独寂寞的人才天天喝酒，进廉价的酒店，浑身散发着熏人的酒臭，清高和孤傲其实不堪一击。然后说，我知道你住在哪里。

去你的。他说，别骂人，你住在话吧上边的楼上，我在楼下看到过你，你在楼上看风景，其他看风景的人在楼下看你。我有些害怕。交个朋友吧！他把一个"交"字咬得很重，用牙在咬。去你的！你等我说完，寂寞是一种可怕的东西，你这样独来独往怎么能不寂寞，一个男人，你愿意寂寞吗？忍受就是压抑，你真的不怕吗……

我没有！去你的。

我给你服务吧，同样可以达到一个女人的效果。

我要崩溃了。

我不需要，滚蛋！你给我滚蛋。

夜很深，城的门关了，路灯清冷，喧闹的城市也有静下来的时候。此刻，我真的孤独，也许孤独禁不住挑逗，也许孤独就是一个陷阱，挑逗是落进陷阱的冷雨。滚蛋！我又一次低吼，我来牧城不是来和你这种猥琐、肮脏的男妓萍水相逢，还堂而皇之地说观察了我的孤独，你自己才真孤独，不然用不着如此挑逗。滚蛋！我不需要，去你的，一个侏儒。

你说假话，你孤独，你找女人都没有资本，你是一个廉价的男人。他对我攻击，反唇相讥。他说，我学过相学，但我从事占卜这个行业失败了，不是技术不行，因为根本就不存在技术的高低，全都是他妈胡诌，把相学当成一碗饭吃。我会背很多的东西，什么爻卦、主凶主吉、风水轮回。我还有一张会员证，交了500块钱的终身会费，但我从这个行当中退出了，我的证件丢在某一个服务对象的家里，干这种行当的太多。往车站北路，往公园门外的小树林里走走，不相一面，恐怕走不出来，都是用冠冕堂皇的话哄人，眼滴溜溜盯着对方的神色，听对方的余音，随着对方的话头猜测，说你有过灾难，对，有一次你学游泳，差一点落入水底，有人救你，你化险为夷。我心一抖，我的确有过水灾。

滚！

你听我说完。

滚！

我一样使你如坠云雾。

滚！

去你的，我根本不住在话吧楼上。我招手截住一辆夜游的出租，让出租车在牧城拐过几道大弯，再穿过几条僻静的街，最终必须回到话吧的楼上。我的魂都快丢了，刚把钥匙插进锁孔，竟然看见了他的身影，像一个鬼魅。这个恶心的家伙，真是弱不禁风，我刚伸出拳头他就应声倒下，我掏出手机，打110。他一个翻身，说不要，我走！房东出来了，说这是一个神经病，又拳打脚踢。必须这样，这种人对拳头最有记忆。滚！我又狠狠踹了一脚。

三

我不知道该怎样来描写小狗，和它相比，我更加相形见绌。我是说它一身雪白，没有一点杂色，在我的眼里它美轮美奂。我的蜗居窝囊了它，它是一个高贵的家伙，从它的眼、它的神情可以看出它原来生活在一个安逸的环境。我一直在想它是怎样被抛弃的，流落在外，这是一个谜，我一直试图破解。它的病是我酷爱养狗的朋友用土方治好的，我对朋友说等我将来有了病也来找你。朋友说他已经不给人看病，现在给人看病没有给狗看病挣钱。我抱着小狗回到救它的那个地方，我说，你在这儿被我抱走的，可以从这个地方回去，去你天堂一样的家，吃你的美食、山珍海味，过锦衣玉食的生活，我也许再也看不到你。狗瘪症着，可怜地看着我，摇尾乞怜，像一团白色的苇樱。我从它的眼里看出了感恩，它摇摇头，仿佛说，我什么也记不起来了，你收留我吧！我不理它，我如此流浪的生活怎么能养起一条贵重的小狗，我丢下狗，往牌坊街跑，当我忍不住回头时，看见狗在身后疯狂地追着。我失败了，我只好和一条狗朝夕相处。

我差不多一周没见夏小坤了，更谈不上做爱，既然要和狗相守，我想到了给狗起一个名字。我给小坤打电话，她大吃一惊，什么，你养了一条狗？你这日子还有闲心和一条狗生活，不是和你一起受苦吗？我和你都同居不了，你和一条狗同居？我说，夏小坤,说话好听一点吧,我是求你给狗起一个名字,好听点的名字。夏小坤憋了很久,终于说,我上网查查吧。我说我不喜欢网上的东西,那些狗名都千篇一律,我不屑一顾,无聊,没有意思。小坤想了想,给我报过来好多名字。否定之后,我躺在床上,我想这狗肯定是有自己名字的,但我必须有自己对它的称呼。我想了半宿,想着马上就是2006年,我神经质地从床上跃起,对小狗大声地喊:2006、2006……我听见小狗吠了几声,叽叽地有些撒娇,雪白的毛哆嗦不止,我又想到了玫瑰,我狂妄得意,对小狗说,你的名字就叫06玫瑰,06玫瑰。我打电话给夏小坤,06玫瑰,我们的小狗叫06玫瑰。

夏小坤说,和我没有关系。

从夏天开始,我疯狂地爱上了她的笛声,我常看见一个手持短笛的女子,款款地走在通向仙人掌酒吧的路上,她嘴角含笑,有时横着笛子坐在仙人掌酒吧的门口,她瞟来的眼神,让我迷恋得不能自抑。我看过陈逸飞的《夜宴》,画上是几个吹笛弄箫的仕女,我的小坤一点也不比她们逊色,只是我不是陈逸飞,画不出来。我在夏天的时光里想象着从竹笛进入她的内心,我们一次次在仙人掌酒吧喝酒,那个临窗又花团锦簇的窗口几乎成了我们的专座,我们把时光都浪费到了酒和夜色之中。其实我不喜欢她的短裙,风一掀动就绽出她雪白的臀部,翘翘的像剥皮的杧果,让人想入非非。她穿着长裙或者旗袍时才和短笛相配,像一个有内涵的女人。夏小坤其实看了很多的书,她偶尔写出的文章如行云流水。那时候我刚离开那个“幸福女人”，我就是这时候喜欢上了啤酒，喜欢去“万客园”。然后一次怦然的心动，我找到了仙人掌酒吧，遇到了夏小坤。夏小坤后来终于去了我居住的小屋，我抱着她，让她看蓬勃的仙人掌，告诉她正是有一天我心血来潮才去了仙人掌酒吧。后来我已经不能自制地把她抱得更紧，内心的寂寞让我急切地想找到一种依赖或者发泄，我听见了她的尖叫，她浑身哆嗦，我想到了退却，可她的手还紧紧地扣在我的背上。她对我说她越是想松搂得越紧，不知所措。感谢她紧扣的双手，我们还算顺利地完成了一次，然后我们半同居的生活从这个啤酒的夏天拉开序幕。

浴火重生。这是夏小坤后来对我说的。夏小坤闭着眼，出着粗气，长久地沉默，手捂在瘦小又白皙的胸口，像在痛恨或者回味。她那样妩媚，我跪着去亲她的身体，亲她吹惯笛子的嘴唇，她喘着粗气，屋子里到处是她的芳香，我再一次不能自制，结果这一次她浑身发抖，大声尖叫……

那个坎是她后来告诉我的。

我们依然去了仙人掌酒吧。我们依然提前占据了那个窗口，那张临窗的酒桌。

夏小坤的手里始终握着的是一把短笛，目光有时候很远，像站在贝加尔湖对面的山上望着湖水，她横笛而吹时眼里汪满含情脉脉的情愫。这个女孩，多年以来已经学会了用笛子倾诉她的内心。我们喝了白酒，白酒绵甜可口，散发着粮食的味道，有一种醇香。喝了白酒后,夏小坤坦然地和我交谈,这个女孩有着大人般的成熟。她说,我想和你谈谈那事,就是,就是做爱。我吓了一跳,以为她可能要阻止我,和我在这件事情上一刀两断,从此断了我和她交欢的念头。我的下身禁不住收紧,腰开始挺直,总之是正襟危坐。她说,我一直害怕,怕了几年,从20岁开始,一直怕到现在,我对性充满了恐惧,心头一直有着巨大的障碍。可是你让我冲破了障碍,你的温存的过程让我放松了心理,而且有了快感,慢慢淡薄了恐惧……我如堕雾里,不知她说的什么。我想起那天,我们从仙人掌酒吧打的去我的蜗居,我和她拥抱,嗓子低沉,我发现一个男人真正动了感情后,嗓子就会发生这样的变异。我闻到了她的发香,一种好闻的洗发水的味道,从她的唇间渗出的伴着酒味的齿香,我用我的鼻梁抵着她的鼻梁,在她光洁的鼻梁上摩擦,我看见她的牙齿,不算整齐,甚至微黄,但散发的馨香正在把我征服。我一往无前地吻过去,碰到了她的牙,坚硬的牙挡住了她的舌头,我穿过牙缝勾住了她茸茸的舌苔。这时候她伏到了我的膀子上,用力地咬,仿佛要还我什么,对我报复。我没有感到疼,感到的是一种即将来到的快感……后来我知道,和夏小坤做爱必须有一个漫长温存的过程,那样才能让这个和你肌肤相触的人慢慢进入状态,成为她的享受。她在我肩头留下的牙痕,我会独自面对镜子反复地抚摸,隐隐的疼痛里是对一个浪子的温暖。

夏小坤说,介意听我说吗?

她仰着头，竹笛握在手里，她没有吹，但我听见了笛声在她的心里，像一股坚硬的溪水，击破山崖和水中的卵石。她说，我恐惧了五年。她开始给我讲述，她说，青春就是一切。夏小坤的故事让我一直沉浸在一场铺天盖地的雨里：那个夏天，夏小坤离开学校，雨把天和地都封锁了，夏小坤从师范毕业，身上背着行李，像被一场大雨从学校泼了出来，在她冲出学校时雨幕哗哗地降下来，天像涂上了一层黑炭，她的身后是同学的喊声，喊声倔强又微弱地穿透雨雾，越来越弱，被雨声淹没。夏小坤没有回头，她说她从来不是一个想回头的人，她非常渺小地站在雨中，终于等来了一辆坚守的出租车。她的衣服和行李都被淋透了，她穿了那种单薄的裙子，裙子和她瘦小的骨架贴在一起，像一棵风雨飘摇的小树，她的鼻翼上是一拨又一拨滚滚而过的雨水，头发被编成一绺一绺的小辫子。一辆红色的出租车就是这时候在厚重的雨水中泊在她身边的，原来雨中的停车才称得上真正的停泊。司机不容置疑地向她伸过来一只手，接过她肩上的行李，她以从来没有过的利索打开了车门。雨刮器在车前不停地扭动，根本跟不上雨的节奏，雨柱倔强地挑逗着雨刷，在红灯前停车时她才告诉出租司机她家的方向。

夏小坤合上长长的睫毛，狠狠地灌下一杯白酒。

出租车一直开到她家的楼前，徐徐而又准确地泊在楼前的一棵梧桐树下，浓密的法国梧桐挡住了一些雨弹的肆虐。夏小坤就在这时候看见了一辆卡车，在浓密的雨雾里显得朦胧，她的手其实已经握住了一件行李，她在雨中回家的愿望非常迫切。那辆卡车紧贴在楼梯口，她的心怦地疼了一下，在心里呻吟，父亲。这是预料到的，妈在几天前给她打过电话，说和父亲已经两清了，彻底结束了，父亲几天后就要来家搬他的东西，这套房子以后就是我们两个女人的了。母亲在电话里已经不分轻重地把女儿也说成了女人。但她没想到会在这样一个雨天，父亲离开母亲、离开这个家是如此急不可待。在大雨中，她仍然看见有人在楼道上抬着东西，抬起头看见雨幕中放在阳台上的吊兰和杜鹃，朦朦胧胧，杜鹃的叶子上似乎也挂上泪珠儿一样的雨水。出租车在桐树下泊着，听见车底下哗哗淌过的积水，梧桐叶被雨敲打着，司机在这样的天气里变得沉闷和有耐心。他当然不知道眼前发生的一切，不知道夏小坤的心，不知道她车上的小乘客内心的煎熬和痛苦，不知道兜头泼来的一壶冷水对夏小坤的打击是多么惨重，他以为客人在等待雨的间歇，但从雨的气势来看暂时不会有间歇下来的可能。后来终于催她时，她的嘴唇微微地启开，好像很艰难，像在挣脱一种黏合，然后她用很细很果断的口气说，走！她的眼泪哗哗流下来，这个倒霉的雨天。司机可能没有听见她几乎是发自心底的细音，但看见了她微微颤抖的手势。

世界都被大雨肆虐着，到处是哗哗的雨声，车调头时她闭着眼。没有人留心她的回来而又匆忙地离开。

在胡同口看见了皮皮。

夏小坤在这个雨天住进了芦苇巷。夏小坤说，我非常非常感谢皮皮。芦苇巷的房子是皮皮找了一个朋友帮忙租下的，在那个潮湿的雨天带着潮湿的心情，皮皮冒着雨帮她安顿了一切。皮皮在一个商场上班或者说打工，是她高中的同学，之前皮皮曾经在她们师范学校门前一个卖盒饭的铺子里，皮皮在卖盒饭时对小坤就很照顾，每天一定会给小坤留一份盒饭。夏小坤没有想到，狼狈的雨天里皮皮会跟在她的身后。后来皮皮对她说，他是去学校接她回家的，正好看到了她失望的一幕。夏小坤说，我没有和皮皮同住，皮皮一直对我很尊重，是一个讲义气、懂自尊的孩子。住在芦苇巷的时候，皮皮每天晚上下班都会拎几个可口的小菜，他们就着菜、喝着一种散装的白酒。

我和夏小坤去过芦苇巷，那是一间十几平方的小屋，房间收拾得干净温馨，墙壁上挂着她和皮皮的照片。夏小坤说，芦苇巷的外边是个大苇湖，也是牧城唯一保存的自然保护区，夏季的苇缨撑满天空，苇缨儿徐徐地冒出来，雨穿过苇叶落到湖上像徐缓的鼓点。她因为有苇湖、有皮皮的厮守而不再孤单。

夏小坤叙述着，我会偶尔回到我家的楼下去看望我的窗口，窗口里永远摆着两盆旺盛的芦荟，两盆绿萝，花保养得很好。我站在梧桐树下，呆呆地望着家，望着母亲的窗口，我不想轻易地踏上这个伤心之地。我知道母亲一直都在找我，可我毅然地决定再躲一段时间，让我的心安定下来。也许我会平心静气地在一个阳光灿烂的日子回到楼上。母亲吹笛的剪影真是一幅绝妙的图画，可惜我没有相机。母亲用笛声透示着信息，用她的指节和丹唇寻找着这个世界对她的安慰，呼唤着女儿，我的笛声也是从母亲那儿学的。一个晚上，星光从梧桐树的缝隙透过来，我又看见母亲坐在窗口，横起笛子，我如痴如醉地听着，笛声在夜色里流淌，我从提包里摸出短笛，应着母亲的笛声。母亲听到了，在阳台上听我吹笛……我没有上楼，心中却对妈喊，妈，你放心，我很好，我会回来的。我又回到了芦苇巷。

我被强暴过。也许这才是夏小坤要对我说的。夏小坤低下头，手摸着一杯酒，头一仰一饮而尽。我被强暴就在芦苇巷外的苇湖，那天晚上皮皮一直没来，我无聊地去苇湖边散步，我看见三个年轻人，可能是酒力的驱使，他们，他们把我拽到了芦苇湖里……我不知道我是怎样回到芦苇巷的，我大敞着门，等待着皮皮，皮皮终于回来了，他一路叫着对不起，对不起小坤，手里依然是几个小菜，一瓶白酒和一瓶葡萄酒，那段时间他挣的钱都这样花了。面对他，我很惭愧，尤其是那天晚上我的狼狈，我甚至连去死的念头都有了。他把酒摔了，叫嚣着报仇，转身消失在我的视线。我没有报案，我只告诉皮皮那几个年轻人中有一个叫三叉的，我听见他们这样叫。我没有想到皮皮会找到他们，皮皮是在一个酒吧找到三叉的，当时三叉正和另外的两个流氓喝酒，皮皮拽住了三叉，皮皮没有选择报警，他选择了报复，他把三叉撂倒了，但忘记了他一个人太单薄，怎么也抵不住三个人。他被三个人围住，皮皮倒在地上，皮皮摸出了刀，把三叉捅了。三叉没死，皮皮却没有抢救过来。

……

夏小坤低下头，哗哗流淌着泪水……

现在每年的情人节，我都去皮皮的坟头插一朵玫瑰。我要在他的坟头栽一千朵一万朵一亿朵玫瑰……直到有一天在他的坟前建一个巨大的玫瑰园……我回到家，旧疤未愈又添新痕，我伏在妈的怀里，妈搂着我，我像一个小孩儿。后来我恋上了酒，有一天，我来了仙人掌酒吧，在仙人掌酒吧遇见了你。

我在心里对夏小坤有了一种责任。我说我们奋斗，将来建一个玫瑰园，我们做玫瑰园的园主，玫瑰园的园艺师。我和她去了芦苇巷，在小屋里看到了芦荟，看到摆在墙角的酒和酒瓶，皮皮的相片，相片前的玫瑰。我想说，一切都已经过去了，我们得往前走，展望未来。我没有说，只是紧紧地抓住她的手。

四

其实，从冬天开始我几乎陷入绝望。

我来牧城的第三年，女老板卷进了一场感情的旋涡，她爱上一个小白脸，丧心病狂地要把小白脸据为己有，小白脸所谓的文化公司陷入紊乱，老板不断地为小白脸救火，两个人最后卷款而逃。

我和报社的一个大姐去一家公司签约，为一个即将上市的公司办一份内部报纸。大姐是报社资深编辑,年龄即将到线,提前进入企业办报,一来为不薄的待遇,二来为退休后找一条后路。这使我在那个冬天里感到一丝暖意。我们十一月份介入,报纸年底前先出两期试刊,然后才是全面开始。公司的老板是个戴眼镜的年轻人,30 多岁,胖胖的,看上去一副斯文模样,甚至带着几分迂腐。一接触才知道是才高八斗的北大毕业生,发明的是一种用于教学的网上软件,依托的是省城的 DOM 公司,全面推广的工作扎在牧城。一个大工作间,几十台电脑正在忙碌。这和我的想象有些距离,按我的预料,既然我们是搞文案的,那就应该有一个相对安静的环境。没有,我们的谈话就在大厅,而且我们的电脑要申请总公司才能配备。斯文的经理和我们谈完,喊来一个叫王家的矮个子业务经理。他对我们谈他的思路,老实说,那个思路老套狭隘,基本上就是大街上发的传单。我没有说话,大姐先摇了头。说,不行,经理,如果是一张报纸,我们基本上不能认定你的思路。大姐后边的话变得委婉。为什么?因为这样吸引不了大家,现在电视上、大街上的广告铺天盖地,一张报纸必须在和业务结合的基础上融进可读性、趣味性、艺术性,报刊的成功取决于经营的策略和内涵,太浅或太露会让人抵触。王家的大眼瞪着大姐,露出一口黄牙,一看就是个烟鬼。

最后商谈的结果是相互妥协,杨总听了王家的报告后坐到我们中间。说实在话,我讨厌杨总的做派,已经看出这是个道貌岸然的家伙，年纪轻轻就摆起了派头。我不说话，和大姐一起来的另一个合伙人是报社的资深编辑，读过他很多文章，我相信他们。我们分工，四个版面我负责三版的理论版，另加整个报纸的发行词、贺词等，这些贺词发出来要署上某某领导的签字。时间紧张，由于大姐和另一个编辑都是暗中兼职，每天提前到的只能是我。我们的合作没有成功。在我们拿出了整个文案之后，杨总召集公司的头目们把我们否定了，也可以说我们被耍了，和我们结束合作的话语是，总公司没有批准公司上报的文案。

简直扯淡。我愤然离去，背后是大姐发怒的吼声。

这个冬天，我答应一个朋友的牵线和一个离休的局长去谈他的个人传记。我们最后在稿费上发生了争议，这个曾经做过局长的家伙经营着一家房地产公司。开始的时候他一直绕着实质性的问题，和我们侃侃而谈他曾经的辉煌，获得的荣誉，少年时受过的苦难，和第一任妻子的感情，对第一任妻子的忏悔。我有些感动，哗哗地记着。但我的经纪人憋不住，谈话进入实质，我们必须谈了，局长，我们是用劳动来换取报酬。那时候我有些尴尬，赤裸裸地谈钱似乎不是我的作风，我有些脸红。牵线人说，你看，我们的作家脸都红了，文章憎命达，但他们要糊口，不好意思。局长大人稳坐钓鱼台，观察我们。后来说，两位，你们尽管写，不会亏待你们。这是最可怕的托词，我在“幸福女人”时，我的上司也是这样承诺的，还有我来“幸福女人”之前，在谋职的那个机关，那个机关的头目也喜欢这样说话。我害怕了承诺，心有余悸，他们是一批最不讲信誉的家伙。那个人说，我们下一次再谈酬金问题好吗？

一周后，局长又来电话，约我们去他的房产公司。我和朋友打的过去，在牧城的北干道，一个小院，几座漂亮的三层小楼，我们被一个跑腿的带进了办公室，坐在沙发上等。大约 20 分钟，局长姗姗来迟，不握手，不招呼，一屁股坐在老板椅上，居高临下，完全不把写字的人放在眼里。换个时候我早已甩门而出，但目前的状态不得不忍。老板开口，开个价吧！朋友抓了抓我的胳膊，说，老板，文人有文人的尊严，必须有和我们付出相对应的报酬我们才会合作愉快。对方脾气倒挺爽快，他报了价，说行不行，不行，合作到此为止。我们报了价，说这是对一个长篇传记的最低开价。然后那个人站起来，说我的钱也不是白来的。我们依然坚持，说这是最低价，我说我们要对你负责，用一年的光阴来对待，要长时间被这个传记纠缠，梦里也可能都是你的传记。他很强势，想写，这就是我报的价。

我们站起来告别。腿已经迈向屋门，听见老板说穷文人还挺臭硬。我们拐回身，怒目对视，我摁着他的桌子，告诉你，我们不会再向你妥协，你认为我们是你局里的小兵，你公司的员工？你最后究竟是怎么下来的，你不是口口声声说发扬风格，推出年轻人吗？骗三岁小孩吧你，你是出了问题，没追究刑事责任对你是不该有的宽容，你利用余威搞房产开发，有多少猫腻你自己清楚。在我们面前装什么英雄、正人君子，你写传记到底为了什么，不就是想挽回你的影响吗？为自己涂脂抹粉，还这样吝啬。我们甩门而出，我看见他的颤抖，叫嚷着，我把你们抓起来！他坐到椅子上，喘着粗气。哈哈哈，真可笑。这是和朋友商量好的，其实来之前我们已经决定放弃，我们做了调查，如果追究，这个道貌岸然的家伙不会逍遥法外。

没有沮丧，我们在“万客园”喝了个酩酊大醉。

五

我不是为流浪而来，但我在牧城确实过着半流浪的生活。躺在床上反省，老实说我是需要钱的，我不想啃着烧饼，就着白开水，不想为买一本书而省掉一顿午餐。我坚守我的写作，正在写一部厚重的村史，这部书里有我的父亲、母亲、我的兄弟姐妹、我的祖先、我的瓦塘南街、有潘家的发迹史、至今留在村庄的潘家大院，也许我的小说可以解密一个村庄，一个村庄大户的历史，成就一个村庄的旅游业。潘家大院炒作成功完全可以活起来。但我真的需要正常的生活，我想用类似的劳动来支撑我心灵的行走，这是一个怪异的圈子，一个不得已而为之的办法。谁说他不想挣钱那肯定都是假话。没有钱连一碗烩面都吃不到嘴里，看着别人吃饭你只能吸溜口水。可贵的是我在牧城遇到几个贵人，他们不定期地给我帮助，或让我去客串一个活动挣到一些饭钱。

这个夏天我去仙人掌酒吧遇到夏小坤。你们已经知道这完全是一种心血来潮,但许多的机遇或者艳遇就是一种巧合,后来夏小坤去了我租住的地方,好像是顺理成章的事。夏小坤说我拯救了她的恐惧,让她从一个坎上迈了过去,我好像还做了一件好事。但在和她做过之后我曾经十分后悔,陷入过惶恐。第一次把她放倒,看着她离去的背影,我捶胸顿足,也许我要失去在牧城唯一的异性朋友。我想给她发一个短信,请她原谅我的贸然,但我同时回忆着她最后的配合,我打消了发短信抱歉的念头。几天来,我一直处在等待的状态,我没有主动发短信过去,也不再去仙人掌酒吧,又回到了"万客园"。可我在"万客园"喝酒总是形单影只,酒后是无边的忧郁,像胡乱生长的冬青。我就忍不住又去了仙人掌酒吧。这已经是一个星期之后,夏天的各种花朵肆意开放,乱了阵脚,我简直讨厌了城市的花朵,我想回到乡下去看单纯而野性的野花,我得践约每年去梨塘镇看一次梨花,梨花似雪,它的纯白让我一生敬仰。我没有想到夏小坤会手执短笛,着一身透明的旗袍在仙人掌酒吧门前等我,她俯首抚笛,坐在甬道边的竹椅上,完全一副仕女的形象,像一幅画,让人不忍触摸。我被迷住了,伸手去拿她手里的竹笛,她握得很紧,站起来,径直往窗边的座位走去。她这才启开朱唇,告诉我她每天都坐在这个窗口,相信我一定会来找她。我问过她的生活来源,她说父亲会定期给她的卡上打钱,很少,只够她的生活,她现在在一家公司打工,那个公司的老总和他的总部都在深圳,他的弟弟在牧城办了一家分公司，公司的业务就是替企业办理许可证件，经理职业培训什么的。她刚去，挣的钱可以支付房租，每天喝少量的小酒。

应该说半同居的意义实际上是彼此之间的一种坚守，一种相互之间的不离不弃，一种相互的珍惜，把心交给对方。我和夏小坤的开始就是这样，从那个喝着马尿一样的啤酒的夏天，到飘着淡淡苇絮的秋季，然后我遇见了一只叫“06 玫瑰”的小狗。我们一起住在我租住的小屋里，小狗闪烁着眼睛凝视着我们床上的运动，侧耳听我粗重的呼吸，在夏小坤呻吟的时候她不服气地哼哼几声。在 2006 年的夏天——秋天——冬天——到 2007 年的春天等等，我应该为我有两个朋友自豪，为我的半同居生活惬意。每次看到夏小坤睡眼惺忪地从我的被窝里爬起，我都会陶醉地看着夏小坤，她懒散的头发，疲惫的小脸，小脸上的皮肤，搭在被面上的一双小手，翘动的指尖；她倚在床头，披散着头发，她呼出的气息，像一缕烟雾在房间弥漫，然后是她开始翘出被窝的臀部，像一颗削过的菠萝，白净而且光洁；她的小腿，她的脚趾慢慢地使我迷乱。我的小屋不再是楚楚可怜的小屋，而是我生命的天堂、宫殿、藏娇的金屋。我感受到了我的幸福，小屋如此记载了我生命中的一段历程，在我的生命史上有着巨大的意义。我和夏小坤亲昵时，小狗常常嫉妒地狂叫几声，耳朵翕动，那种带着醋意的姿态和叫声非常可爱。

那年秋天的一个雨天，夏小坤的脚步声让我涕泪交加。我生了一场大病，发烧、感冒、咳嗽、浑身酸痛。连续几天我没有下床，不思饮食。傍晚的脚步声一下子把我温暖，这时候“06 玫瑰”还没有来到我们中间，夏小坤和“06 玫瑰”之间还没有嫉妒，两个女性的斗争还没有开始。那是我最无助的日子，我的工作和生活状态基本上糟糕透顶，我甚至害怕夏小坤走进我的小屋，在我痛苦无助的时候我不想让别人分担，但我又一直在谛听、等待着她的脚步声，我不知道她在忙什么，每天都在哪里。她进了一家公司，有时候要接连陪那个公司的老板奔波于其他城市，甚至住在我老家一样的乡间。脚步声就这样来了，我没告诉她我的病，我的病正向好的方向发展，我想用我的尊严掩饰我的病情，我知道人在患病的时候往往更憔悴，更想念亲人。雨还在啪嗒啪嗒地下着，我听见她的脚步声，楼梯的扶手上不时发出几声脆响，这个世界里充满了炒豆子一样的雨声，我能想象满地的雨泡，一个连着一个，我想起夏小坤毕业的那个雨季，出租车下流淌的雨水。接着我的门被她的小手推开，我的泪哗啦下来了，我竟然控制不住。原来她已经是我的亲人。我看到夏小坤的脸，带着愠怒，藏着指责、责备。我蒙住头哭，她怔怔地站着。好了。她温柔地对我说，好了，我不埋怨你了，告诉我想吃什么，要不要送你去医院，告诉我。她像我的母亲，我都半辈子没有听到这么慈爱的声音了。我的肩膀抽搐得更加厉害。她脱了外套，钻进我的被窝，她蒙住头，紧紧地搂住我，她就这样用她的身体安慰着我。我们没有说话，我已经被她身上的母爱暖昏了头脑，我屏住呼吸听她的心跳。这时我噙住了她的乳头,在被窝的黑暗里,她的乳头像两个坚硬的樱桃,像两颗水灵灵的大豆,充实而且饱满,不容亵渎。后来我再看到的是乳头旁边的一圈淡蓝,乳头的两边呈喇叭花一样盛开的美丽皱褶,像我小时候喜欢爬上的河边的沙丘,像炸完油条灌油用的小油漏子。真的,这是女人的神秘,生命的开关。然后我窥探着她的乳沟,光洁的,微微下陷,这个天真的孩子还在心疼地捋着我的头发,我就这样循序渐进地把她的衣服剥了,剥到一丝不挂,美轮美奂的瓷器尽展我的眼前。我又一次哗哗流泪,她的身体开始打战,她平躺在我的左侧,我没有急于冲锋陷阵,这时候我只想静静地欣赏。忘记了我的病,或者说病已经好了,神秘地痊愈了,女人有着如此神圣的魔力。我从她的脖颈开始了漫长的欣赏,细长的脖子,脖子上长着细细的茸毛和细细的皱纹,然后是她的肩膀和她的锁骨,她的锁骨中间形成两个旋涡,托举她美丽的脸颊,下颏处于锁骨的正中。我继续往下走,看到了两个美丽的乳头,乳头下的肋骨和光滑的肌肉。但我急于想看完她全身的风景,我看到了她的肚脐,神秘的肚脐独特地呈现着,在我的眼风下起伏;我伏下去,闻到了玫瑰一样的芳香,一切美丽的感官似乎都是从那儿开始的。然后,我万分激动地看到了那个最神圣、最令人崇敬的部位,它像一朵独立、桀骜不驯的鲜花骄傲地生长在崇山峻岭之间,光鲜弹性的大腿和凸起的臀部都是因它而生,滚滚的江水从这里掀起波浪。真的,做爱的过程并不神秘,欣赏的过程才是你的生命悸动。后来,我再也不能自制,我必须在神圣的美丽面前俯首称臣,我紧紧地搂过去,那一双玉手早已迫不及待。

在半同居的日子里,我的身体达到了充分的享受,事实证明我已经完成对夏小坤性爱的唤醒,我在某种程度上拯救了一个人,一个人没有性爱是不容饶恕的残缺。秋天里我依然奔波,我在一家"浪漫秋千"的公司找到了一份工作,我每天去一个莲花湖边,"浪漫秋千"就在湖边的右岸。湖边建起这个城市的文化长廊,我喜欢看漂在莲花湖里的游船。我会想起夏小坤在我生病的那个傍晚对我的诊治,我在看过她美丽的身体后不治而愈,我的欲望因那个夜晚而愈加膨胀,和夏小坤的几个夜晚,每一次都水乳交融。我爱上了夏小坤,爱上了她的玉体,为了夏小坤和我的爱情,我拼命地工作。我在"浪漫秋千"很快完成了对秋千系列开发的创意,选择了 16 个品种去参加一个风筝节,但注定我命中多舛,一场大风把深夜的"浪漫秋千"卷进一场大火,我的创意变成灰烬,我再一次失业。几天后我才知道"浪漫秋千"的女老板是一个大老板的小三,当她发现老板离婚没有将她纳入正房而是找了另一个粉面女郎时,愤怒地把"浪漫秋千"烧了,她同时选择了离开这个世界。她的身体在第二天的早晨被晨练的老人发现,漂在莲花湖里,我和一个同事把她抱上岸,我为这个烈女流下泪水。转过身,我又开始在牧城奔波。

我告诉小坤我再一次失业。她语带鼻音,我在宁波,回去联系。

六

我遇见了小狗,就是在冬青树下濒临死亡的那只。我扛着它跑遍牧城的大小街道,朋友用一个偏方最后把它救活,后来我给它起个名字叫"06 玫瑰",它和我在租住的小屋里相依为命,在我和夏小坤同居的夜晚它露出了嫉妒。

转眼间春天来了,我和夏小坤都成了无业游民,夏小坤离开公司是因为老板是个色狼,每天给她烟抽,请她吃饭。有一天在出差的宾馆突然把她抱住,而且扯下她的衣裙,夏小坤掀起他的左腿,把老板弄了个四脚朝天,跑出宾馆。就是这时候她对我说,如果毒品能够麻醉,如果毒品便宜,她一定吸毒。我告诉她这个想法非常可怕,这是犯罪,一定要彻底打消,即使将来有钱也绝不能尝试。她抱着我说真的想麻醉自己,人的痛苦就在于太清晰,太有界限。我说人怎么可以没有界限,没有底线还做什么人?那样的社会多么可怕。我想起我家一个破落的小院,没人住了,父亲住到了哥哥的家里,院落有一堵高高的围墙,她倚在我的臂弯里,我对她说,这样吧,小坤,我在我老家的院里种一片罂粟,等我种的罂粟开花结果,我们就用自己的罂粟麻醉,然后每年都在那个院子里种一片罂粟。夏小坤像个孩子偎着我说,去哪儿找那么多的罂粟种子。我说,好找,卖花种的地方,这个你不用担心,我把牧城所有卖花种的地方找遍。后来夏小坤在一天的清晨从床上醒来，天真地说，我梦见了罂粟花，开得妖艳，我们都去采那美丽的花，我还看到了一种果子……我说会有那么一天。她问是不是吸毒？我说不是，是种下美丽再把美丽吃了。

"06 玫瑰"发育成熟，我忽然发现它是一只美狗。光是它的白，它的毛发就使我在它的面前相形见绌，它太美了，简直是骄傲的公主。你如果见到"06 玫瑰"，一定非常喜欢，它在你面前，不卑不亢，仰头的姿态非常优雅，你如果是一条公狗，一定会被它打动。我后来就是利用了"06 玫瑰"，利用了它的姿色，把"06 玫瑰"当成了工具。现在想起来多么卑鄙，我还自诩为狗的贵人，我竟然让一条狗，我救过的狗去诱骗公狗，然后我干上骗狗、卖狗的勾当。

这正是我的忏悔。有一天，我看到小狗的乳房发红，眼睛脉脉含情，在春天的柳絮下开始发情，我是看到她的乳房和眼睛顿时来了灵感。问题是我和夏小坤都陷入了危机，连去仙人掌酒吧都捉襟见肘了，夏小坤父亲的企业遇到了难题，已经半年忘记了给女儿打钱，小坤的短信发了几十次，卡上依然没有进项。她的母亲依然住在四楼，梧桐树还在，窗口的花还在，笛声依然悠悠地落下窗口。我和小坤去听过她母亲吹笛，笛声在灯光和月光的交映中穿过幽深的小巷，让人沉醉也让人忧伤。我发誓要永远喜欢笛声，那个母亲的剪影我永远不可能忘记。

我最后盯上了"06 玫瑰"，正如我前边叙述的，因为它是一只美丽的母狗,美丽是欺骗的资本。人在百无聊赖、贫困潦倒的时候会忘记坚守的品性。我盯上了“06 玫瑰”,天生丽质的母狗就像一个美女,我想来想去打算让它成为一个狗妓,就是勾引公狗的一只母狗。我去书店买了关于狗的书,尤其对狗的发情和配种倍加关注,这很重要,无论做什么事都要了解它的细节,

我为狗洒了香水,开始带着我的狗寻找诱饵。我去了莲花湖,已经是春天了,湖边散布着发情的男女。这也使我的“06 玫瑰”受到了一些启发,在一个小亭子旁,我终于看见它的眼睛直直地盯上了一条狗,我开始回避,躲在小亭子旁的一个柱子旁边,我的狗低吠了几声,往那条小狗旁靠近,巴拿马小狗的主人是一个女士,正在亭子里和一个男人眉目传情,从表情看不像正常的夫妻,他们扭捏而又大胆地拉住了手,女人仰着头,湖水里的倒影我看见了,那完全是一双含情脉脉的眼睛,我预计他们马上会有一场热烈的相吻或者拥抱。我在等待他们的狂吻,甚至忘记我的“06 玫瑰”和小狗的调情。我拼命地克制,终于回到了我的阴谋之中。我悄悄地喊着我的“06 玫瑰”,它在我的引导下引诱着那条小狗,走远了,终于走进了一片僻静的草地,两条狗在互相闻着,狗和人都入了戏,这是狗在相守相恋前必不可少的程序,我相信巴拿马会喜欢上“06 玫瑰”的气息,还有它身上的香水,我的小狗完全具有这种杀伤的魅力。“食色,性也”,狗也一样。我掏出了别在腰间的袋子伺机下手。那个夜晚我充满了兴奋也充满了惭愧,忐忑不安,负罪感很深。我把巴拿马扛到了

家里，装进了我提前备好的笼子。

我给“06 玫瑰”一顿美餐的奖励，我知道它还蒙在鼓里，迷惑地看着我。我正襟危坐，含情脉脉地对它说，对不起，朋友，我不得不这样卑鄙，我会努力地给你的初恋情人找一个好的地方，不让它受罪，如果可能，我将来会带你再去看它。那天夜里我看见了“06 玫瑰”的迷惘，它的愧疚。我抚着胸口，无法再说下去，我把它们关在屋里，又去了莲花湖，我去寻找那个女人，小亭子已人去亭空，春天的风吹动着湖水，我知道她没有记住我和我的小狗，不然我不可能再一次去湖边作案。我在亭子里徘徊，想等到一个妇人的脚步声，也许她会问我，我的小狗，你看见了吗？没有，我没有看到女人的影子，我又着急地去湖边的另一处徘徊，看是否能听到寻狗的声音，我怀着矛盾的心情失望而归。之后的几天，我注意着湖边报纸和电视上的寻物启事，但一直没有见到。我回到小屋，看见“06 玫瑰”痴痴地看着笼子里的小狗，我把“06 玫瑰”也装进了笼子，我让它去完成一件好事。第二天我背着我的小狗把巴拿马卖了，换回来的是 2000 块钱。然后我和夏小坤去了仙人掌酒吧，我在喝酒后央求着夏小坤为我吹笛，我把夏小坤带到小屋，却没有了往日的兴奋。

我踌躇着是不是还干那种诱狗、卖狗的勾当。我最后又下定决心，是因为我想透了一个道理，能养狗并且养好狗的人家都不是穷人，在我贫穷的时候我恨这些用钱养狗的人，如果我将来有钱，一定会供一个穷人家的孩子上学。我告诉你们，我基本上旗开得胜，每一次我都给“06 玫瑰”一次大方的奖赏，给它买好吃的东西，带它和我共进一次夜宵，让它过几天豪华的生活。“06 玫瑰”出于对我的感恩，忠心耿耿，我屡屡得手，我的日子在小狗的资助下变得宽裕。这期间我和夏小坤半同居的生活也趋于正常，我恢复了兴奋，也完全调动了夏小坤的欲望，我不但给小狗买香水，也给夏小坤买进口的香水。可是一件事情发生了，我的“06 玫瑰”真正爱上了自己的一个同类。那个我不知道品种、不知道名字的小狗长得确实可爱，同样纯白的绒毛，身材窈窕，眼睛专注而且有神。老实说，我在一瞬间也对这条狗恋恋不舍，这就是我第一次放弃它的原因。两天后我忍不住又去了牌坊街，“06 玫瑰”跑得比我还快，好像它在想念着那次邂逅，我没有想到这次真的又遇见了这只纯白的小狗，也该它栽在我的手里。我教导着我的小狗不能激动，欲擒故纵。可“06 玫瑰”迫不及待，它奔跑过去，它的速度让我想起小坤，想起仙人掌酒吧，我第一次在仙人掌酒吧听过夏小坤的短笛后，第二次去仙人掌酒吧时脚下生风。我的小狗还算听话，它在我的授意下慢慢地诱引那只小狗，小狗遛出了牌坊街，它的主人还在人堆里打牌，我顺利地把它带进了我的小屋。

事情就在这时发生了，猝不及防，在我把小狗装进笼子里时，小狗可怜地看着我，流下热泪，它哼叽着求我，眼光充满哀怜。我清楚地记得这是第五条走进小屋的狗。“06 玫瑰”双膝跪下，再一次向我乞求，仿佛在说，求求你了，我的恩人，放过它吧，我替它求情了。我听懂了它的意思、它的哼叽、它低低的吠声，我不知所以，我的心开始打战。我是一个见不得别人可怜乞求的人，即使在我最困难的日子，我依然会向乞讨者的铁罐里投币，在公交车上为老乡刷卡，会悄然去车站为朋友买车票。我最后决定给夏小坤打一个电话征求她的意见，可是我没有想到夏小坤的电话已经停机。我在心急如焚的情境下，丢开两只狗，任凭它们做爱互诉衷肠，我打车去了芦苇巷。

我真正的孤独从此来临。

我没有见到夏小坤，我的“06 玫瑰”也从此失踪。好像他们商量好的，一起离开我的身边，离开牧城。我在芦苇巷扑了空，我没有想到夏小坤会从我的视线里消失。我敲芦苇巷里夏小坤的房门，我在湖边寻找，喊着夏小坤，夏小坤……我一次次打她的手机，都是忙音，然后是彻底地停机。我心急如焚地回到我租住的小屋，狗去屋空，我的小狗连一张纸条、一个字也没有留下。我绝望而又执着地在牧城疯狂地寻找。

我去了那片冬青树林，就是当初我救小狗的地方，想看看小狗是不是又躺在冬青下，是不是又一次濒临死亡。如果这样我再做一次它的贵人，我会好好地待它，决不再干那种骗色骗钱的勾当。我后悔莫及，我在救了小狗后竟然又让小狗去骗它的同类，而小狗为报我的救命之恩，不得不服从我的命令，我和小狗就这样一齐堕落，而后小狗和夏小坤同时从我的视线里消失，我同时失去了两个亲人。

我手忙脚乱，不知道该去哪儿找夏小坤，找我的小狗。我去夏小坤所有喜欢的地方找，她租住的小屋我去过多次，可每次去一个地方，就多一次失望。一天夜里我去了夏小坤的家，站在夏小坤无数次站过的梧桐树下，仰望楼层，她的母亲在独自横笛，笛声穿过夜空，像一种倾诉，使我更加怀念小坤，小坤的笛声、小坤喝酒的神态、夏小坤和我的半同居生活。我想起夏小坤一次突然地问我，如果有一天她忽然失踪，我怎么过？我不知道怎样回答她，我没有想过这个问题，我想起我快30岁的人了，一直地忍受、忍耐，我对性没有依赖，它不能和吃饭、写作、喝酒同日而语。但有了和夏小坤的生活后，有时候会忽然想念，特别想念。但夏小坤问我离开她会怎么办，我没有想过，我只好如实相告我没有想过这个问题。夏小坤说，你会不会找我？我说肯定！夏小坤问，找着了是不是还会缠我？我说是！把你抱回家干的第一件事就是紧紧地拥抱，把我的想念变成进入，深层地表达。过了好久，夏小坤把脸从我的胸口离开。问我找不着怎么办？我说不会，除非你从世界上蒸发。夏小坤缠着要我回答这个问题，我想了想，想起以前的多次自慰。我就如实回答，我绝不再找另一个女人。夏小坤说你真是个傻瓜，现在大街上多少小姐，别太死心眼儿。我说我没有找过任何一个小姐。那天晚上我最后上了楼，看见她家的客厅里种满了各种姿态的仙人掌，杜鹃已经开出灿烂的花朵，一只小狗卧在她家的沙发上，看见小狗时我的眼都绿了，可不是我的“06玫瑰”。我说我是朱马，小坤的朋友，我寻找小坤,她不知道去了哪儿。她说小坤没有告诉她。我说我担心她的失踪会是什么绑架呀之类,我到处找她,老做噩梦,一直没有找到。她说,难道我的女儿会那样命苦?我说我是不是应该去公安局报案。她说不用,小坤不会出事。她那样自信。

我离开她家,听见身后的短笛,有些乱,我知道我还是影响了她的情绪,她毕竟是小坤的母亲。我在那片冬青树旁坐了一夜,想象着小狗会款款而来,没有小坤有一只狗伴着也是一种安慰。我见到它要向它道歉,告诉它我绝不会再干那种利用它的勾当了。如果夏小坤能再回来,我们三个一起过一种自由自在、充分民主的生活。可是,我没有等到。我权衡再三,此后的日子里把主要精力投到了寻找夏小坤上。

我忽然想起夏小坤对我讲过的一个幼儿园。

我在半夜迫不及待地去了幼儿园,打车将近一个小时,幼儿园在牧城的郊外。我远远地就看见了它的荒凉,听见那个荒凉的院子里一片野鸟的叫声,榆树的枝杈黑黝黝地舞动,已经逼近夏季。风里透进一窝憋闷,我在车上感到一种沉闷之气。我从一堵墙的豁口跳进幼儿园,看见了孤立的楼,满园灰尘的红砖楼房。这是夏小坤多次向我讲起的幼儿园,在牧城的西郊,在一家废弃的公司,是她父亲曾经经营过的,经营失败后丢给了夏小坤,夏小坤曾经在这里生活过三年。

我坐在幼儿园的阁楼上回味着夏小坤给我讲过的往事,我摸到了她曾住的那个房间,我在月色里看见了房间的陈设,是的，我想应该用陈设比较合适，房间里蒙满了尘土。这个屋子还在固执地等待着她的到来，我几次想和小坤过来，在这个房间里度过几个夜晚，用崇敬之心去体验一个女孩的岁月。夏小坤没有同意，说在合适的机会她会带我来，我知道她内心里的这个地方非常圣洁，不可亵渎。事实上我在幼儿园的楼上度过了三个夜晚，白天我去了看了那个小屋，沙发上她的小棉人还在，案子还在，墙壁上她画的画还在。我一下子哭了，哭得像老家的一头驴、一条狗、一头猪，后悔莫及，在走廊上痛心疾首。第三个夜晚我在老鼠的猖狂和乌鸦的叫声中躺在后院的野草窝里，我的身边倏然蹿起一条黑影，我条件反射叫了一声小坤。不是，是一条野狗，汪汪几声，在野草里窜了几个来回，越过豁墙逃遁在黑夜之中。

七

两年后，我终于见到了夏小坤。我的心差不多要凉了，我在这两年的生活里更加消极。其实是先见到了“06 玫瑰”，它满身风尘站在我的面前时，我根本认不出它就是我当年可爱的公主，我还用它去骗过同类。它十分邋遢，撞开我的屋门，远远地我就听见了它的脚步声，它的脚步声没有变，这几年我一直在温习着它和夏小坤的脚步，我房子下边的话吧停业了，一下子的寂静反而让我不能适应。我耸起身，我可怜地抱住它，呜呜地痛哭。我告诉它我这几年的孤独、我的寻找、我的忏悔、我差一点自尽。我说，朋友，我错了，我不对，我不该以贵人自居让你去犯罪、去诱骗，我简直是一个混蛋，你原谅我的罪恶，再也不离开我好不好，从此我们相依为命，患难与共，白头到老。我呜呜地哭着，它睁着大眼，激动地对我叙述，告诉我它一直流浪，生活得很好，一直在寻找它原来的主人，它的记忆里藏着主人的气味，可主人永远找不到了，终于唤醒的记忆找到原来的家时已是一片空旷。这才想起它当年差一点死在冬青树下，就是在主人颓败的日子里。它不恨我的错，它说它该报恩，知道我是迫于无奈，我早已幡然醒悟。它说它知道夏小坤的失踪，小坤在离开牧城前和它有过一次郑重的道别，在后来的日子里它一直在找夏小坤，其实这两年它一直和小坤在一起生活。它说到最后激动地挥手，说，我是从很远很远的一个城市星夜赶回的，告诉你夏小坤要回到牧城。我的泪掉个不停，我用我的泪为小狗洗身，然后开始打扫我的房间。

小狗没有说谎，我在街口等到了夏小坤。我捂着胸口，像一个老人，心情矛盾地坐在太阳地里，“06 玫瑰”不断去街口瞭望，它又一次嗒嗒地跑回到我身边时，我看见了夏小坤。夏小坤一身光洁，和小狗的邋遢截然相反，如果不仔细看，根本看不到她内心的沧桑。那个夜晚我们像久别的夫妻一样痛哭流涕，痛快酣畅地拥抱，她问我她的身体有没有什么异样。我说没有！她说，其实她做过小姐，她做小姐是受我的启发，在我利用小狗去骗色挣钱时她动的心，想到了利用自己的优势。我这才知道我是多么失败，我因为打狗的主意差一点走失了一个女人。那个夜晚我求夏小坤，别再离开我，这两年我遇到了一个在北京混过的自由撰稿人，他教会了我怎样写那些挣钱的文章，我每年能挣到几万块钱，还有我接了一个编写影视剧的活儿，也是一笔可观的收入。夏小坤问我想不想知道她具体的经历，历经过多少男人。我摇摇头，我不在乎那些，只在乎她的心回到我的身上，和我一起跳动，白天一起奋斗，晚上互相取暖。夏小坤问我种的罂粟打了多少。我想了想，想起她两年前在我小床上做的一个梦，她说梦见了大片的罂粟，她和我站在大片灿烂的罂粟花里。就是那一天我哄着她，说去我老家的院子里给她种一院子的罂粟，然后让她用罂粟麻醉自己，忘记痛苦。我还对她说是种下美丽再把美丽吃了。

我坦然地告诉她没有！我说人不能依靠麻醉，生活需要清醒，清醒的人才能不断改正错误，走上最后的坦途，我利用了小狗已经后悔一生。我说我种了一院子的玫瑰，我在皮皮的像前放上过很多支玫瑰花，我经常去那个小屋和皮皮说话，等待夏小坤的回来。

我现在告诉你们，我叫朱马，几年前来牧城谋生，我遇到了夏小坤，遇见了我救过的小狗……我那几年的生活就是这样，苟且又不安分地活着。那是一个时代，一个人一生注定要经历自己的几个时代，那是让你纠结，让你恍惚，让你长大，让你怀恋，让你羞耻，让你忏悔，也让你逐渐成熟的时代。两天后，夏小坤打电话让我去幼儿园，那是一个夜晚，我打的过去，远远地看见一束灯光，在院子里她住过的那个小屋。我激动地跳进院子，敲她的房门。她不让我进去，让我去楼下拿一束鲜花。我返身下楼，把花搂在怀里，门敞开了，屋子里窗明几净，我恭敬地把花递过去，我们抱在一起。然后她郑重地对我讲她根本没有做过什么小姐，她去了一个大城市，在一家歌厅里吹笛子，后来被请到一家大酒店里弹她在幼儿园时弹熟的风琴，忆旧的琴声唤起酒客们的回忆，一群老小孩儿在酒店里唱一群老歌。她说，时代总会有一个怀旧的过程，时光就是反复，这儿马上就会是一家琴厂，有一个老板过来投资。

可我悲伤地告诉你们，我的小狗不在了。那天黄昏我听到了小坤的哭声，我想它应该是累死的，它不远千里在小坤的前面给我报信，内心又怀着寻找家园的忧伤。我和小坤把小狗埋在院子里的一角草地上，小坤最后掏出了笛子为小狗送行，我又听到了久违的笛声。

挑花生

一

李月季挑着花生担子走出瓦塘南街，天上的一层厚云破开了。李月季仰着头，穿过云层的阳光扎着他的眼睛，他把头低下去，抓紧了扁担向老塘的路上走。

这副担子李月季已经挑了三年，三年的光阴，李月季被叫成了李花生。时光改变的不只是一个人的称呼，还有一个人的骨骼，一个人的性格，一个人的嗓子和沉默。十里八村对他的花生都有些依赖了，看见他或者他的担子走过来，老远的，村里的老人、孩子就会有人喊上了，李花生，把你的担子挑过来呀。然后就听见咯咯嘣嘣的一阵响，脚边落下一片花生的壳，再被一阵风吹乱或者吹到一个角落。乡村的风俗就是这样，你在乡村做生意不能怕尝,哪怕尝过了把生意抬高了几分都无所谓,要的是一种气场、一种人缘、一种随和,除非你是卖铁器、卖猪娃、卖生食的,只能听听当当啷啷的响声,看一看货色。李月季呢,也是大方惯了的一个人,走到聚人的地方,手一拽蒙花生的布,掀开了,白中透着金黄的炒花生亮在眼前,一只紧挨一只拥挤在柳筐里,勾引着大家的胃口。大手小手往花生里伸,或大指头小指头去筐里捏,一边说着尝尝、尝尝,一边夸着今天花生的成色。尝过就不好意思不买了,一块、两块,三毛、五毛地买上了。李月季忙乎着挪动小秤盘儿,那些块儿八毛的钱在他的眼前晃一下塞进兜里,有时候不用挪窝半挑子花生就下去了。到了李月季变成李花生的这一年,李月季几乎不用秤了,秤盘儿差不多成了摆设,随便一抓,都是不差上下的。也没有人计较,计较什么呢?李花生的爽快大家是知道的,尤其遇到哪个村有红白喜事或者逢庙会上唱戏,一捧一把的,谈笑间两筐炒花生就处理完了。

人们常和李月季说他的父亲,说这花生的味道还是你父亲的手艺,还是那种纯香味儿,又脆又香;你得的是家传,你年轻,有灵性,炒花生也嫩了些,你父亲差不多五十岁才开始卖花生吧,再往前是不允许的。

往往这个时候,李月季托着扁担,任凭谁家的小孩儿去他的担子里抓一把。他站着,少年的光阴像云一样流过:吧嗒吧嗒地往家跑,这是他的记忆,院子里站着大哥、二哥、三哥,还有姐姐;姐姐和哥哥们都在等他,他最小,他吧嗒吧嗒地回来,家里的碗筷响起来,他不回来,一家人都在等着全家的这个老生儿。在他十二三岁的时候,他看见了大哥、二哥、三哥的胡子,天真地说,你们等等我嘛,你们怎么能长胡子呢?他摸大哥的胡子,胡子扎了他的小手,他赶忙缩回。大哥伸手也摸他的下巴,扭着他的头笑,意思是你胡子的小嫩芽儿都在这儿藏着,也有一天会拱出来。大哥不会说话,在他最初知道大哥不会说话的一天,他去问妈,你怎么不让大哥说话呢?你打他了是不是?妈摇头。他的个子蹿过了二哥,他又问妈,妈,你怎么不让二哥长个儿呀?妈又摇头。对,还有三哥,在他上初二的那一年,三哥已经去一个裁缝铺里学裁缝了。

李月季的父亲叫李富贵,要说李家的花生成为一个品牌,是李富贵的功劳。在李月季的记忆里,父亲每天就是炒花生,卖花生。村里人也都记着李富贵每天早早地挑着卖花生的担子,脚步噗嗒噗嗒地走出瓦塘南街,在十里八村的街巷里摇晃着,花生噢——瓦塘南街的炒花生噢——来点我老李的花生噢——李富贵除了吆喝他的炒花生外,是不大说话的,花生担子不出村不开口,好像一出村,花生担子就被风吹得轻松起来,他心里也只剩下了花生。

李富贵走得最远的地方是老屯镇。那个地方似乎是走顺了,也是方圆最热闹、发达的一个集镇。那天李富贵赶了一个大集,从老屯镇回来,他筐里装了两头雪白雪白的猪娃,猪娃的毛一根根竖着,在猪娃身上长成密密麻麻的小森林。月季的母亲问他怎么一下子买了两头，李富贵擦把汗说，买一头我怎么挑？小猪娃在筐里又叽叽哇哇地叫，小眼睛瞪着李家人，后来小猪娃在李家慢慢地长成了大猪。大猪卖了，李富贵会再挑回来两头小猪娃。李月季每天看父亲装筐，手一举放到肩上，又一举挪到另一个肩头，真是熟能生巧，一个挑子像把戏一样。李富贵走到人多的地方，就把扁担搁在身后的一个墙头上，或者找一个墙上有橛子的地方把扁担的一头挂上去，扁担摇颤几下，便稳了下来，他专心致志地等着顾客。后来，李月季的动作和父亲如出一辙，只是他的个子比李富贵明显高出了一截，一米七五左右。这要感谢母亲，是母亲给他的遗传，在他们弟兄四个中只有二哥不折不扣地继承了父亲的身高。身高成为一家人心中的障碍，这是后话。

李月季每天晚上看父亲和母亲忙碌着，在厨房的一口大地锅里炒着花生，远远听着像一层细雨哗哗地打在帆布上，红彤彤的火把锅屁股烧得通红，父亲的两手在锅里忙碌，香味溢到了院子里又飘过大街。瓦塘南街的人闻着香味，说这李富贵炒花生炒出诀窍来了，香得抓胃！父亲每天起得很早，在挑花生担子出去前似乎有很多要干的事，打扫院子，看看猪圈，给牲口添草，看东边的天际慢慢地泛出了橙色，吱呀一声把门推开，挑起担子走了。

父亲没有回家是一个雪天。雪先从远处扯起一张大幔，再慢慢地压下来，把大地盖上一层厚厚的白。那天黄昏母亲带着三个儿子在柳塘村外找到了李富贵，李富贵像一只狗蜷在雪窝里，拳头顶着肚子，差不多奄奄一息了。后来他就一直躺在床上，花生挑子冷落地搁在角落里，生了蛛网，大地锅的火断了。村里的几个娃儿握着胖嘟嘟的小手站在他家门口，吐着稚嫩的奶腔，你们家怎么不炒花生了？

那一年还在城里上高二的李月季决定回家挑起父亲的担子。家里的情况越来越清晰：大哥哑，二哥矬，三哥热衷于裁缝，整天坐到织布机上哐哐地织布。他就这样慢慢地成了后来的李花生。

二

这一年麦季，李月季第一次真正面对满野的庄稼，他站在麦地里瞅着黄澄澄的麦穗，骄阳炙烤着大地，天宇澄净得只有阳光和几缕白云。他有些迷茫，从今以后这就是自己的生活了，这就是古往今来的面朝黄土背朝天的日子了；自己的大学梦就这样破灭，他一个月前还踌躇满志，想着再过两个月就升入高三了，高三里再冲刺一年也许会跨过那个坎儿，他就不再是一个纯粹的乡下的小孩儿，他可以昂首挺胸地说，我考上大学了，要去过另一种生活。那种生活到底是怎样的虽然还不清楚，但终归和乡村的千篇一律是不一样的，那里有洋楼、汽车、图书馆、满街的车流、明亮的街道，有情侣散步的公园，还有…… 村里人会说，月季，你这孩子行，做了咱瓦塘的状元。可事情往往会有意外，让你措手不及，让你难料的事情就这样急慌慌地来了，由不得你。他是曾经有过委屈、有过畏怯、有过违逆不想就范的。一天夜晚，他把头拱在土里，屁股朝天拱了很久，最后吹一口气，像小时候吹杏核一样，他把憋在肚里的委屈往外吹，一次次地吹、吹，满嘴沾泥地吹。最后他终于一仰头站起来，再仰起头，朝天上吹，吹——忽然扑通一声双膝跪下，说，土地爷，我开始吧！

父亲走了。葬完父亲，他站在麦田里，麦苗儿快过膝了，在无边的旷野里，埋下的人只有在亲人的目光里才是存在的。他穿一身白孝，在坟地前他扭过身看见了含泪的大哥，站在路边等他的二哥、三哥。大哥拉住他的手，脸上的肌肉抽搐着，心里的千言万语无法表达，即使哭也哭不出悲天怆地。大哥又一次跪下，头抵着地，撕裂的嗓音冲出来，尘土飞起。他拉起大哥，扑进大哥怀里，有一句话冲出来，大哥，我不走了，我会照顾你，大哥……

大哥是听得懂的。

他想起一天夜里走出学校的大门，他要看一看城市到底是个什么样子，看看城市的霓虹灯、城市的人流、城市的夜色，闻闻城市的气息。他沿着大街，在一个城市的深夜里散步，在越过一个十字路口后，看见了一条河流，彩色的灯光在水中波动，河成了彩河。他想起村外的沧河，那是一条季节河，暑期时的白浪，秋冬时的细流。那流淌不紧不慢中有一股韧性。他常常坐在河边看流水，闭上眼听水流的声音。他没有听到这条河的声音，原来城市的河是有颜色的，河在城市里寂寞吗？他离开河，走到大礼堂前，宽大雄伟的大礼堂是文城的影院，影院前是文城最大的广场。广场上有很多做小生意的、漫步的人，广场的灯塔上有七八盏高高的霓虹灯，把城市照得明亮。他仰着头，心里叫喊，瓦塘南街的十字路口什么时候会有一盏这样的灯啊？后来他又沿着莲花湖走，每一朵莲花在夜色中都镀上了一层金黄、一层微红、一层淡蓝；莲花里有灯的颜色、水的颜色，水面上映着莲花。又走过马市街，走过学府街，走过老城街，走过秀才胡同，走到南门，一直走到太阳从地平线的一端升起，乳白的天际映上一层淡黄又映出一片金光。那个时候他的梦是复杂的、彷徨的、忐忑不安的、无所适从的、充满向往和憧憬的、疼痛的。直到下决心离开学校前，他又在文城的大街上独自度过一个夜晚。他问自己，真要把半个梦留在这里吗？那夜，他在一段老城墙上一直坐到太阳出来晒热了头皮。

他拨拉开面前的麦田，对自己说，融入吧！他又弯下腰，对自己说，融入吧！有什么不适应的？你根本就没有走出土地，一直都还在村子里，自己就是一棵麦苗、一根草、一根乡间的芦苇，那就先从土地开始吧！

三

他挑起了担子。其实就是两个大荆条篮子，篮子里是炒熟的花生。还有一杆小秤，小秤上吊了个小簸箕，代替的是一个秤盘儿。他高挑的个儿在瓦塘、牛塘、城堡、老屯镇的路上走着，挑子在他的肩头摇晃，炒花生的馨香从篮子里溢出来，一缕一缕地在空中弥漫，在村子里诱惑着人们的胃口。是母亲教他炒花生的，精选过的花生放在箩筐里，母亲提前把调料备好，搁在锅台边的一个墙柜里。二哥拉着风匣，大哥站在门口供应着柴火，不断地递过花生或者盛花生的小筐，生花生不断地倒进锅里。母亲按部就班地往锅里放着作料，倒进花生，不停地挥动着铲子，那味道在翻动中就出来了。几次之后，李月季开始动手，他渐渐地掌握了火候，作料还是母亲配的。每次炒了一泡儿花生，他马上拿过去让母亲尝，让母亲先看成色。母亲嚼着，脸上渐渐露出笑来。李月季又抓了一把花生让大哥、二哥、三哥尝。这时候，母亲在念一个谜语：坑坑洼洼大肚子，里边两个胖小子……

花生就这样又热卖了。李月季把担子真正地挑了起来，将父亲搁置了将近一年的担子又挑到了路上，挑到了十里八乡的村里。还是那一副荆条篮子，但李月季分明多出几分精神、几分豪壮、几分利索。最初的时候，人们见了他都说，这是李富贵的担子，我们认得。他们吃着，好，好，还是李富贵的味道，好吃。

李月季不会忌讳众人对父亲的赞美,况且他们其实是在夸自己。

那天在槐塘,他刚放下担子,一个跛腿的女人走过来,手里拉着一个流鼻涕的孩子。女人递过来两张发皱的纸币。

都称吗,嫂子?

女人点头。

哗啦哗啦地响。

记得我吗?女人忽然问。

他抬起头,女人拍了拍腿。

你,牛塘……

对!

他慌忙把一包花生递过去,两块钱夹进花生里。

不行!

跛腿女人坚决地把钱给他。

我知道你大哥还放羊。我没有其他意思,一个不会说话的人还是有点营生的好,每次回牛塘都能看见你大哥,他还守着河滩。告诉他,换个地方吧!

李月季的手里抓着扁担。

照顾好你大哥。

李月季把扁担抓得更紧。他又抓了一把花生往孩子怀里塞。

女人拖开孩子。

多为他操点心。

女人拉着孩子离开了。

他握着扁担，讪讪地望着女人。

一路上，他都在想那个女人，曾经和大哥一起在这岸边放过羊的女人。大哥救过女人，女人为救她的羊掉进了河里，是大哥把她救上来，把她驮上岸又背到家的。

四

大哥出事了。一个大雾天，大哥把李三枝强奸了。问题是李月季根本不信，大哥不会这样做。李月季是第三次去才终于见到大哥的，他有点大步流星，警察和带他过来的朋友都被撂在身后，窗口与窗口之间的冬青坚挺地泛出一点绿意。和大哥无关的窗口，从窗口挤出的目光都在一瞥间过去了。他匆匆地找着大哥，手里提着一袋沉甸甸的食物，还有从家里带来的一包炒花生、两个蒸红薯，这是大哥最喜欢吃的东西。他想象着大哥狼吞虎咽的样子，手有些抖，另一只手过来托住了食物。朋友紧走几步拖住他，警察伸出抓着钥匙的手挡住他，说，你等着。

大哥胡子拉碴的样子让李月季差一点哭出声来，如果不是那么多射来的目光，不是朋友狠狠地捏他，他差不多要控制不住了。他下意识地捂住嘴，使劲把要憋出来的发音捂回去，捂到肋骨的下头，鼻子一阵发酸，一股眼泪还是抵挡不住地拱出来，有一口闷气冲破了指缝。他抬起头，呼出一口长气，尽量地平静着,小腹蠕动几下才好像舒展了一些。但依然有一股气往上漫,漫过肺、胃、食管,又有一阵泪道子憋出来,头低下,泪道子落到地上,脚下一片潮气。他终于抬起头,看着大哥。大哥的肩膀分明抖动了几下,眼神蓦然亮了几分。大哥!他还是情不自禁地喊了一声,虽然明知道大哥根本听不见他的叫声。但大哥的嘴巴动了,胡子茬像被风吹动的乱草,大哥看见了他的眼神,这就是他和大哥多年的默契,这么多年都是这样交流着,在他小时候委屈时张着嘴巴匆匆地跑过来,大哥也是凭着他的眼神,拉住他甚至抱起他。再往后他突然卡壳了,他就那样站着,嘴还张着,从他的嘴巴下有一阵风儿掠过。陪他的人催他,他还是说不出话。朋友不知道他和大哥的交流方式,他现在需要镇定,然后调整自己的眼神,稳定自己的情绪,再用和大哥默契的方式交流。他终于镇定下来,先对大哥做了个握手的动作,慢慢把手朝上,把拳头朝鼻凹处举,再举。意思是说一切都会过去的,你不用担心。他又朝胸口挥了挥手,大哥,我心里有数,我明白,我懂,心里想着你的,现在我把什么事情都放下了,放心!这就是和大哥的交流,每一次遇到疑问,遇到需要安慰交流的内容,大哥投来征询的目光时他就这样告诉大哥。好的,就这样,没事,都会过去的,真的,大哥。他把大拇指和食指顶在一起,然后两个指尖弯下去,弯成一个心的图形。

他这才把东西递过去,他知道有了这样的交流大哥才会有食欲。炒花生,蒸红薯,牛肉,两瓶绿茶。他先把绿茶递过去,顺手把盖子拧开。他看见大哥一双粗糙的手，他的胸口又一阵涌动。大哥的嘴撇了撇，发黄发灰的牙露出来，双手接过食物，忍了几忍，头还是埋了起来，剃短的头发窝在胸口，像草窝里的刺猬。

不像以往，这一次交流失去了矜持。大哥现在是一个强奸犯，那个被强奸的寡妇叫李三枝。事情出在一天凌晨，下霜了，路边草棱上结上了霜刺，小麻雀掠过结霜的草缨。大哥每天凌晨去看圈里的羊，打扫院里的落叶，再掇到羊圈里。然后大哥去街上遛一圈儿，有时候他的直嗓子会喊上几声。李三枝那天凌晨睡得很死，像吃了催眠药的猪，直到身上有呼哧呼哧的喘气声才被吓醒。被子捂住了她的头，一个蛮力的男人在她的身上奔跑，她要窒息了，只隐隐约约感到一种眩晕，身体被凶猛地撞击。后来，她裹着被子冲出院子在晨曦里抱住了大哥。那天清晨李月季听见了吵闹声，接着瓦塘南街响起了警笛，李三枝指证了大哥，大哥进来了。

留在村里的是一窝没有散尽的薄雾。

第一次来看大哥是扛着铺盖卷来的。

他扛着厚厚的包裹走在文城的大街上，小心翼翼地打听着拘留所的位置，言语中透着一层愧疚、一种耻辱。冰冷的马路在他的脚板下发出冷脆的响声，汗从包裹的夹缝里流下来，粘在脖子上，耳根后、手腕上都湿漉漉的。十字路口有一个卖热狗的老人，他走过去问路。扛一包东西，打个车吧，孩子，不贵，三轮车三块钱就到了。他不情愿，他想摸一摸这条路怎样走，这个城市的街他不是真正陌生，毕竟是自己的县城。他说，师傅，你告诉我，我就是想看看这一条路。你是给亲人送被子？是！你是说你的亲人冤？老人站着，直直地看着他，好像李月季不是来找他问路，而是来找他唠话的。他点点头。老人叹口气，一边指路，一边絮叨，什么时候没有冤案？有几个不冤的？哪个朝代没有冤的？谁都有冤的可能。在他转身时，老人又在身后补一句，那就找个好律师试试。老人又独自絮叨，冤枉多了，不是谁都能把个儿翻过来。李月季没有扭头，一辆三轮车在他身边停下，他用力地做了个拒绝的动作。李月季终于找到了拘留所的大门。门两边有一片很荒凉的草，干草上卷着树叶，风吹得树叶在草窝里滚动。再往远处有一片芦苇，在冷风中摇曳。

他站在马路的对面，之前他没有想到会进一趟拘留所，做梦都没有想过。有一刹那，他的眼模糊起来，甚至把包裹搁在了地上，思维停顿地看着拘留所。一只老鼠从墙上哧溜窜过，摇动墙上的枯草。他一鼓气，夹起包裹去推拘留所的大门。

没有见到大哥，只是把铺盖卷留下了。他有些失望，磨磨蹭蹭地不想走，说，我大哥叫李月林，是个哑巴，你们别把东西送错了。他反反复复地求那位背有点驼的警察，民警说得很明白了他还在求，说，我大哥是个哑巴，我们还能通气吗？

这是规矩，现在不行。警察说。

李月季想到了汪家宽。认识他是在一年前，是李月季在十里八村被叫成了李花生之后。也就是说他卖花生的量越来越大,他开始成包成包地进花生,每一次来买那种籽大而且又饱满的花生,在汪家宽这儿都可以买到。汪家宽经营很多和吃有关的品种:大豆、大米、黑豆、绿豆、小米、白面……每次来市场,他远远看见李月季就会大声地喊他过去。小李,小李,月季,来来来,看看我专门给你留下的花生,就在你嫂子屁股后头,你去看看,再不来就留不住了。

李月季很顺利地找到汪老板,说了哥的事。汪家宽背着手听完,夯了几下头,似乎是记忆的磁带卡壳了,要敲打敲打再转起来,头夯到第四下生意来了。招呼过生意,老板又夯几下头,拽拽耳朵,好像在听磁带是不是转动,身子一挺,说,有了。

汪家宽找的是检察院的一个副科长。在门口等了半天,那人慢腾腾地从楼上下来,说已经联系好了,你们去吧,有规矩,一般办理审讯的过程中不让人见。李月季在心里说,规矩个屁,我哥又不会说话。科长说,今天正好是老洪值班,我知道这个案件,一个哑巴强奸了一个寡妇,两个苦命人。李月季说,是我哥,他冤……科长打断,你怎么敢断定是冤?哑巴,哑巴也是人,也会想女人的,是不是?李月季还想争辩,花生老板拉住李月季,迸出一个笑容,说,那我们去了,有什么不顺再和你联系。就这样,他那天见到了大哥。

五

李三枝的娘家是莲花屯的。

李月季一连去了莲花屯几天，他要见到李三枝，为大哥讨个说法，他还是觉得大哥冤。那天早晨的时间不对，他无数次地回忆那个早晨的过程，像个漫长又十分简单的梦，那个早晨的事儿有些蹊跷。李月季去莲花屯挑着花生担子，他挑了花生是想靠着卖花生听到一些关于李三枝的消息。他在路上对自己说，一定要见到李三枝，李三枝出事后就不在瓦塘了，甚至不在莲花屯，李月季更感到有些微妙。一个哑巴，每天喜欢早起，喜欢在路上散步，可这和强奸似乎不能联系起来。大雾的凌晨，李三枝裹着被子抱住的是大哥，这事儿怎么这么巧啊？

李月季找到了李三枝的家，大门紧闭，门上的对联被风扯成了绺儿在门楣上晃。李月季在敲门时听见了狗吠，叫得很凶，从门缝里看见是一只大黄狗。有几次李月季想着怎样闯进去，但都因为狗退却了。夯过几次门后，李三枝的嫂子露了头，李月季认识，李三枝娘家人都吃过他的炒花生，都和李月季熟。可是出了这事儿，李三枝的嫂子变得陌生起来，一脸怒气，说，李花生，你不好好卖你的花生你想干什么？难道我们还冤枉了你家哑巴？李月季说，让我见一见李三枝，我想见一见她，如果我哥真冤了，漏网的才是真正的坏人。李三枝的嫂子啪地把大门关上，又打开，说，三枝不在家，出了这档子事她还有什么脸回娘家？女人拍拍狗，狗又吠起来。

李月季开始蹲点，风嗖嗖地刮过来，刀子一样刺人，树枝上的霜缕不断打下来。半夜的时候李月季挑着担子回瓦塘南街，第二天他又早早地过来。或许是因为有风，莲花屯家家户户的门都关紧了，街上很静，李月季握着扁担从胡同的这头挑到胡同的另一头。隔着门李三枝娘家的狗又在狂叫，像是听出了他的脚步声。李月季回到瓦塘南街找了屠户张冬青，张冬青以前杀猪，这几年把杀猪改成了杀狗，家里的杀猪锅成了杀狗锅，原来家里堆满猪毛，现在挂满了狗皮，狗皮上爬满了苍蝇。他冬天睡觉，脊梁下铺的都是狗皮做的褥子。李月季到了张冬青家，先是闻到一股腥臭，是狗皮、狗肉、狗粪夹在一起羼杂出来的气味。李月季看见了一双狗眼，打了个冷噤，没有听见狗的叫声，据说狗进了张冬青家都会打战，胆都破了。张冬青家养过一条大狗，有一年狗自个儿跑了，跑到另一个村庄的一户人家。张冬青找过去，那狗跪下来求他，他就把狗留下了，从此发誓绝不杀自家养过的狗。李月季手里掂着几包炒花生，他嗅嗅，终于喊出来，嘴一张，那些复杂的气味就钻进他的鼻腔，又像一条小虫一样痒痒地钻出来，整个肺里弥漫着一片腥气。李月季终于听见了哈欠声，从一扇门里闪出一张没有睡醒的脸。张冬青一手扶门，一手拽着大衣。李月季走到张冬青眼前，说，张冬青，你在睡觉啊？张冬青好像才看见李月季，说，李月季，你找我干啥？

李月季说，我来买你的狗肉吃。

张冬青说，李月季，我知道你一家都不吃狗肉，但我们一家都吃炒花生。

李月季说，我是真的买狗肉。

张冬青说，李月季，太阳从西边出来了吧？我数过，咱瓦塘南街就你家没有吃过我的狗肉，我的账本翻烂了都没有你的名字，所以我们现在也很少吃你家的花生了。

李月季才想起手里的炒花生。然后，李月季说，我是真的来买狗肉的，不是说笑话，我现在真没有那个心思，张冬青，我们现在郑重其事地说。李月季的神色严肃起来。

张冬青往别处扭扭脖子。李月季，你知道我为啥瞧不起你？你明知道我不杀狗了，你才来我家买狗肉。

李月季有些急，张冬青，你真的不杀了？你为啥不杀狗了？

张冬青说，反正我不杀了，我不想说什么理由。张冬青弯腰摸出一把刀，刀上的血锈干了，红不红紫不紫的。李月季心里沉重起来，沉重得像被失望压上了一块石头。

可是，李月季说，我想求你去杀一条狗，我出个价你肯不肯？

谁？不是杀人吧？

张冬青，我请你去把李三枝她娘家的狗杀了。

六

李月季去了西川的一家煤矿。

李月季还是挑着担子去的，只不过那个挑子第一次上了火车，又坐了汽车，才又被李月季挑起来，晃悠悠地走进一座山的背后。后来，他在山的背后看见了几座煤山，整个矿区都是煤炭和煤矸石，远远地李月季闻到一种煤的腥味。

李三枝的男人是死在煤矿的。李月季打听到李三枝可能又来了煤矿，她每年都过来哭几次，有时坐在矿长的办公室，有时坐在高高的煤山上，有时坐在进矿的路上，高一声低一声哭得很像个样子。李月季在矿区里走着，有很多车，不断地拉着满满的一车煤出来，拐过矿区蜿蜒的路，上了矿外的大路。拉煤车一辆连着一辆，上了大路有一片小树林，司机们下来检查轮胎，把盖煤的大篷扯好，对着树林撒一泡尿。树叶上飘着一层煤粉，风吹动树叶，煤粉洒到路上，地上的霜被煤粉染黑了。

李月季打听李三枝，终于有人说知道是一个出事矿工的老婆，还有几个，每年都过来哭，一次或者几次，每年来矿上哭成了她们的习惯。有人给李月季指指，说，有几个女人，包括李三枝每次都坐到那个最高的煤矸石山上哭，哭得呜呜哇哇的很伤心，然后去哭矿长，像一群伤心的鸟儿，弄得整个矿区悲悲戚戚，乌烟瘴气。这些女人哭的时候都喊着各自丈夫的名字，她们不但哭,还在矿上焚烧纸钱,她们说丈夫的魂是在这儿丢的,不能让丈夫在另一个世界里受穷。哭过了,她们开始找矿长,一把鼻涕一把泪地要求矿长再给帮助,李三枝也是每年过来的女人之一。李月季听着,仿佛听到了一群妇女苍凉的哭声。李月季在矿工的指引下找到了矿长,他说了情况,说我是来找李三枝的。矿长说,李三枝来过,不过来这儿哭了一场就走了,好像比往常多了一些心思,她说想在矿上找个活儿干,说哪怕死在矿上也心甘情愿,她这种话我们是不愿听的,怎么能说不吉利的话呢?我们承认矿工是高风险的工种,可我们是一点儿也不想有事情发生的。矿长说,李三枝不会再在矿上了,她每年都这样,哭过了就离开。

李月季登上那座煤矸石山,风不断地掀起脚下的煤,往他的脖子里灌,眯他的眼,他脚下不断有煤矸石在滑动,骨骨碌碌地滑到有碍障的地方。李月季登到最顶峰,坐在山尖上,忽然也有了哭的冲动,就哭了,哭得稀里哗啦。后来他在煤山尖上找着坐过的痕迹,终于找到了,认准那就是李三枝坐过的地方。他擦干眼泪,从兜里掏出一把炒花生,放好,对着矿区说,李三枝来过,我知道,老哥。这一声是喊给李三枝的丈夫的。这把炒花生留给你尝尝吧。说完了,把花生放好,挺起身,老哥,你托个梦给李三枝,我哥是冤的,让她回家,我要见她。他站起时,脚下生出一股小旋风,一圈圈地旋,把那把花生旋走了。

七

李月季被叫到了公安局。在一间屋子里,是一间监控室,屋子里坐着几个人,在等待着审讯的开始。一个警察挨着他坐下,说,李月季,一会儿你看你哥的手势,你懂你哥,和我们搞个配合。李月季不说话,他急切地想见到大哥,眼睛死死瞪着那个窗口一样的屏幕。警察说,不要怕,你哥还好,我们知道该怎样待他。

看见大哥的手势时他忍不住哭了,像是突然从天而降的一场大雨,在隔间的审讯监控室里号啕开了。他说,你们冤枉人了,他说他绝没有,绝没有,他说在那天凌晨他看到一个人,他是尾随那个人时被李三枝抱住的。然后他让警察重放大哥刚才的手势。他说,你们看,再往下看看,大哥的手使劲地伸向裤裆里……李月季说,大哥说,如果是他,他情愿把裆里的东西割下来喂狗。警察把监控的录像关了,屋子里是短暂的沉闷。他身边的警察说,你先回家,不要声张,我们也感到这个案件有疑问,我们一直在调查,你放心,我们正在找李三枝。李月季对警察说了他去煤矿的事,说李三枝前几天去过煤矿。他说,我求求你们,你们好好查查,不要因为我哥是个哑巴就冤他,就简单立案,我不是不相信你们,因为的确有被冤死的人。屋子里沉默着,这时候有人不满了,说,李月季,你怎么敢说就一定冤?怎么敢说我们办案简单了？我们怎么没去找李三枝？一个队长模样的人举手制止，拍了一下李月季，说，李月季你可以走了，不，我们派车把你送回去，我们会弄个水落石出的，我们不会轻易地下结论。李月季说，我想再看一次大哥。队长说，好！出了门，李月季想起应该给大哥买点什么，回过头央求跟在身边的警察。警察说，不用，我们没有让他受委屈，但是现在不能告诉你，这是办案的秘密，也是我们办案的一种方式。警察看看天，说，不早了，车送了你还要赶回来。

大哥是五天以后回来的。那天傍晚李月季站在大门口，心里忐忑不安，觉得会有什么事情发生，每一次心里忐忑时总会出现一些情况。先是一群鸟儿从头顶掠过，叽叽喳喳地在门口叫，然后落在一棵椿树上，椿树枝上残留的雪扑簌簌落了一地。院子里的羊忽然一起叫起来，冲破羊圈往大门口跑，又沿街一路跑开，像在雪地里寻找着食物却分明仰着头。二哥急慌慌地撵出来，短短的腿脚在雪地上跑，喊着羊，你们回来，喊着头羊的名字，跑了几步那些羊都站住了。一辆警车从大路上拐过来，李月季的心一下子稳了，羊不乱不叫了，愣愣地朝着警车。车门打开，大哥从车上下来，一个警察的手里掂着一床铺盖，李月季一眼就认出来是他送过去的包裹。大哥站在羊中间，羊咩咩咩咩地叫，眼看着大哥，朝大哥跑。大哥弯下腰一只一只地摸羊，抱起了一只小羊羔。

李月季接过包裹，警察说，真正的人犯已经归案，提供消息的是李三枝。

李月季站着，迎着大哥。

八

李月季又开始炒花生了。花生的香味又在瓦塘南街的夜色里弥漫，顺着小北风刮得满街都是香气，看似漫不经心的夜色里夹进了炒花生的香味。李月季看着这个家又团圆了，一场虚惊，大哥又坐下来为他烧火，火舌儿时不时舔出来，在灶口打几个旋儿，又钻回灶洞。二哥在做他的帮手，筛那些掺杂的沙子，花生哗哗啦啦地响。如果，如果，如果再有大嫂、二嫂、三嫂在一旁说说话、帮帮忙就好了，那才是一幅更好的图景。三哥呢，三哥在他的屋子里裁着衣裳，在炒花生的间隙，缝纫机的哒哒声传来。他现在才忽然明白，三哥的做法不是女人气，不是，三哥是在心里为这个家着想，母亲年龄大了，这个家是需要个女人的，需要一个能缝缝补补、做家务的人。他不曾想到这个人会是三哥，对于这个家，不动声色地和他做了里应外合。大哥回来的那天晚上又刮了半夜的风，后来风不刮了，下了一层雪。第二天早晨，他被大哥的啊啊声惊醒，二哥、三哥都快速地起来，他们怕大哥再有意外，是不是在里边受了惊吓。起来看到了什么呢？看到了李三枝在他们家的大门外跪着，很虔诚，露出惶恐不安的神色。李月季出来，二哥、三哥都出来了。她头抵着雪地，说，我对不起你们,我是被那人恐吓,吓蒙了就搂住你们家老大,将错就错了。李月季,你让我来你们家当牛做马吧。

当牛做马？这句话,这种突兀的场面把李月季吓着了。他看看大哥、二哥、三哥,意思是问他们什么意思。他们也都迷惘着,再看大哥。大哥这几天更沉默了,从他的眼、他的神情都能看出来他不想说话。李三枝又进一步把话挑明,说,让我来伺候你大哥吧,月季,你做个主。

月季看看大哥、二哥、三哥。李三枝说的是真心话吗？李月季看看三哥,三哥又把目光瞅向大哥。后来,李月季把李三枝搀起来,说,先回去吧,我们知道你不容易,每年都去矿上哭,去找矿长。你先回吧,我们合计合计,你也不要冲动,你已经冲动过一次,不能再冲动了。

李三枝又往地上跪,膝下的雪溅起来。

然后是雪地上一个单薄的身影。

大哥是次年春天走的。

那天清早起来,李月秀觉得这世界如此渺茫。天还蓝着,云还走着,鸟还叫着,满天的柳絮儿飘着,春天的树到处都绿了,春天的草使得大地到处都青了,一个温暖的世界又回来了。李月秀的心里一阵极度的空虚,乱得很,糟得很,慌慌乱乱的,心里头很毛,像挡着一层雾,塞着一团杂草,扯不清头绪。一睁眼,慌慌张张地往外跑,奔出大门,当看见飘在街上的纸幡,贴在门上的表纸时,才倏然醒过来,大哥走了！大哥在早晨的喊声,那直直的嗓子没了，他匆忙的脚步突然停住，对自己说，大哥没了，是彻底地走，回不来了。

心里缺少的原来是那个叫大哥的人啊。

过年时，全家人发现大哥病了。大哥是突然晕倒的，一家人把大哥抬到医院，谁也没想到大哥会得那种严重的病。医生说，别让他再干活了，让他好好地休息，时间不会太长了。大哥听不见，木然地看着医生，看着月季、月水、老三，还有说几句话就会喘上一阵的姐姐。大哥被强迫地送进医院。大哥不住，他一直摇头。别说住院，大哥平时连药都是很少吃的，一个人谁知道说病就病得这么厉害，厉害得猝不及防。李月季又一次停掉了他的花生挑子，天天坐在大哥的床边。一天午后，李月季窝在大哥的床头恹恹欲睡，门被推开了，是李三枝。李三枝的手里掂满了东西，左右手都是。她轻轻地叫一声，李月季，你帮我一下。

李三枝把东西交给李月季，都是新鲜的水果：苹果、橘子、桃子、香蕉，还有各种点心。李三枝说，李月季，一定让你哥尝一尝。李三枝离开时对李月季说，我本来想伺候你大哥几天的，但看你大哥睁开眼又闭上不想看我，我就走了。下了两阶楼梯，李三枝扭过头，说，李月季，我又去哭了，不哭我心里不好受，我就坐在那煤矸石山上，我呜呜哇哇地哭了三天，哭完了去找矿长，矿长答应把我留下了，说你以后别这样乌鸦一样哭了，他让我在矿上帮伙。李月季，我以后可能很少回瓦塘南街了。又下了两阶，李三枝喊住正要扭身的李月季，说，李月季，还有一件非常重要的事要给你说,我在梦里其实真的梦见过你大哥,他天天在我的眼皮底下,我都喜欢上他了。这么多年,我天天都听他在早上喊,一天不听都感觉缺少点啥。月季,女人的心你可能不懂。她低下头,说,李月季,现在告诉你我的一个决定,如果,如果我不再回来,我的那个房子给你们。李月季摇摇头。李三枝说,你不要摇头,你们一定要答应我。她松开栏杆,到时候我会有一个书面的东西给你,李月季,就这样定了。

大哥在医院勉强住了半个月,回来了。回来后他还坚持每天赶着羊去河滩。有一天大哥就坐在一棵绽着新叶儿的柳树下,走了!眼睛望着河水,望着对岸。是一只头羊还有跟在头羊后头跑的羊羔回家送的信儿,它们对着刚放下挑子的李月季撕心裂肺地叫,咩……咩…… 李月季疯狂地往河滩跑,身后是咩咩叫的老羊和羊羔儿……

九

李月季差不多把那一副担子丢了。

不是不干,是炒花生的生意一下子好起来。既然好起来,那卖花生的挑子就供不应求,那小秤盘儿就有点应接不暇,再挑着担子走街串巷脚步就显得慢了,都让人等得心急了。不是他挑着担子的问题,是好多好多的地方都在进他的花生。一个春天的早晨,李月季依然挑着担子去赶城堡的集。城堡是一个镇,当然要比那些牛塘、瓦塘、槐塘的集热闹。城堡的集李月季是经常来的，这一天他挑了比平常多了一定分量的花生，筐里冒尖，在筐的两边又吊了两个小袋子，风一吹，小袋子在筐边打着秋千，干透的花生呼啦呼啦地响，太阳在头顶慢慢地明媚起来。李月季在跨过一个十字路口，又进入第二个十字路口时被截住了。

截住他的是一个女人。

喂——

李月季径直地朝前走着。

喂——

李月季把头扭过来。

女人说，我是喊你，李月季，我就是喊你，我一直在等你的，李花生。

李月季说，你有事啊？

喊他的女人小小巧巧，手指很长，小嘴上自然地着笑，把整个脸都带笑起来。那女人又扑哧笑出声，笑李月季的窘相、认真、对她的躲避，两个筐失去了重心打着摇晃，干燥的花生在筐里哗哗啦啦像青石上的流水。他这样子，配上高大的身材，不能不让人觉得这个人有点较真，有些青涩。其实已经不青涩了，那一年李月季已经二十二岁。

女人说，你这大男人，怕什么？我是供销社的，我和几个同事把门店包了，我们要卖你的炒花生，我站这儿等你都快一个小时了。

等我的花生?

对啊,别人等上了还不把你抢跑了?

这一次轮着李月季笑了,我一个大男人怎么有人敢抢啊?

女人说,你跟我来,有多少我们都要。

李月季有些不情愿地看着她,看着筐,那两大筐花生按往日里的卖法要走几条胡同、串几个巷的,他的花生是要在肩上哗哗啦啦响大半晌的,怎么能一下子就给别人?往常的秩序怎么能一下子被打乱?他有些半信半疑地跟着那女人走到了供销社。供销社还是那个宽大的老房子,是原来人民公社的老办公地,后院的两层楼前还醒目地写着"人民公社好"几个大字。供销社他是进过的,每一次卖了花生,都会来供销社捎些柴米油盐回去,还有母亲的老花镜、三哥让捎的缝纫机的针线等。

李月季倒完了花生,心一下子空了,随着两个倒光的筐,心一下子失落起来,空筐看着像飞走了小鸟儿的两个空巢,他接钱的手有些疑惑。太快了,快得都有些出其不意,手里的小秤今天没起丁点儿作用。快倒完时,他的心跳得有些快了,像是被人强迫了、胁迫了。李月季把筐丢下,一个筐里留下了薄薄的一层,正好盖严了筐底,手一抖,筐底的花生聚成一个小堆儿,大概够几个人来称。他真有点舍不下,那个抻袋子的服务员还弯腰抻着袋子。他终于说,有好多人还在等着我的炒花生呢。

他的脸红红的,一副真的不情愿这么快卖完的样子。他扭过脸看着自己的炒花生被装在袋子里,放进柜台。这时候店里已经不是一个人在和他说话，而是好几个，两个女的，三个男的。他们说，李月季，你以后来城堡，直接把花生给我们就是了，恐怕你以后还要来得再勤一些，多来几次，你看，我们还卖王家的煮花生、桥北的烧鸡、乔家的粉皮，但我们估计你的炒花生卖得最快，因为大家都吃过你的炒花生，你的炒花生挺好吃的。

李月季似懂非懂，一下子适应不了，有些茫然。临走时又回头摸了摸花生袋子，交代店里的人说，你们别让花生搁在太潮的地方，返潮了就不脆了。这天，李月季早早地往回走，空了的筐晃悠悠的像他的心一样，怎么都觉得不是那么回事儿，怎么想都觉得办了一件错事，小秤盘儿在筐里滑动。他走路时不看街上的人、集上的人，不敢看，怕让人失望，怕人问，李月季你怎么一下子都卖完了？李月季你把花生兑给供销社他们会再加钱的。这样想着他加快了脚步，狼狈地逃出了城堡，有人和他打招呼他都支支吾吾。走到半路，他坐在田埂上歇息，把一副担子哐啷扔在地里，地里的麦苗儿有一片被筐压住。他闭着眼，怎么一下子就完了？生活里仿佛一下子少了些有声有色的内容。

但是，李月季家的炒花生就这样卖开了，他有点应接不暇，资金也跟不上了，花生要成百上千斤地进，他家的炒锅已经不是晚上才冒烟，而是一天到晚都在忙碌了。这期间，炒花生已经不单单靠李月季出去卖了。

李月季又去找城里的花生老板，李月季已经喊老板汪大哥了。人是要讲情谊的，每次想起汪家宽，李月季便会想起当时汪大哥的热情，凭那一件事，凭这几年的接触，李月季觉得这个人可靠。李月季做的是小生意，现在似乎有了要做大的趋势，一个好汉三个帮，李月季在进花生上，决定还是依靠汪家宽，几年的接触中，李月季觉得和汪家宽越来越对脾气。

汪老板正招徕生意，给人指点着面粉、大豆、绿豆、挂面，对他挥挥手算打招呼。汪家宽的老婆让他先坐下，倒了水。还有一个身影在他的面前晃了晃，又到店里另一个角落里去了，那是汪家宽的小姨子。汪家宽终于坐下来，抹几下脸，说，小生意，谁来都不能怠慢，回头客多。这样说了，汪家宽脸红一下，好像是怠慢他了。李月季摇摇头，意思是没有。说着，话已经进入了正题，说，汪大哥，眼下我的生意多起来，好起来，用花生多了，我找你来，当然还是要在你这儿进花生，我们打了几年交道，彼此都了解，都有了感情。

汪家宽点点头，说，我给你想办法儿，选好品种，就是你经常炒的那个正丹一号、百农六号。我知道你这人讲信誉，不用瘪花生，那我就给你进粒饱的、大的、又长又圆的，而且皮薄好炒又好剥的。一席话把李月季说得暖暖的。李月季呢，却又吞吐起来，说，大哥，我以前没赊过你的账，是吧？

汪家宽说，是！

可是，我……李月季吞吐起来，我……我现在资金有些难，跟不上，我家的情况你知道，这几年先是我爹，后是我哥，一个花生担子挣的钱都在平常花了。汪大哥，我、我的意思是……

汪家宽摆摆手，快别说了，兄弟，我答应，压几包花生钱没问题，这几年我看准了，你讲信誉，顾家，这样的人我不信还信谁？

十

一天黄昏，李月季站在村外。这是他养成的习惯，常常独自站在田野里审视生养自己的这片土地。瓦塘南街在深夜里像一只大黑鸟，又像一座乌黑的地堡，庄稼在广阔的田野里生长着，旺盛着。那些气息都是从地下拱出来的，在地面上，在庄稼的枝叶上形成一股一股的气息，你会看到一望无际的庄稼一层层、一波波涌动着，成为一条河流、一片河流，庄稼的河流。叶儿动着，一棵庄稼和另一棵庄稼傍在一起，紧紧地、亲密地把手拉上，更亲密、更有势力、更有难以抗拒的合力，这就是一种气势啊。你在这河流里，这绿海里走走，你的胸怀会一下子宽广起来，即使你一个人，也不觉得孤独。大地的气息是无边的、包容的、强大的、无边无际的。树伸出来，风在树林里威力更大、更壮阔，那些树成为大地的影子，影影绰绰。往村里看，村庄很静，能看见闪闪烁烁的灯光，偶尔传来狗的叫声、猪的叫声、驴的叫声，从村庄的街路上会偶尔飞出一辆自行车、一辆摩托、一辆拖拉机，嗵嗵响着，从河道里、树林子里传来回声再传到另一个村子。往东是一条河——九弯河。

这一夜，他在河岸上坐着。

那些想法，后来付诸实施的愿望都是在这一夜出来的，火花是在一瞬间把他的心擦亮的。他久久地望着一望无垠的生养自己的土地，一种无法描述的情感从心底溢出，像一锅粥在深得化不开的夜色里愈来愈浓，搅不动，推不开，浓得他都快陷进去了。后来，他慢慢地推开，在深夜里把这种浓推开一条缝隙。

一望无垠的大地在眼前清晰铺展，夜色中的树更加清晰。他忽然迸出一个想法：为什么这片土地就不能种上优质的花生呢？那种又大又饱的花生，那大片的花生长出来，那丝丝缕缕的花生秧儿铺满大地的时候是多么壮观啊，能长玉米、长小麦的土地难道不能生长出品种好的花生？李月季有时候会忽然迸出来一些想法，莫名地迸出来，似乎那念头在梦里开始萌芽、开始往外拱，要生长成一棵树、一片树林。他仿佛已经看到丰收的场景，为什么我不能在村子里种上花生呢？他站起来，遥望土地，河水在深夜流淌，他像一个村庄的幽灵，甚至在深夜开始了对土地的丈量。

他拨出了一个电话，竟然通了。他说，我在村外，我睡不着。对方是汪家宽，汪家宽在那头说，李月季，我好像也有什么预感，你等我，我开车过去。那一夜，他们就坐在瓦塘南街的村外，在村外的大地上走着、坐着，走在河边，走在庄稼地里。最后他们沿着河边走到又一座大桥时，一抹晨曦出来了。

两个人在瓦塘南街共同种植优质品种花生的意向就在那一夜达成，至于之后的榨油厂是另一个话题。站在桥上，他们听见晨曦中的小树林里一片鸟鸣。

十一

李月季和汪家宽的友谊越结越深。李月季这几年的炒花生生意也越做越大，大到有点应接不暇。最开始是给人送，现在是客户等不及骑车带着袋子来家里取货。先开始主要是供应瓦塘和老塘镇、城堡。现在不行了，更多的村庄到这里来，来了就喊着李月季，说，李花生，你怎么搞的？村里人盼你的花生盼得牙都疼了，都望眼欲穿了。说，李花生，你不给送，我们来行不行？李月季说，真是挺紧张的，对不起，又让你们跑来。李月季的花生担子算是挑不起来了，他有时候想，那挑着担子的悠闲的日子挺有意思。但那样的日子越来越远了，添了一口大锅后又添了一口大锅，有时候不得不搬动老娘。老娘当然也挺乐意的，老娘在质量上盯着，那作料、程序把得一丝不苟，反复地叮嘱李月季，不要财迷了心窍，不要萝卜快了不洗泥，那样到时候你连花生筐也挑不起来，连你筐里的花生也没人吃，你吆喝哑嗓子也卖不出去，那样真是砸锅了，你爹打下的牌子砸了，再拾也拾不回来的。

因为生意好，花生的需求量大，李月季往城里跑得更勤。汪家宽的生意已经从市场的大棚里搬出来，挪到了盐城老街口，一个门面房，后边一个小院，大量的花生、大米、大豆、米、面放在院子里。盐城老街是文城的一条名街，明代潞王曾经把这里作为据点，在中原做过大量的贩盐生意，当年这里曾经是航运的一个埠口，大量的盐运过来，再经这里调走。在盐城老街停下的多是来往的船只，桨声灯影是盐城老街口曾经有过的风光，码头附近站满的是等待贩盐的商贩车辆，所以盐城老街的生意曾红极一时，带动过文城的车来人往。明朝的万历年间，文城曾经因为贩盐的生意，再加上潞王在文城建起的望京楼、王府街，文城成为全国的一处名地。汪家宽的摊儿扎在街口的路边，相对不远处是县医院、鞋厂、纸箱厂，几百米之外是一家大纱厂。

李月季感慨结交了一个好人，没想到这个城里人这么厚道。李月季的生意好起来，资金周转却明显紧张起来，连续赊了几次账后，李月季都不好意思了。汪家宽看出了李月季的难言之隐，说，李月季，你别为难，你尽管来赊，看你的生意好我们也高兴。汪嫂也跟着点头。汪家宽说，李月季，我比你活络一些，这几年有了积蓄，你就是赊上千斤、几千斤花生，也赊不难我。

李月季有些羞愧，头往下低，说我会尽量往你这儿周转。汪家宽都有些急了，说，你不好意思什么，你还看不出我这个人吗？

李月季说，想不到遇到你这么好一个城里人。

这时候已经有一杯水悄然放在他面前的桌面上，一双小手及时地撤离，眼睛却从另一个角度不时地瞟过来。两年前，汪家宽的这个小姨子——麦小繁来店里做了帮手，几乎每次来，那双小手就会在他的面前放一杯水，默默地帮他装货，把他送出来，看他走远。

那天，李月季和汪家宽在一家小酒馆，两个人面前搁着倒满酒的玻璃酒杯，纯净的液体在灯光下显得透明，那酒咂在嘴里又散出一种清香，有一种黏稠的香气。李月季咂了一口，真诚地望着汪家宽，眼前的这个人像酒一样透明，有一种魅力，不拘小节，不像他接触过的那些小商人，小心眼儿。汪家宽说，什么城里人，乡下人，这文城有几个真正城里的人，我爷爷那辈儿还在乡下，我父亲是半路进城，艰难地在城里安了个家，我身上的泥，胳肢缝里的泥还没有洗净，一辈子也洗不净的，我也是从小在村子里长大的。李月季，这不是我们的结，不是。我们做事，有我们办事的义气和原则，我们讲究的是做人，不坑不骗，以心换心，我们没有比谁差的地方。

李月季敬汪家宽，汪家宽敬李月季，两人碰杯。

李月季想起两年前那一场大火。他们家的那个倒塌的烟囱。

那个叫许桃花的女人是李铜领过来的。

李月季歇下手，伸了个懒腰，站到门口。满街里正飘着柳絮，一层层，一片片，一团团，一窝窝，像雪，把村庄铺严了。李月季伸出手扇扇，掌一合，抓住几片柳絮，又一展手，柳絮慢慢地从他的手心里开始舒展，做着欲飞的姿势。李月季噘了嘴，吁出一口长气，柳絮儿离开手掌，一片片往高处飞。他仰着头，慢慢地找不到那几片柳絮了。李月季看见了李铜，然后看见了李铜身后的女人,女人的眼神无助而茫然,头发焦黄,披散着,脸上透出疲惫,手里拉着一个女孩儿。

李月季赶忙从屋里捧出花生,那花生脆脆的,散发着馨香。按本家的辈分,李月季喊李铜叔,所以李铜在李月季面前有点架势,肚往高处凸。李铜往李月季面前站站,月季,你把她娘儿俩收下吧,我也是在路口碰见的,挺难的,你生意忙,现在都成了大老板,多个帮手也帮了人,两全其美。

李月季听着,沉默着。他回头看看家,不知道该不该答应,虽然他现在是用季节工,但一个外地女人让他一下子没有了主意,毕竟要长时间在家里落脚,要安置吃、安置住的。李月季又仰头看一眼天,几只喜鹊从头上飘过,像要在树上逗留。李铜把他拉到几米外,说,月季,你怎么这么死心眼,看看你家情况,至少可以帮帮你妈嘛。李月季后来对那个女人说,大姐,我,我再和娘合计合计。说完了又看着李铜。

他听见女人说,收下我们吧,有饭吃就行。

李月季和一家人接收了这个女人。女人叫许桃花。这天晚上,李月季在家里举行了很庄重的迎接仪式。李月季在晚宴前让一家人都换了衣服,二哥、三哥都换了。许桃花换了一身从李铜家拿过来的衣裳,原来是挺耐看的一个女人。三哥端详着许桃花,端详着那个孩子。李月季说,大姐,你别介意,三哥这是有心思了。许桃花听了这话有些害怕,别过头瞅李铜。李铜赶忙打圆场,说,老三是个裁缝,这是要为你们娘儿俩做衣服了。不善表达的三哥点点头,说一句,看这几眼已经够了。李铜晚上喝得有点高,李月季送他走时他抓住李月季的手,月季,留点心,如果留得住,看跟了你哪个哥吧!

实在说,李月季的心动了。

果然,一年后,许桃花成了他的二嫂。

那天晚上,看着许桃花有些妖娆的身影走进二哥的房间,李月季的心扑通响了一声,是那种心掉到肚里也夹杂着一种怅然若失的感觉。他在这一天后要彻底地把称呼改了,他对着许桃花叫了一声嫂子,甚至弯下腰对许桃花鞠了一躬,那一躬里面有尊重,更有感激。从今后,这个家的这一代里有一个做嫂子的人了,有一个可以为母亲减少操劳的女人了。他看一眼母亲,母亲在暗自笑着,看着这个家的一步步发展,看着李月季接过花生挑子后这个家的变化。从此,这个家要慢慢地往有轨道的路上走了,有了女人,这个家还会有一个一个的孩子,有了孩子还会再一代一代地传下去,传下去的还有炒花生的生意,做起来的花生摊子。母亲看一眼李月季,那一眼是赞许的、骄傲的,这个孩子挑起的不仅仅是一副花生担子,还有一个和花生担子有关的家。自从许桃花来了家里,李月季把二哥暗暗地收拾了一下,当然这里面也有三哥的功劳,他给二哥做了两身合身的衣服,那种深灰的、浅蓝的,穿上身干净。在乡村,行头大都是这样的色调,况且,这一年二哥已经是三十岁的人了。这一切做得不声不响,严丝合缝,是用了心的,那一身行头二哥穿上去精神了,年轻了;那种身上、脸上的苍老被衬托得薄了,羊鞭子操起来有了几分潇洒,撵羊撵得多了力气,多了一层自信。这一切母亲看得出来,母亲不大爱说话,即使在儿女们面前也很少用指使的口吻,也许这个家的特殊让她变得更加沉默。但月季的用心母亲是一分一寸都看在眼里的,那一个晚上当许桃花走进二哥的房间,李月季听见母亲吐出了一口长气。

自从许桃花来到李家,给这个家带来的变化是循序渐进的。许桃花不仅心灵手巧地配合着李月季,配合着这个家拣花生、炒花生,而且对这个家的家务、环境都在慢慢地起着影响。全家的衣裳、被子,该洗的洗,该拆的拆。洗得干干净净,晾得规规矩矩,叠得整整齐齐,谁的衣裳一看就一目了然,就差在衣裳堆上写上谁的名字了。院子里、屋子里也显得明朗起来,院子里种上了几种花,炒好的花生在许桃花的建议下打成了小包,标上了重量。

只是许桃花从来不谈自己的身世,有一次她回答李月季,不说好吗?干吗去找那些伤心的话题?她倾着身问李月季,我不像骗子吧?李月季站起来,看了一眼她的身前,又看了她的后背,觉得她的身影很正,身上有一种气节。说,不,不像!我来了几个月,没骗你们家吧?没有。李月季看看墙头,几个月一晃过去了,墙头上的槐花淡淡地开了。许桃花说,那就好,不用问了,我的男人在煤窑上出了事,我不愿再待在伤心地,这就是我出来的原因。

李月季忽然想起那座煤山，想起坐在煤山上哭的李三枝。

谁也没有想到李家会燃起一场大火。

火是伴着一场大风来的，风呜呜刮得吓人，半夜时院子里爆出一片火光。最先出事的是炒房的烟囱，那高高竖在炒房顶上的烟囱冒着火星，轰的一声倒塌了。李月季起来时，二哥已经在救羊，十几只羊在叫，二哥把羊疏散。正疏散羊的二哥听见孩子的哭声，他跳出羊圈，钻进火光里用力推开了许桃花和女儿住的小房子的门，摸索着先把女儿救出来又蹿进火光里，抱着许桃花跑出火海，小房子在之后的一瞬间塌了。

二哥被送到医院，在医院住了半个多月。那半个月，许桃花一直伺候在二哥身边。许桃花嫁给二哥是在二哥出院后。

医院离汪家宽的门市部很近，汪家宽和老婆几乎每天都往医院跑。而重建炒房，再竖一根烟囱，重整旗鼓用了一个月。汪家宽把第一批花生默然无声地送到了瓦塘南街。李月季说，汪哥，你让我咋感谢呢？汪家宽说，啥也不说了。

十二

到了二十六岁那年，李月季才真正把自己的问题解决了，像一个老姑娘总算把自己打发出去。不是非要把自己变成一个“老闺子”，而是前边两个哥哥的问题不解决他不想让自己往前边跑，用瓦塘南街的古话说，砘子跑到了耧前头。那不是他李月季的做法。

那一年，李月季的婚姻透了。这是瓦塘南街的说法，是瓦塘南街的语言，什么事儿该成，到了成的时候，就是透了。熟透了、长透了、情透了、扎透了，瓜熟蒂落。用现代的解释是机遇来了，造化到了，时机成熟了。不然，再急也没用，白搭。那一年二哥和许桃花结婚，他的炒房又重新垒起来，生意又潮水一样地跟过来，不是跟过来，是让客户都等急了。李花生，你都把人喂馋了，怎么可以忽然断食儿？炒花生一定是重在炒的，在这期间李月季也着急，光着急不行，得沉住气。李月季是有知识的，差一年就考大学了，在炒花生之余，每一次进城，书店是一定要进的。是书本，是书中的人物在喂养他；是生活，是生活中的情谊，比如汪家宽、李铜在温暖他、启发他。重垒炒房时，他骑上车一家一家去告诉客户、老朋友。说，对不起，炒房出了事，会马上恢复，我欠你们的，我有一笔账，请你们谅解。顺便呢，把欠的账也收回来了，事实明摆着，李月季家遭受挫折，不说借，欠的钱还了是天经地义吧。

三哥在二哥结婚后的第二年也把瓦塘北街的一个女孩儿领回了家。一家人看了，大大咧咧的一个女孩儿，冬天的时候，就很顺利地娶到了李家。家里一下子多了三口人，气氛顿时热闹起来。当然，这时候二哥、三哥都在另外的地方有了房子，说透了，也是李月季用的心思，在乡村娶媳妇首要的就是有一处宅院。二哥住得近，要的是李三枝家的那座房，前边有门，一道山墙打通了一条胡同,从胡同里可以直接到家。商量买房子时李三枝从煤矿上回来,房子的事很利索地解决了。回矿上时,李月季送给她几袋花生。李三枝说,我也要在矿区开个店专卖你家的炒花生。李月季说,好啊。对于李三枝卖房的姿态,李月季心存感激,说,嫂子,你什么时候卖花生,店开起来给我们打声招呼,我给你送货。

其实,李月季的生活里是有过一个女孩儿的。

一位叫银秀的女孩儿在一天晚上推开了李月季的门。花生的余香在院子里弥漫,绕得树上房上、一花一枝上都是。银秀说的第一句话是,好香。说完就嗅鼻子,李月季赶忙把一捧花生捧到她的面前。

银秀忽然羞涩起来,她甚至往后退几步,退到小屋的门后,退到了另一张写字桌边,又折回来,两只手交叉着在身后把门关上。才觉得自己唐突了,心里头蹦跳起来,像有几只小鹿在心里头撞,都能听见自己的心脏往外跳,像柴油机摇动,刚发动起来,咚咚地响。她反而不知道该怎样开口了,就背着手站在门口,有些羞涩地不知所以。花生的香气闻不着了,她想稳住自己,脚使劲地踩地,先是脚尖再是脚后跟儿,往常站久或者坐久了脚麻了就是这样。她急中生智地抓起几颗花生咯咯嘣嘣地嚼起来,有些心急慌乱地狼吞虎咽,忘了掩饰一个女孩儿的吃相,终归把自己的慌张掩饰了。

后来,她说,李月季,我们是同学,你不会忘了吧?

李月季其实也慌,这样近距离地接触女孩儿还是第一次,而且都是晚上九点多了,快接近冬天的晚秋已经有了凉意,乡村的夜静下来。他不知道银秀来干什么,毕竟都这么晚了。不知道该怎样来和银秀搭话,他有些不知所措地对银秀谦让着,你坐,你坐。他自己又拿起几颗花生咯咯嘣嘣地在手里捏,焦黄的花生仁流入手心,但他没有往嘴里搁,只是看着银秀,想银秀到底来干什么。

银秀的话把他唤醒。他说,对,对,我们是同学,从小学到初中都是。

你没有忘了我,还记得是你同学?

没,没有,怎么能忘呢?

可到高中我们就不是了,家里不让我上,我们在初中是不相上下的。

对,其实你有时候比我的学习好,老师常夸你学习踏实,理解能力强,字写得也好。

其实我笨,我是比较用心。

李月季找到了话题。用心就能办成大事,对,你很用心。

银秀也感觉找到了话题。对,我观察人也很用心,比如,我对你的观察。

对我?

对!

观察什么?

比如你爱发呆，拳头抵住下颌，有时候一句话不说，就像站在坡地里发呆的狗，傻不拉叽的一点儿生气也没有，可是，那认真的样子让人爱怜，叫人忘不了。有一次，你盯着外边树上的一对鸟儿，把全班三十六个人的目光都弄到了树杈上，以为你看到了奇迹，你可真行，就这样你的成绩还拉不下来。

说得李月季的脸热辣辣的。

还有，李月季，你背课文、背唐诗，你大清早手里夹一张纸条，低着头顺着村堤走，嘴里像嚼着东西，有时走着走着脚踩着树杈停下来，头仰着，那样子又像一条狗，转几圈儿，几首诗你就背下来了，你这个人就有这样的本事。

你怎么知道？

起先我不知道，我只是奇怪，你念念有词地絮叨什么，为什么天天围着村堤转圈儿？我好奇，悄悄地跟上你，跟了两天，我知道了你的秘密。

我……你跟着我？

我之后也开始天天背诗、背成语，像你一样把课文背个滚瓜烂熟。

这算什么呢？一个人有一个人的学习方式。

这使他又忽然想起几年前家里的环境，那时候他喜欢在大哥的喊声中背着书包往学校走，绕到南堤口，再沿着南堤口往东，踱上河堤，眼前是一望无垠的庄稼地，远远的河水在静静地流淌。他背唐诗、成语，那个巴掌大的成语词典现在还在床头放着。什么一拍即合、一脉相承、一气呵成、一鼓作气,什么哀兵必胜、哀鸿遍野……像冰糖葫芦,一串一串,都是那时候背的。

他看着银秀。

银秀的胆儿越说越大。可是,我恨你上了高中。

恨我上了高中?

对!因为我和你一样考上了,可家里不让我上,我爷爷是一个病秧子,我有五个哥哥,一大堆的哥哥要花太多的钱,要盖房,一个个娶媳妇儿,我就不能再往上上学了,家里不敢供应。可是你上了,而且我知道你在高中学习也好,我嫉妒你,我觉得离你远了,这一辈子可能越走越远,你每周回家,我都早早地站到房顶看着你从村外回来。你不会留心我,我嫉妒你的幸福,虽然你的家庭情况不比我好,可你毕竟上高中了,你将来有可能再往上上,那就是大学了。我几乎每周都会那样看你回来,我心里却在祝愿你能考上一所好大学,好离开这个重复了多少辈儿的地方,去干乡村之外的不再单调的工作,为我们普通的家庭做个榜样。可想不到你又回来了,和我一样,那时候我真失望啊。

对,我回来了。李月季的心蓦然痛起来,像针尖儿扎到了某个部位。即使在他回来挑担子走在路上时,他常想起的也是上学路上的情景,是他离开学校前夜在文城大街的徘徊,是文城的那条河流,是望京楼尖上的一片白云。

银秀把声音放低,月季,你炒的花生好香,可你要炒一辈子的花生吗?

李月季仰起头。银秀看到了李月季的习惯性动作。好久，银秀说，月季，我能再来和你说话吗？我闷死了，整天待在那个嘈杂的家，有时候我蹴在庄稼地里，在地里不愿出来，想永远蹴在庄稼地里。

李月季的头还在仰着。

李月季，我还会再来的，你等着，今天就算个开头。李月季，我走了，今天的话先说到这儿，权当先来给你打个招呼。

啪。门关上了。

屋子里只剩下李月季，夜静下来，乡村的夜除了静没有什么，也许还有圈里的羊，圈里的猪，还有炒花生的余香，偶尔走夜路的脚步声，像今晚的银秀。清冷明亮的月亮在天上吊着。

李月季还仰着头。李月季是矛盾的，他不想让银秀来，又盼着银秀来。

银秀几乎是天天踩着钟点过来的。好像计算好了，差不多是在他把花生炒好，把花生晾在十几个笸箩里的时候，接着就是一个姑娘的脚步声。那天晚上，银秀的两只手背在身后，勾着头，小嘴向前噘着，有点调皮，有点神秘，还有点羞怯。她说，李月季，你猜我带来了什么？李月季说，是吃的，还是看的？银秀说，你猜！李月季猜了，但银秀摇头。后来李月季说，我不猜了，你别甩包袱丢悬念了。李月季两只手伸过来，那两只手，两条长臂分明是一种拥抱的架势，银秀都耳热心跳了，甚至期待赶快被狠狠地抱住，抱住，箍得喘不过气才好呢。可银秀还是下意识地躲了，说不清的意思。她一躲，李月季扑了空。待李月季再扑过来时，她定定地有些期望地站着，期待地看着凶猛刚武的李月季，可李月季站住了，站得晃了个趔趄才牢牢地站稳。李月季真的定定地站住让银秀有些失望，失望得有些委屈，有些想哭，女孩儿的心事真是够让男孩琢磨的。李月季呢，他不知道着了哪门子魔，当银秀真的站住、真的在迎接他的双臂时，他竟控制住了自己，定定地站稳了。

银秀很委屈。但委屈归委屈，委屈是藏在心里的，委屈着也终归是把身后的东西亮了出来。呼啦，亮在屋里的、一瞬间遮住了灯光的是两条枕巾，枕巾上是两只鸟，小鸟的身下是水，水里有草有鱼，还有粼粼的波浪。银秀把枕巾铺在了床上，一对小鸟儿很立体地浮在水中，灯光把水、草照得仿佛立体起来。银秀别过头，李月季你知道这是什么鸟吗？李月季不知是蒙了还是故意装蒙，茫然地摇头。银秀怯怯地对他说，真不知道吗？李月季摇头。银秀急了，鸳鸯，你知道吗？这叫爱情鸟你知道吗？那首歌是怎么唱的，那些爱情鸟，它就飞来了……那些古诗你知道吧？对，你是古诗的专家，你装了一肚子的古诗。李月季说，我都忘了，不过那两句他还是能记起来的：在天愿作比翼鸟，在地愿为连理枝。

还有……

还有，这次是银秀接的：银烛秋光冷画屏，轻罗小扇扑流萤。天阶夜色凉如水，卧看牵牛织女星。还有：玉阶生白露，夜久侵罗袜。却下水晶帘,玲珑望秋月……

李月季有些蒙了。

这才几个黄昏,银秀就拿出了这些武器,她竟然还记着这些唐诗,一个天天在地里干活的女孩儿,这让他在心里感动。可老实说他还没有考虑过该和银秀发展到什么程度,说透了,没有任何的心理准备。

这还不够,银秀又拿出一个日记本,一个很普通、大十六开的牛皮纸笔记本。李月季,你看看这上边都写的什么?这都是我写给你的,你知道吗?

李月季没看,他晕了。他根本没任何的心理准备,没有任何的预感,银秀来之前也没有任何的预兆。可是,事态又往前发展着。银秀说,李月季,你有点耐心,你听着,我给你念……

银秀念着念着念哭了。银秀说,我一直忍着不来见你,可我实在忍不住了。说不清是银秀哭着倒向了李月季,还是李月季把她揽住了,反正两个人终于像蛇一样地缠住。李月季后来把她扳倒,扳到在自己的小床上,一个年轻人的狂热让他不能自制,当他抱紧银秀时,一种来自内心的高峰势不可挡,不可控制,海绵体的压力不够了,弹了起来,他把整个身体排山倒海般地压过去,已经听见银秀的呻吟,小床已经发出共鸣。可是银秀说,我告诉你一件事,你先坐起来,我告诉你。李月季不想听,有一种贴在刀尖上的快感不想停顿,心怦怦跳得要蹦出来,眼也有些湿润。他压住银秀,抓住银秀的腿,摸到了腿的光滑,又换过来抓住银秀的两只手,整个身体都放上去了,他的脸触到了另一张柔软的、弹性的、散发着馨香的脸,牙都快碰到那两排洁白整齐的牙了。可银秀却大喊一声,李月季你听我说!

说了,也就完了。

这是银秀一直后悔的事。那句话很抓人,银秀说,我不是处女了。

银秀把头拱在李月季的怀里,说这话时是带着泪水、带着哭腔的。月季,你可能不知道,你怎么也不问我呢?我完了,订婚了。那人是李村的,我的一个姑姑是媒人,那时候我的心很空,我觉得我找不到能装进心里的人,我心里有你,可你离我越来越远,不可能回到我的身边,家里人做主给我把婚订了。那一次我住在姑姑家,他把我约出去,领到村外的杨树林里,杨树林有很多鸟,在枝头上叽叽喳喳,叫得人心慌意乱,把我叫迷糊了。那一夜他把我摁翻了。我不敢对姑姑说,也不敢对家里人说,我就那样让人切开了,切得我疼,心里疼,浑身疼,疼得我都傻了,疼得我想把那小树林一把火烧了,把这个世界都烧了,包括你李月季的花生房。我在家里傻待了几天,最后憋不住在一天晚上对我娘说了,我不说心里都要崩溃了。娘说,孩子,既然这样就把证领了吧。娘说,你已经是女人,这一步你已经走了,没有可回头的路。就这样,他们去镇里找熟人把结婚证办了。

说完,银秀低着头。

李月季从床上弹起来。好久。李月季说,你已经领了红本了干啥还来找我？你这是什么意思，成心让我失望、让我难受、让我戴一顶破坏别人婚姻的帽子吗？李月季茫然地推开银秀，刚刚冒出来的激情，慢慢蠕动的一种好感、依赖、憧憬一下子淡了、散了。李月季摁着桌子的一角，喘着气，不知所以。窗外淡淡的月光照进来了。

银秀说，李月季，我不是，不是成心要来气你、污辱你，是你一直在我的心里，我根本就挣不脱，从你上高中之前，从我和你摽着学习，摽着背诗，从我站到房顶看你，从你回家挑起花生担子，我的心就一直属于你。我一直忍，一直忍，不来见你，想把我的心思藏一辈子，可是我实在藏不住、忍不住了。我一直在推托着不嫁过去，推托着不办那个婚礼，我为了什么？是因为我心里有你，我推托不成了，马上，我就要嫁人了。你的两个哥哥都已成婚，该轮到你了，这时候我催我自己，一遍一遍地告诉自己，我必须来见你，让你知道有一个人爱你，一直藏在心里。银秀站起来，手伸进口袋，掏出了花手绢里的一叠钱。月季，钱我都准备好了，我们私奔吧。

私奔？

对，我们到远处去，现在不是都时兴去远处打工挣钱吗？我们走。

李月季望着窗外高高竖立的烟囱。好久，摇摇头，说，我还有老娘。还有……他指指外边的烟囱。深夜，高高的烟囱直冲云天。

李月季伸出手，打开门。银秀是这时候哭的，哇的一声，又低下去，头抵着椅子，哽咽着，抽泣着。其实，我都知道，我知道是不可能的，我知道这个结果，可女人就是不甘心，我不甘心，我来尝试了，我不后悔，也知道你对我和我对你根本不是一回事儿。李月季，你知道一个女孩儿在房顶上看一个男孩儿是什么感觉吗？她抬起头，睫毛上闪着泪珠。李月季，我们再抱抱吧，这一生恐怕以后再也没有机会了。银秀抬起头带着企求，一个女人的企求，那种企求里带着泪、带着真诚、带着颤抖、带着无奈、带着失望、带着奉献、带着牺牲的欲望，带着肝肠欲断，然后近乎疯狂地裹住了李月季。

几只手电筒的光射过来，银秀的几个哥嫂堵住了屋门。

十三

这一年，李月季的婚姻真的来了。也是这一年，瓦塘南街大片优质的花生喜获丰收，又一季种植合同和上百农户签下了。李家的喜事在这个冬天一桩接着一桩，许桃花生了一个男娃，之后三嫂又生了一个女娃，在两个月内，李家有了下一代，而且一来就是两个。李月季大大咧咧地为两个孩子办了喜宴，远的近的亲戚来了，村里村外的老搭档，这几年逐渐和李家建立起来的关系户都来了。酒酣耳热之际，他们咋呼着，李月季，我们可在等吃你的喜酒哩。

李月季仰着脸，哈哈大笑。我不着急，你们急什么呀。

一天黄昏，也是在李月季忙完一阵后，汪家宽来了，在街门口给李月季鸣笛。李月季想和他逗一逗，故意地磨蹭。汪家宽一直在鸣笛，隔一会儿鸣两声，催李月季出来。李月季出来了，李月季笑着，一种嬉闹的笑，谁呀，这么大架子？还非得出来请啊？汪家宽说，李月季，到底谁的架子大啊？客人到了门口都不来迎，今天你不迎我，我就不进去，你知道我来干什么吗？

干什么？

大事！

待双方都正常了，都正经起来，李月季才知道了汪家宽此行的目的。汪家宽走在院子里，到处瞅瞅，又到处闻闻，在夜色中的一丛月季前停下来，庄重地看着李月季，月季，今天你们家可是喜气盈门啊。李月季还不知道他葫芦里装的什么药，看着汪家宽。汪家宽终于说了，我给你算了一卦，算卦先生说你的婚姻透了，所以我今天来给你保媒。

你给我保媒，你什么时候有这个心情、有这样的时间，学了这本事？

时间还是有的，看对谁，看合不合适，是不是在合适的时间遇到合适的人。

李月季的眼前忽然掠过一张清秀的面孔，一个从脖子、鼻子、小手都细细的女孩子，常常在他面前放一杯水。莫非……你说的是谁？

着急了？

你说！

汪家宽郑重起来，或者说更郑重起来，郑重得神色和语气都不一样，都另有味道。一字一顿地，说，麦小繁！

麦小繁？

这个晚间，乡村的晚间，乡村秋天的晚间，当李月季听到麦小繁三个字时，心里一下子亮了，仿佛被什么震动击打了一下，心一下子起来，跳动起来。他仰起头，又仰起头，每当他被触动的时候，这是他的习惯性动作。麦小繁，是他几年来太熟悉的一个人，那是汪家宽的小姨子，一个清清秀秀的女孩儿。有一刻麦小繁的形象，麦小繁走路，给他倒水，帮他装车，和她姐姐一起送他的情形唰地在脑子里轮番过幕。但他不敢想，看上去那么文静、清秀的一个女孩儿，怎么会舍得嫁过来，嫁给我乡下的李月季呢？瓦塘南街她会来吗？这样的话竟脱口而出，瓦塘南街她会来吗？

会！汪家宽抓住了他的手，又说了一句，会！还要来和我们一起建榨油厂呢，种更大面积的品种花生。其实，她一直在注意你，我也不知道，是你嫂子忽然对我说，小繁早就有了心思，心里有了人。我都恨我疏忽，怎么没早想到给你牵线，一个大小伙子，一个大姑娘。

李月季的心快速跳起来。她会来瓦塘南街吗？

会，如果没有一个人，她不会，但如果因为一个人，她会。还有，李月季，文城怎么不可以有你的地方，你的空间？现在什么时候了？城里的门早打开了，欢迎有志实现自己梦想的人。

汪大哥，我迟早还会找一个学上，去圆一个梦，你知道吗？

我知道。

还有，汪大哥，你不是要和我一起来瓦塘南街来城堡发展吗？我们不是已经在这里发展了吗？我们不是要建榨油厂吗？那时候你要多往乡下跑了。

没问题，什么往乡下跑，我就是乡下人。

他们握住手，握得很紧。

街上传来了清脆的笛声。

哟！汪家宽叫了一声，拉住李月季往门外跑。大街上，汪家宽小车的停车灯闪烁着。汪家宽停下来，看一眼李月季，说，李月季，有两个人被我们晾车上了，你不要激动，这是我们商量好的，如果你答应，今天晚上要有一束花。汪家宽把一只放在背后的手举起来，这是我刚掐的一朵月季，你擎着，我去打开车门，有一个人在等你的花，好吗？

李月季的胸口鼓一样敲起来，要跳出来。

在乡村清爽温馨的夜色里，一扇车门轻轻推开了，他颤动的不仅仅是心，还有擎花的手。多好的夜色啊，李月季仰起头，一队大雁正从瓦塘南街秋高气爽的夜空里飞过，越过这个夜晚又是一个美好的明天了。

穿过雨季的前方

一

在后来的诸多回忆里，玉露还是承认：那个街头飘满柳毛子的黄昏，她忽然看见胡同里的户小阳时，心头曾怦然一动。

一个女人的情感萌动是暗藏杀伤力的。而户小阳还蒙在鼓里，不知道一个叫玉露的女人，已经在一个孤独的黄昏，悄然霸道地把他装到了心里。她是有男人的，从北塘嫁到老塘南街，是大车小车接过来的，算得上体面，轰轰烈烈。那个北塘和老塘南街说起来也不过几里地之隔，在行政区划上却是另一个县另一个镇了，半个小时的路程，有了一种隔河相望的感觉。说话的腔音上呢，也有了区别，用老塘南街的话说，北塘人的口音有些艮，就是重，一个字，那边的人说出话来比这边的人重了几两甚至几斤。其实老塘南街和北塘的区别只是多了一个尾音，北塘人也说老塘的话艮呢。

玉露的男人李腾是一个喜欢在外边跑的人，一年里的大半光阴都哒哒哒地跑在了路上。一人一性，好像跑是他的命，命带驿马，这样跑，才有意思。跑什么呢，无非就是把这边的东西挪到那边，那边的东西挪到这边，挪来挪去，挣一个差价钱，却把一个女人孤独地撂在了家里。

在老塘南街，玉露算是木秀于林，风姿绰约的那种：个头高，胸部和臀部鼓出得恰如其分；小三十，如锦似玉的年龄，不算大，也不算嫩，说话的声音呢，不张扬，看人带着浅笑，有一种勾神的韵味。这种年龄，对那种事正是要频率要节奏的时候，春宵一刻值千金。可那个人不管，那个人爱上的是跑动，性格使然，没有办法，怎么可以把一个男人绑在自己的腰带上呢？现在哪里还有这样甘于被一个女人拴住的男人？况且，那些话又怎么说得出来呢？即使是对自己的男人，也只能是在床上，在昏暗的灯光下，或者只在暗淡里相互紧偎着身子的时候。女人呢，又往往是矜持的，在心里烧成了火，也要等到适时的机会释放和发泄，让男人感到自己的委屈。

很多的夜晚里玉露都会失眠，翻来覆去。快天明了却有了睡意，头昏昏沉沉的，从枕头上抬不起来。日头的光线，一丝丝从每一个缝隙里穿过来，固执地要把赖在床上的人一个个勾起。可玉露往往任日光怎么勾都不想起来，头实在是太沉了，长头发披散着，让她有一种浮在湖面上的感觉。玉露就一次次地在失眠中想着这些纷乱的、无厘头的事情。反正，反正睡不着，那就由着自己的思维吧。有时候，她会想着男人每次回来时的疯狂，不管是白天还是夜晚，一下子就把自己箍住了，甚至着急得忘了关门，忘了把门锁上，那种劲头儿让她受不了，又特别地享受。这注定是一种虚妄，男人一出去就是大半个月、一个月，或者更长，又会让她守在一座空房里，在一种期待或者回味中。男人怎么能撑得住呢？有一次，她问回到身边的男人，李腾先是不说，后来拿别人当例子，说外边多的是女人，到处都有亮灯的地方，去一个僻静处看看，灯亮得不一样的地方，大致就是这种场所。玉露就觉得不公平，太不公平了，原来男人是可以随意潇洒，随时发泄，到处都可以解决的。她扳过男人的身体，盯着男人，说，你有吗？说实话啊。男人摇摇头，说，我是说有这样的地方、这样的男人，我有，还会这么疯狂吗？

怎么说呢，她和户小阳的机会，竟然是自己男人制造的。

那年的秋后，男人在家里守了一段时间，到底还是坐不住了，对玉露说，我要出去了，这样天天在家守着也不是事儿，要憋出病来了。男人这样说着，在屋子里踱步，脚步里透着一种迫不及待。男人还提到了搞生产的事，男人说，有些种子是要找机会开的，不是白菜萝卜，种进去，一浇水几天就发芽了，就能见到效果；我们呢，也说不定哪一天生产搞成了，就有了结果。走之前，男人把生产又搞了两次，搞得两个人像两只泅在水里的鸭子，水淋淋的,房间里蒸腾着、弥漫着雾气。可是,有一瞬间,玉露却是迷蒙的,玉露的眼前是一个黄昏的胡同,她差一点把另一个人的名字叫出来,好在她迅速地清醒了。

男人回来又是一个月后。男人这次回来还有一个目的,要找一个人共同出去一趟,去内蒙古赶一批牲口回来,男人说他侦查好了,也找好了买主。男人在计划着找谁时,说到了户小阳。玉露惊讶得捂了一下胸口,她赶紧把脸别过去,捋了一下头发,抹抹额头,发着热,淌出了细小的汗珠。

户小阳到他们家里来了,是李腾给户小阳打的电话,也当面打了招呼。那天晚上两个人在一起喝酒,李腾让玉露出去弄几个小菜,玉露在把几个小菜端上小桌后,又回到厨房,厨房的门故意闪出了一条小缝,透过小缝她又看着男人和户小阳。户小阳在和李腾碰酒时脸上现出两个隐隐约约的小酒窝,短短的、故意留下的小胡子,像睫毛一样眨动,话不多,对李腾的话好像只有应付和答应。有一刻,她拿铲子的手竟打起了颤,乳房也跟着颤抖。她觉得不能这样的,脚丫子使劲地往地上摁,把一根大脚趾都摁得又酸又疼,才算止住了。那一夜,她忘记了两个人是怎么结束的,在勉强地把自己控制住之后,玉露站到了胡同口的路灯下,往胡同的深处探望,仿佛又回到了那个黄昏。后来她沿着胡同走,一直走到西口的大槐树下,她在无意中把一条胡同丈量了,不过是两百多步的距离,而两百多步的复数加复数又是多长啊,她不知道,那样的距离其实是很长很长的。

那一夜，在他们终于发生关系后，玉露在心里埋怨李腾，李腾啊李腾，你这是在给我们制造机会啊，我不要，我们不要都不行啊。

李腾和户小阳出去一周后，户小阳回来了，独自回来的。是李腾让户小阳回来拿钱的，还要去镇里补办几个手续，时间赶得很紧，第三天要赶回去，那边的生意已经谈好。玉露没有想到会有这样的机会，那个人没有回他自己的家，先径直地来喊她的门了。玉露先是一惊，为什么自己的男人没有回来，这个户小阳自己回来了？她看着户小阳敲着他们家的大铁门，门是虚掩的，一个男人的手敲上去轻轻的，却传过来咚咚的回声。她听见了户小阳在喊嫂子，她站在了门口，屋门口，当又一声嫂子喊过来时，她看似大大咧咧地答应了，告诉户小阳，你进来啊，没看见门是虚掩着啊。户小阳进来了，她看见了户小阳身上的疲惫，经过了漫长旅途的那种乏，那种没有睡好的眼袋，小胡子有些长，头发有些乱。玉露当然先问的是自己的男人，说，李腾呢？怎么就你自己一个人回来了？没有等户小阳跨进屋她就一连串地发问。户小阳笑了笑，笑这个女人，难道是怕自己把她的男人卖了不成？户小阳说的话却是，怎么，没有几天就想男人了？这话说了，就见玉露把眼瞥过来，说，户小阳，你倒是说啊，怎么你一个人回来了？户小阳就说了拿钱的事，办手续的事，一本正经地说着要拿多少钱回去，那边的生意在等，要玉露抓紧凑钱。这样说着，户小阳就要告辞。玉露也是这时候调侃了户小阳，说，你也是急猴似的要回家啊，才几天啊。

户小阳走进了那个胡同。又是黄昏，玉露忽然想到，她看到户小阳身影的那个心头怦然一动的黄昏，仿佛回到了那个黄昏的萌动。她情不自禁地又站在了胡同口，看着户小阳的身影走在胡同里，脚步声在胡同里噗嗒噗嗒地响，似晚间的雨声。渐渐地听不见声音也看不见身影了，玉露生出的竟然是一种嫉妒或者孤独。

两个人终于缠上是在第二天的夜晚。当深夜玉露把门打开时，看见一个身影一步步地晃过来，越来越近、越来越大，环抱过来时，玉露的身子有些战栗，手足无措，她竟然推了一把，长长的头发溜过来挡在了半张脸上，一张手像撩开一把青纱一样撩开了。她听见了粗气，一阵风把她的长发吹到了耳后，而后就是粗暴地将自己裹住。好像是顺理成章的事，好像已经都有预感，一直酝酿着，心有灵犀，好像是玉露在户小阳第二次、第三次再来见她时对对方有过暗示，是约定好的，说不定户小阳是主动回来办这些手续的，随便也找机会办了自己。反正两个人顺其自然，像两条交媾的蛇。过渡省略了，更多的过渡用在了过程上。

胡同，胡同……玉露在喘息中还一直说着胡同，要给户小阳一个交代似的。户小阳听得迷迷蒙蒙，玉露还在喊着，在过程中吞吞吐吐地说着，胡同，胡同……你知道吗？到最后，好像完成了对胡同的述说，她才叫出了户小阳的名字。

二

一个月之后，李腾和户小阳是一起回来的。那时候，繁忙的麦季过去，村外的玉米长到一人高了，又是满地葱绿的青纱，向日葵的花盘儿散发出了香气，河滩上的青麻叶子秤盘儿一样，趴着小青蛙的身子。玉露在路口一下子看到了两个男人，两个男人在她的视线里有些恍惚，有一刻融合成了一个人。那是她的幻觉，要是真融合成一个人多好啊，把两个人都要了，或者就让李腾变成户小阳，让户小阳变成李腾。她接过的自然是李腾的行李，拉住的也自然是李腾的手。她有些心疼地看着男人，带着抱怨，说李腾好像有些瘦了，一个男人为什么要这样常年地跑呢？在半个身子闪进大门时，她才侧过身，慌乱地看了户小阳一眼。

当然，这第一个夜晚，包括第二个夜晚、第三个夜晚，她都是属于李腾的，李腾是她名正言顺的男人。她要尽一个女人、一个妻子的心，妻子的义务，任李腾疯狂，还要让李腾吃好、睡好，一切都是顺从的，天衣无缝。第二天她包了饺子，韭菜鸡蛋馅儿的，每一次回来，第一顿午饭保持不变的，是李腾最喜欢吃的。在下饺子之前，她把大蒜剥好，放在蒜臼里捣碎了，蒜里放进了醋、香油，还剥了洋葱，切成了几片搁在一个小盘子里，供男人吃饺子时就着吃。饺子下到了锅里她才去床边喊，轻声地，快，起来啊，饺子已经下锅了。李腾一把拉开了窗帘，阳光扑扑啦啦地射进来，男人的脸上还带着疲惫，又一把揣住了女人，好像还意犹未尽。她挣开了，在男人的头上拍了两下，说，饺子要溢锅了。男人走出来时，香喷喷的饺子盛在了小饭桌上。

一周后，两个人终于有了一次机会，也不是有了一次机会，是两个人等来的。这一次，他们是在野地，在一块地头的麦秸垛旁，麦秸垛的四围是绿油油的庄稼，每一片叶子都在翘动，在夜风里飒飒作响，蘑菇样的麦秸垛像一个孤岛。那一晚有月光，可他们嫌月光太明了，当扑嗒扑嗒的脚步声响过来，户小阳一下子从麦秸垛旁钻了出来。他轻声地打了一声口哨，口哨窜进了青纱，被夜风吹到了深处的庄稼地里，他叫了一声玉露，两个人便急不可待地把对方咬住了。

停下来，他在玉露的身上抚摸着，在月光下一点一点地摩挲。他说，让我先好好地看看你，我还没来得及仔细看过你呢。秋天的风吹来，玉露一阵瑟抖，户小阳体味到了，赶忙把衣服给玉露拢了上去，说，对不起，让你冻着了，以后我们得换个地方。玉露的手裹住他，对这种话认真地听着，一句句都装到了耳朵里，记到了心里。玉露说，那不来这地方，我们去哪儿呢？这一下，这一句把户小阳问住了。户小阳倚着麦秸垛，看着月光，一只手托着玉露的下颌，那下颌光滑，和下颌紧邻的唇是他们如饥似渴、温暖湿润、产生动机的地方；恋恋不舍从那里开始，意犹未尽从那里开始，绵绵不绝从那里开始，罪恶和罪愆从那里开始，幸福从那里开始，怀念和留恋从那里开始……这个世界需要肢体，也需要语言告诉对方，倾诉给对方，要用语言接通两个世界，哪怕是一种谎言，一种临时的安慰。户小阳喁喁地说，一定要找个好地方，不让你挨冻的地方。户小阳想起他看过的那些书，那些书中的爱情，包括他在上学时偷偷传看的《少女之心》，好像也是关于男女感情的。户小阳在玉露的下颌抚摸着，揉搓着，轻轻地，像风吹在玉露的下颌上，慢慢地，他还是摸到了嘴唇，那个产生感觉同时让感觉升华的地方。抚摸着，抚摸着就再也忍不住地又扛过去了，又把嘴唇朝另一个嘴唇凑了上去，而那个嘴唇，此刻早已经滚烫，急不可耐地迎合上来。到底，到底，又紧紧地抱住了，在月光下，在野地里，在散发着草温的麦秸垛旁。他们融化了，这种融化的程度好像是比床第上还要深刻，更刺激，让他们永远记住。

站起来时，户小阳拉住了玉露。当他们准备着起步时，树上的一只大鸟嘎地叫了一声，一群树叶呼啦啦落下来。

三

玉露真的病了，发烧、头疼，那种严重感冒的症状。李腾给她熬了姜汤，按老辈人延续下来的配方，姜汤里切了葱根、香菜，熬好后加了醋，点了几滴香油，油花在姜汤里漂浮，轻轻地放在了玉露的床头。李腾其实还是挺细心的，还是挺会照顾人的，这一点玉露得承认，这是他们在一起生活的事实。李腾虽然喜欢往外边跑，但是也是没有错的，一个男人难道天天守在家里吗？那样更多的女人又会骂男人窝囊。

这就让玉露惭愧了。当李腾又轻轻端起碗，拿小勺往玉露的嘴里一点点喂时，玉露更加惭愧，那种惭愧在心底里一点点地浸透，一点点地扩散，不敢抬头看自己的男人，眼睫毛搭住的是一个女人的畏怯或者负疚。她把头低下去，像个犯了错误的孩子。可能，可能，自己太不安分，对那种事太馋了吧，或者在心里还是喜欢找到另一个男人。这怎么说呢，这难道不是一种罪孽吗？她不敢抬头，那擎着小勺、端着碗的手上有一双目光，那目光单纯，像一个父亲喂他的孩子，她只有听话地一口一口把那碗汤一勺一勺地喝下，在一碗汤喝到了半碗，不想喝下去时，她把眼挣扎着抬起来，到底看了一眼恭恭敬敬、殷勤真诚的男人。她马上把目光收了回来，说，我躺，我躺下吧，歇歇就好了。

李腾为她掖好了被子。

那个夜晚回来后她就开始有反应了，身上感觉到了不舒服，先是鼻子像塞了棉花一样的堵，头在第二天早晨醒来时昏昏沉沉，身子也感到发沉，她就知道自己真的感冒了。

那一只鸟叫后，她是先回到村里的。往村里回也是讲究方式的，不然，说不定就被某一双眼睛盯上，就露馅儿了。玉露往家走时心里还忐忑着，专找着有树荫的地方走，拐了几道弯才走回来的。而户小阳没有径直地往村庄里回，他自己又在麦秸垛旁坐了一会儿，看着玉露的身影走进村庄了，看不见了，才挺起身，把麦秸垛又恢复成原来的样子，用手拍了拍，拢了拢，把留在麦秸垛旁的脚印、屁股印、身体的痕迹用脚拖了几个来回，才不情愿地离开了。离开时又意味深长地看了看月光下的麦秸垛，仿佛在这里留下了什么，或丢下了什么，想着自己和一个女人的那种事怎么会是在这个地方完成的呢？他这才起身朝另一个方向走，越过了脚下的草地，野草长出了潮气，把他的鞋面打湿了。天上的夜鸟悠远地叫了几声，夜鸟栖息的杨树就在田野中间的一条界沟里，那么多的叶子在夜色里像一个墨团，比大雨前的黑云还要黑。他朝着城堡的方向走，在老塘南街和城堡的中间隔着的是一条蒲河，蒲河边长满了柳树，黑压压的。他坐在岸边的一棵树下，漫无目的地想着什么，听着河水在夜色中的流动。后来他走到了河边，河水在夜色里没有颜色，没有白天的波纹和浪花，看不到河水的流动，他把一根柳枝撺进河水，柳枝在岸边旋了几旋才慢慢地看见了流动。他匆匆地离开朝河岸上走，走上了通往老塘南街的路。这样走等于多折了一个弯，会绕道一个十字路口，再走上回村的大路。他知道，这时候玉露已经安定了，已经躺在温暖的被窝里了。在回到村口时，在往他家的小路上拐时，他犹豫了几下，最后只是远远地朝玉露家望了望，迅速地折回堤边的小路。

他没有想到的是老槐树边站着一个人，他以为是玉露，吓了一跳，差一点喊出玉露的名字。当他再定睛看时，却发现原来是老婆叶子,叶子?他喊了一声。

你去哪儿了?叶子问。户小阳说,我出去走走。

走走,去哪儿走了?户小阳说,随便走走!不是跟哪个女人吧?户小阳一个激灵,马上镇住了,说,你说什么笑话,我敢和哪个女人?你不骂扁我才是。

我干吗骂你呢?那是男人的本事。哈哈。户小阳笑了,你们女人真是虚伪,说假话言不由衷,你这样说我可真要试试了。你试吧,我不管你。小阳跟着叶子进了大门,返身把大门关上了。女人抓住了他的手,我在等你呢!户小阳说,等我什么?你说等你什么?前两天你恨不得把我吃了。那不是恁长时间没见你吗?那今天呢?今天,今天……户小阳伸了个懒腰,打了个哈欠,说,瞌睡了,睡吧。户小阳去了趟厕所,他悄悄地看了看自己的身子,是不是粘上了麦秸或者干土,前后左右地看过,解开裤裆时他打了个冷噤。

没有想到玉露会真的感冒。

他去李腾家时,李腾刚端着一个碗从里间出来,碗里还有半碗面,李腾像解释一样对他说了一句,你看,感冒了,好长时间没见她感冒得这么严重。言语里带着心疼,一种心疼的幽怨,碗里的面香气扑鼻。户小阳看过去,玉露半倚在床头上,眼不看他,只看着天花板,或者床对面的一扇小窗,那里的几抹光亮正透过来,倔强、暧昧。户小阳想看看玉露感冒的一张脸,他咳嗽一声,想把玉露的目光引过来。玉露还是纹丝不动地倚在床头上,咳嗽了几声，肩膀抖动着，伸出一张小手捂住了嘴，被子颤抖了几下，射进房间的光线跟着颤抖，光线里弥漫着尘埃。户小阳听见了伴着咳嗽的粗重的呼吸，心一阵揪疼，有一种愧疚，野地里的风真是太厉害了。

再去，是掂了几只苹果过去的。

李腾正坐在桌子旁计算着什么，一副若有所思的样子，他的肘旁搁着的是装在药袋里的感冒药，看起来刚打开过。几声浅浅的咳嗽依然从门帘后传来，他下意识地朝门帘的方向歪了一下头，门帘动了几下，是他带过来的风的缘故。李腾欠了欠屁股，示意他坐下。户小阳一边朝椅子挪过去，一边问，又在造计划了？

造什么计划，等几天再说，玉露的感冒彻底好了再出去。李腾站了起来，朝里屋问了一声，喝水吗，玉露？从里屋传出的是低低的一声，不，不喝，你忙你的。哈，我忙什么，我这几天的任务就是把你伺候好了。然后他对户小阳说，我们到院子里去吧，让她好好地歇一歇，感冒的人主要是好好休息，要多喝水。

在院子里，李腾说，也真不能天天赖在家里，我们还是得出去，我他妈天生一个疲于奔命的人，歇不成，一歇就难受，你知道的，我从小就喜欢去外边跑。

有目标吗？再出去。

李腾一副思考的状态，说，我想去云南看看药材。李腾看着户小阳，我们一起去吧，我打听过了，也许可以赚一些钱回来。

户小阳有些犹豫,户小阳说,那我想想,回去和叶子说说。

那是。李腾说,出去我们还要带钱的。

真正和玉露说话是三天后。户小阳从外边回来,通常要通过村堤边的小路再折到胡同里来,这是他经常走路的习惯。这一次他没有,他往前走过来了,直着走,就是为了路过玉露家门口,看一看那两扇大铁门,找一个进去的机会。三天了,这三天里他没有见到玉露,不是没有真正地见到玉露,怎么说呢,是没有近距离地和玉露说一句话。现在,他走到了玉露家门前,两扇大铁门近在咫尺了,他看着两扇铁门的颜色,暗红,黑底,有些招眼,透过铁门能看到院里水泥的地面,地面上落下的杨树和桐树的叶子。他站着,朝他每天走过的胡同里看着,看到了两旁的人家,每家的房屋,仿佛看见自己走在胡同里,每天走着重复的路,脚步和脚步重叠着,日子和日子重叠着,看到的人影重叠着。一条路,一个胡同都走得腻烦了。他想起每次去牧城,去叔叔家,看到叔家的儿子,大学毕业就参加了工作,日子过得很有规律;每次看见来接叔叔的小车,把叔叔接走了再送回来。他曾企望叔叔能给他找一份工作,也在这个叫牧城的地方生活。可是,现在找工作难了,几乎没有什么机会。那就选择好好地过日子吧,在重复和枯燥中每日走过同一个胡同。

生活里竟然有了玉露。他是自责的,第一次,当他被一个女人呼唤,禁不住自己的欲火时,走出这扇大门他就后悔了。怎么就上了别人的床呢?这是最忌讳的啊!这叫什么,叫出轨,叫不正经，叫破坏自己的感情，叫……他是带着负罪之心匆匆地往家走的，走得缭乱、毛糙、畏怯。他甚至想到了妻子的哭声、谩骂，如果真这样了，他该怎么收拾？不知道是怎么走到大槐树下的。在槐树下他让自己定了定神，看看老槐树，在自己的脸上啪啪啪击了几掌，确认自己清醒了才朝家里走去。却又有野外的苟合，那样疯狂……

那两扇门轻轻地启开了。而且，他看见了那张脸，有点消瘦、有点苍白，架在细细高高的身材上，一双眼睛朝街上看着，街上是又一个即将到来的黄昏。那双眼对几天没有看过的街道好像生疏了，目光里含着犹疑，像最后才看到了户小阳，才在户小阳的身上停住了，户小阳的目光和她的目光对上时，那双眼睛里绽出了一股笑意，门开得更敞亮了一些。好像是不过去就不对了，户小阳身子一仄已经跨进了院子，进去之后户小阳咽了口唾沫，喉结动了几下，亮大了嗓子，李腾在屋里干啥呀？这一声含义多了，是和李腾打招呼，也是对玉露探着虚实。玉露咧了一下嘴，露出一丝狡黠，眼波斜着就在身边的户小阳，且也是声音不小的回答，李腾啊，进城了还没有回来，一个朋友打电话，下午才过去的。

这种回答让他吃了一个定心丸，户小阳长舒一口气，低下声问一句，感冒好了？

也不能算全好，比前两天舒服多了，我不好他李腾能出去吗？

两个人一阶一阶地跨着台阶，一进屋门，两个人就抱住了，户小阳牵引着玉露往床的方向走，一边走一边把玉露的扣子解开了，看见了玉露袒露的乳房兔子一样蹦跳着。他伏了上去，孩子一样把头靠在了玉露的乳沟，所有曾经的愧疚、发誓都崩溃了，他把整个身子都抽了上去，任一只船在海上沉没着。玉露却推开了户小阳，托住了户小阳已经涨红的脸，说，起来，我有话对你说。

玉露说的第一句话是，不行，户小阳，这是很危险的，李腾马上就要回来了。玉露的第二句话是，户小阳，我们以后不再这样了好不好，这几天我想了很多……玉露说的第三句话是，户小阳，今天真的不行，我是骑了大红马的。玉露在说这些话时外边的黄昏真的来了，世上的一切都罩进了浓重的夜色。玉露托着他的脸，说，听懂了吗？

户小阳没有点头也没有摇头。

你不懂啊？你不懂也得懂，户小阳！我们都是有家庭的人，你的孩子几岁了，都快上小学了；而我，我和李腾也得抓紧要个孩子，我和李腾去看过，都还吃了药，都没有什么病，只是怀孕的难度大一点，但我们终会怀上的。李腾对我不错，你都看到了，还有，我和叶子也算是好朋友，一条街上的女人，低头不见抬头见的……

玉露停下不说了，玉露想听户小阳说，户小阳被玉露的一番话打击得停了下来，在慢慢地听，慢慢地咀嚼。他的一只手还抓着玉露,玉露的胸口已经盖上了,头发还在他的视线里凌乱着,像一片墨柳。户小阳什么也不想说,只轻轻地对玉露说了一句,你说吧,我听着呢。

他恍惚着,这些话不是自己本来要说的吗?怎么成了一个女人嘴里的话?玉露说,我再说一句,快起来吧,他该回来了。

四

玉露没有想到,户小阳会把那一件皮衣给她买了。

冬天过得很快,转眼就入了腊月,过了腊八节。南胡同里的几个女人要去县城里赶集,逛一下商场,提前把该买的衣服、该置的年货买了,省得都赶到年节,手忙脚乱的。几个女人约好了,站在大街上等公交车过来。村里的公交车三年前就通了,一个小时一趟,这一天去的有叶子,有皮小英,有范葵花,后来户小阳也去了。那一天户小阳在家待着没事,在院子里看夹竹桃,看叶子干了的石榴树,还做着拉开弹弓要射一只鸟的架势,像个无聊的孩子。叶子看见了,想笑又有些心疼,觉得应该把他领出去,顺便把过年的衣服给他买了,自己买衣服也让他参考一下。

叶子已经换好了衣服。天冷,前几天下过一场雪,寒气一天浓似一天,她把自己裹得很紧,朝天上看看,阳光穿透薄云,是一个有冬阳的日子。她把门打开,喊了一声户小阳,小阳,过来,穿厚一点,和我们一起进城去吧。

你们女人的事我不赔罪。户小阳还在院子里待着，他晃了一下榆树，树上的雪零落了一地。又听见老婆喊，小阳，和我们去吧，别磨蹭了，玉露和葵花她们在等了。

户小阳震了一下。其实昨天晚上叶子都已经絮叨了一次，他知道今天出去的女人中有玉露，但他没问老婆，没和老婆确认是不是玉露真的要去，他曾经考虑过要不要去，是不是还有另外的人，比如说李腾，李腾这几天是在家里的。前几天和李腾在十字路口的小酒店里喝过一次小酒，喝到兴致来时说到了将来再联合做些什么生意的事情，李腾说要收粮食往牧城的储运站里送。户小阳附和说，可以，村里的刘青邦和聂作林联合收粮食两三年了，生意看起来挺好，在三里五村收粮食，运到牧城的储运站或者鹤城储运站，更近的卖到县里的粮库，就把钱赚了。户小阳说，你李腾这么善于做生意，精打细算的人，收粮食肯定不次于他们。李腾又说到想弄一个加油站，村里的奔马车越来越多了，面包车也有十几辆了吧，开个加油站，村里的奔马车就不用跑到外边去加油了。户小阳也是一直在琢磨做点生意的，一拍头，觉得李腾这两个点子都对，都能挣钱。便又对李腾大加赞赏，说，哎呀，你这脑子天生就是挣钱的脑子，一个想法接一个想法，一嘟噜一串的，我一直想找门路怎么就没有往这上边想呢，看起来脑子和脑子是不一样的。不行，我也得弄个小生意挣钱呢。

李腾说，这两种生意如果让你挑选你想干哪一个？

户小阳想了想，说，哪一个我都干不了。

李腾倒有些奇怪了，你给我说，为什么？怎么两个生意都干不了呢？我觉得你都能干，都可以呀，不就是说干就干了吗？你看，如果收粮食，马上就要去买一杆秤，那种收粮食使的秤，准备好收粮食的麻袋，雇一辆小奔马，去家家户户里收，把粮食盘到家里，再雇一辆大车连夜送出去。如果要弄加油站，去找审批的地方批了，办个执照，也没有什么大不了啊，弄一个油罐，在村口盖两间小房子，准备加油的工具不就可以开张了吗？李腾举重若轻，把做生意说得像唱戏一样轻松。

户小阳真的没有想过那么多。只好说，我们喝酒吧。李腾和户小阳各自喝了一杯。李腾盯着户小阳，难道说不是这样吗？做生意有那么复杂吗？李腾说着话。小酒店里的人都看着他。他旁若无人，继续喝酒，继续说话。

也没有那么简单。户小阳说。

那你说说怎么个没那么简单？李腾还是胸有成竹的样子。户小阳说，我没考虑那么多，你不要听我说，反正没有你说的那么简单，干加油站更复杂。

李腾倒纠结了，盯着户小阳，让户小阳说下去，说出个所以然来。户小阳想了想，自己给自己找麻烦，找难题了，说，我是这样想的，先说弄加油站，里边牵涉到很多事，要和石油公司联系，要把有关手续都办了，油这种东西是不安全的，肯定会有很多地方把关，消防什么的，这先不说，太绑人了，你弄了个固定的摊子得有人天天守着,我觉得你李腾不是能天天守摊的人,你是个喜欢跑路的人,你要玉露天天守摊吗?那她如果有兴趣当然可以。不过,出去进油拉油的事,还得你管吧?玉露有这个能力,问题是一个人想不想干。

再往下,户小阳又说到了收粮食的事。户小阳说,收粮食是可以的,但你没必要把什么都买齐了,没必要买一辆大车,那一下子投资太大了。你可以先挣钱,挣到了钱,收粮食这生意的路子也蹚熟了,再大车小车地配齐。

李腾瞪着眼看着他,感叹了一声,啪地捶了一下桌子,桌子上的碗筷、酒杯都跳起来,大着嗓门说,户小阳,你他妈才是个生意精呢。

那一夜趁着酒兴回家,户小阳一直在想自己是不是买一辆大车搞运输,给李腾家拉粮食,挣他们的运费。买什么车呢?户小阳躺在床上费着脑筋,买一辆二手小卡车或者一种农用汽车,拉粮食是可以的,也是可以进城的。后来他想累了,加上酒精的作用,他在床上呼呼地睡着了。

李腾去吗?户小阳又问了一句叶子。

叶子回了一句,你怎么一直问李腾,李腾去不去我不知道,去不去碍你的什么事?他去不去和你去有什么狗屁关系?叶子有些急了,你说你到底去不去?不去可不管你了,你自己的衣裳你自己买。叶子一边絮叨教训着户小阳,一边把自己收拾打扮好了,手里掂了一个包,噔噔噔地下台阶,一边下台阶一边催户小阳,你去不去,快说。下了台阶幽怨地看看他,一副等得不耐烦的样子。

户小阳知道自己不能再矜持了,跟着叶子走。叶子不耐烦了,让他去屋里再加件衣服,顺便把门锁上。户小阳嗵嗵嗵地返身往台阶上跑,台阶很高,有十几个台阶,台阶下边还有一层地下室,放着乱七八糟的东西。房顶上的雪水开始稀里哗啦地往下流,台阶上是一溜子一溜子的雪水。

就是这天户小阳留心那件皮衣的。

李腾没去,几个女人中唯一的男人就是户小阳。户小阳有点无聊,跟着几个女人跑来跑去,在女人试衣服时轮流为女人拎着东西,有点累,有点烦躁。县城的几个街道,无非是马市街、鼓楼街、步行街,几个大商场几乎都转遍了。那个皮衣店是在西门桥头,好像是范葵花说,哎,我们进去看看呗。就进去看了,有几个女人在试着样衣,叶子和范葵花也试了,问了价格,听了有些贵,就不再积极了。几个人怂恿着玉露,说玉露,你的身架好,你试试吧。玉露朝架子上看,在朝架子上看时朝户小阳看了一眼,户小阳的心里咯噔一声,脸上一热,但随即说了一句,试吧,你穿上去不会错。玉露挑选了一件紫红的试,那一副身架,大小宽窄都合适,把一个高挑的身架衬托得更妖娆、更有风韵。几个人都羡慕地看着,有点发呆,甚至有些嫉妒。范葵花说,这玉露,穿上皮衣看着更浪了。玉露伸出腿,佯装着去踢范葵花,又换了一种颜色试,比刚才的那件稍暗了一点,拿在手里先比画了,再穿,又在门外走了几步,感觉比那件更合适。穿过了,玉露有些不好意思地一笑,放回去了,对老板有些歉疚地说了一句,对不起,我们改天再过来吧,今天没做买皮衣的准备。老板是个女人,高高大大,又很喜气,一笑,眼睛格外亮,说,没什么不好意思,哪一天你们再过来啊,能给你们优惠尽量优惠哦。她们就出来了,往西河桥上去,西河桥下是这个城市的一条河,静静地流着,远处的芦苇干枯了,在冷风里悠动。进入了腊月,进城赶集的人很多,这个小城忙忙碌碌的。几个女人不说话,在桥上站着,看着悠远的河水,桥面上不断挤过熙熙攘攘的人群。远处的河水里有一只小船,在水面上漂。

走出小店,户小阳又意味深长地朝皮衣店看了一眼,那件玉露试过的皮衣很醒目地挂在皮衣店的门口,仿佛在勾引着他们回去。

这件皮衣是几天以后由户小阳买回来的。但皮衣怎么往家里带,户小阳颇费了一番踌躇。买回来不是问题,往回带是问题,往回带可能也不是问题,带回家怎么处理,怎么干净地脱手是个问题。皮衣是万万不能带到家里的,户小阳在等待着下一个机会。

玉露这一天要去县城,是户小阳无意中听说的。户小阳当时在李腾的家里,这个鬼精的生意人李腾有一点神出鬼没,整天奔跑在老塘南街和生意的途中,像坐直升机一样会突然出现在老塘南街。玉露要进城,好像是李腾让玉露去一家什么公司结一个账，李腾说他太累了，想好好地在家歇歇。

户小阳那天起得很早，年关越来越近，起早赶集出去的人越来越多，冬日的早晨里迷蒙着一层浅雾，不断辗过的车辆在路面上轧出咯咯吱吱的响声。户小阳在等第一班车，他穿了一件鸭绒衣，不断地在路边走动，手在耳朵上捂着。一辆奔马车停下来，车上的人围着被子，是杨木头和他老婆问他乘不乘车，他摇摇头，太冷了，大冬天坐这种敞篷车。他最终坐上的是从老塘北街开过来的一辆公交，在坐上车时朝路上看了看，没有看见李腾家门口有人上车。玉露不会起这么早的，他短暂地想象了一下那个躺在床上的身体，他在车上浏览了一遍，车上没坐几个人，都哈着腰，在早晨的寒气里都不想说话。

下了车，他径直去了皮衣店。城河上结了一层薄冰，大街上还有些冷清。皮衣店刚刚开门，那种型号那种颜色的皮衣还在，户小阳一眼就盯上了。他绕着皮衣转了转，想了想，对老板说，我先把这件皮衣的钱交了，如果今天有一个叫玉露的女人过来看皮衣，就看这件，你直接让她穿上或带走吧。

老板又看看他，说，哎，好像我们见过。

不，户小阳摇摇头，我们只是在这里看过皮衣。他说，如果有时间我再过来。这个念头是户小阳在走往皮衣店的路上时突然萌生的，从那天玉露看皮衣的目光，他竟然断定玉露今天会再来皮衣店。

第二天上午，户小阳接到了一个电话，一听声音他马上明白，皮衣是拿回来了。玉露问，你在干啥？户小阳说，很没意思，很无聊，啥也没干。你老婆出去了？他一愣，你怎么知道？对方说，我看见了。哦，是……哦……他支吾着。

你等着……他想说你不要，我要出去，电话已经挂了。

五

这年夏天，李腾真的开始收粮食了。

而和李腾遥相呼应的是，户小阳买了一辆二手的小卡车。也不算遥相呼应，户小阳一直都在考虑着该找一种固定的营生干，不能东一榔头西一棒槌了，年龄不饶人，三十多岁不是可以到处乱跑、不负责任的小孩了。而且叶子提出来，想要再生个二胎，眼下计划生育的风头紧，不便往风口上撞，但一道街里的人生二胎三胎的照样有，老实说，乡下人生一个孩子是不会罢休的。真生出来了，往下呢，大不了就是缴些罚款，要了孩子，缴一些罚款是不亏的。而户小阳考虑来考虑去就是要多挣钱，当然户小阳买车也不是单冲着李腾的生意，李腾这家伙也是个鬼难拿，生意人嘛，格外精明。户小阳的精明里有一种憨纯，比如和玉露的关系，总感觉有一种愧疚，往往在一起了，觉得往错里又走了一步。有一次他问玉露，你怎么就忽然想和我好呢？玉露说，谁想和你好，是想不和你好，想和你断，这样对我们都不好的。

户小阳说，我知道，我们断吧，我听你的，我同意，可你回答我，你为什么想到和我好呢？玉露抬起头，想起了一个黄昏，她站在胡同口，胡同口的孤独，胡同里独独地走过来的一个身影，脚步声合着身体的节奏，捏在他手指间的半根烟，黄昏里的一点星火……玉露的眼前像一部电影里的场面，她静静地看着渐渐消失的身影，蓦然间有了身体上的冲动……

她说，那天黄昏的胡同里，我突然看见了你。

这有什么稀罕的，胡同不就是走人吗？来来往往的走多少人。户小阳不说话，看着天。

玉露说，有些事儿真是说不清楚——那个黄昏，我突然就对你有了感觉，特别奇怪，好像我特别地孤独，我像一个孩子，特别地想找一个人，靠近一个人。就是这时候，我看见你的，你走得越来越远，我特别难受，特别失落。我觉得冷，像中风，我使劲地揪自己，在身上抓挠，控制着自己……我对你说过，我突然想抱住你，想抱住一个人！不，是让你抱住。回了家，我把自己在被窝里揉成一个团儿，像一个蟑螂，一个虬成蛋儿的蚯蚓……可是，可是，我一直忍，忍了半年，半年还要多，直到那一次再也忍不住……

户小阳不看玉露的脸，他想听听玉露往下怎么说。

后来我就一直迷迷瞪瞪的，有一次我在大街上走，瞅见你，腿抽筋一样……玉露说着，拍拍自己的一条腿。仿佛那条腿又抽起筋来。户小阳还在看着天。他能知道玉露现在的一张脸。

这都是真的！玉露说，人有时候就是身不由己，没有啥子答案，一种虫子从身体里往外拱，拱得难受，特别地按捺不住。真的，户小阳，我说不清楚，说不清楚……

户小阳扭过来一张脸，看见玉露的脸有些抽搐，赶紧把脸背过去。户小阳想，那一件皮衣本来是想作为最后的纪念的。怎么办，怎么办呢？户小阳还是说了，你不是说我们断吗？

是该断的。户小阳点点头，夕阳把一个村庄裹住了。他走在胡同里，脚步格外重，一步一个脚印，走一步"咚"的一声，走一步"咚"的一声。他想着一个"断"字，胡同从中间断开，他走在断开的一条船上，停在另一个岸边，从此互不相干。

李腾开始收粮食了。

其实，粮食开收时，玉露比他还忙。玉露每天带着几个妇女开着一辆三轮车去麦场里，去大路上收麦子。那些收割下来的麦子都在马路上晒着，在麦场里晒着，在马路上、卖场里没占着地方的就把麦子晒到了房顶上。有时候李腾和玉露也上人家的房顶，去验麦子的干湿度，他们手里有一个干湿器，抓一把麦子在钳子里使劲儿咬，干湿器上会出现一行文字。要看干湿的程度，麦子湿了会发霉，进不了仓，收了也卖不出去，卖不出去就要赔钱。李腾是要把麦子运到牧城的，在那里排队送到一个大仓储库里。最开始李腾有些陌生，很老实地排队、等待，有时眼看着挨上了，人家要下班，意味着要继续等下去。那等的日子是难熬的，要花费不说，家里收的麦子要先盘在家里，有一车赶不上趟，下一车就再落后一天。后来李腾看出了诀窍，他的目光盯上了一个人，那个矮个子的老板，是这里的二道贩子，他情愿让这个人再剥他一点利，也要多赶时间多拉一趟过来。而玉露在等待李腾押车回来的间隙里，她一趟趟往大路上去，她的那双皮鞋呱嗒呱嗒地走在老塘南街的道路上，她学会了验干湿，手里掂着计算器给卖粮户算账，一副老板的派头。而李腾在市场那儿越来越熟了，又摸到了另外两个收粮点，渐渐在牧城的粮食交易市场游刃有余。他和玉露都有了手机，不算好，是那几年流行的诺基亚、飞利浦。有一天，李腾从牧城打过来电话，玉露赶忙从包里掏出来，李腾问，怎么样，收好了吗?

玉露说，正在缝包。她看一眼天天和她在一起的范葵花，甚至叶子，正在缝着一袋袋装着小麦的袋口。

李腾说，这样吧，我这里也正卸车，卸过了让车回去，你那边如果能再找一辆车，赶紧装车送过来，我就在储运站等。

找谁呢? 玉露看到了叶子，想起来户小阳刚买了一辆二手车，她想回避不用户小阳的车，从户小阳买了车后她就竭力地在心里拒绝，不想让他掺和，也不让他在自己的身边。自从李腾开始在家收粮食，她就知道自己一定要收敛，不仅仅是收敛，而且要彻底地断了。那一口野食吃过也就吃过了，要悬崖勒马。

可村里头还有车吗? 她抬头看看天，有阴下来的意思，如果下雨，就麻烦了，这粮食要运到家，要垛起来，一等时间就长了。装车垛粮食是要付钱的，村里有几个棒劳力专门装车，可他们是按包收费的。她想了想，还是问了叶子。叶子伸了伸腰，看着竖在路上的一溜粮包，手里握着缝袋子的钩针和白丝线。叶子，你家的车回来了吗？

叶子像是忘了似的想了想，说，回来了，小阳在家睡觉呢。能起来吗，不太困吧？玉露又问叶子。差不多了吧，睡几个小时了。玉露说，那你把他叫醒吧，反正是给你们运费的。

叶子朝路边瞅，似乎在瞅一辆自行车，她们是坐三轮车过来的。又突然想起来玉露是有手机的，叶子说，你打我们家的电话吧。玉露向她走过来，递给叶子手机。电话通了，叶子捏着手机，把意思说了，说你开车来吧，在南边大路上，玉露让我给你说的。户小阳在电话里说，李腾呢，李腾那小子呢，他为什么不给我打电话，他摆谱啊，摆谱我们可不挣他的钱。玉露抢过了手机，说，户小阳，你啰唆什么，我们可不白用你家的车。

六

车追尾出在这年的秋天。

玉米收割完了，一茬小麦又种进去。放眼望去，老塘南街一带的乡村公路边晒满了金黄的玉米，收粮食的老板们开始盯着路边，走家串户了。和小麦比起来，玉米更加抢手，玉米的用途更大，商家转手也快。李腾俨然已经成了收粮食的老手，他在院子里搭起了石棉瓦顶棚，提前储存了更多的麻袋，专门买了一辆奔马车用来往家运收来的玉米。然后几乎每天往牧城运,闹得原来的收粮户都有些眼红。玉露呢,好像也更热衷于这样的生意,她呱嗒呱嗒的皮鞋声在乡间的公路上穿梭,她热情爽朗的笑声、话语声,对生意上的招徕已驾轻就熟。她的落落大方为她赢来了更多的生意,好像呢,和李腾相比,人们更喜欢玉露,玉露高挑的身段可能占了一定的因素。没什么不正常,爱美之心,人皆有之嘛。

似乎,玉露真正地把和户小阳的私情抛开了,玉露现在想的是生意,生意的红火让她满足,让她感觉到活得勃勃生机,好像原来李腾把自己抛在家里,留下的那份孤独没有了。她对这样的生活、这样的日子是满意的。而这段时间和户小阳呢也几乎是天天见面的,户小阳的车几乎被他们包租了,不够一车的时候户小阳就把车停到李腾家门口,等待着外出收粮的小奔马再送过来或者到卖粮户家去装。户小阳也不会闲着,和外出收购的小奔马一样忙碌,帮着把一袋袋玉米卸下来,或者直接装到了车上。而这一段,这几个月他们都在回避、规避着,在心里都设了一堵墙,尽量地挡着,怕这道墙塌了。无论是男人还是女人,当他们还不至于疯狂时,是一直保持着这种屏障的。

生活本来是正常的,却出了枝节:户小阳的车被追尾了。

车祸出在这天的凌晨,户小阳的车停下来,停在路边,他感觉水箱好像出了问题,停下来检查。那一刻户小阳正打开引擎盖,发动机的箱体露了出来,他找出了一个扳手,寻找着一个要拧开的螺丝。“砰”,一辆车撞在了他的车尾部,呼呼啦啦满车金黄的玉米撒了一地,户小阳和手中的扳手同时抛到了路边的草地上,车体向前推出了几十米。幸亏户小阳的身体被抛远了,不然小命难保。

李腾、玉露、叶子赶到时,他已经被送进了医院的急救室。后边的司机因为凌晨开车太困乏了,这一声巨响使他彻底醒了,他打了事故急救车,打了120。后来车主和司机坦白是打了瞌睡,说自己也被追尾过,他不可能不管户小阳的。

几天后,户小阳转到了普通的病房。

玉露已经多次来看户小阳了。户小阳不止一次对玉露讲起满地的玉米,对李腾和玉露说着他的惭愧,说,我不知道车停下来会出这样的事情,水箱怎么就突然出了问题,我平常是经常检查水箱的,耽误你们的生意了,还要花钱。李腾说,你不要说了,这已经万幸,你竟然还能这样好好地活着,看那现场都能想到会是一场很大的事故,你真是命大,命大撞得天鼓响,你小子会有后福。可是,户小阳满脑子的玉米一直挥之不去。那一瞬间他怎么就被甩进了路边的草地?那个司机,追尾的司机竟然没事,可能沾了他们那个卡车前脸的光了。

这一次,玉露是自己来的,叶子也没在病房,屋外的阳光穿过了玻璃和半拉上的窗帘,推开门,玉露看见了头上缠着绷带的户小阳,户小阳的眼睑也是肿着的,幸亏嘴和嘴唇的部位没事,没有影响和户小阳的交流。玉露手里掂了几个软乎的水果,为户小阳带来了一个小收音机，玉露想得很细，收音机可以打发无聊的光阴。和小收音机装在一个袋子里的还有几本书。病房里竟然有短暂的宁静，仿佛只剩下了户小阳一个人。

你一个人适应吗？玉露坐了下来。玉露在坐下来之前，又看了看病房的门和窗户，半拉的窗帘被玉露又拉上了一截。玉露朝被窝下摸过去，摸出了一双藏在被窝下的手，把那双手拽在了被窝外，她用自己的手握着，说，让你受苦了。户小阳笑了笑，肿胀的眼部蠕动了几下，他的手用了用力，反过来抓住了玉露。他说，没什么，还活着，你看腿和手都没有损伤，真是不幸中的万幸，照样能开车。

车已经在大修厂。玉露告诉他。

户小阳点点头，他握住玉露的手动了动。

玉露的脸突然凝重起来，她拽住户小阳，像亏欠户小阳似的，又看了看那扇门，白色病房的门紧紧地关着，白色的窗帘在轻柔地飘动。玉露是在一瞬间，突然间的冲动中把头伏下来，一头长发覆盖在被子上，她隔着被窝搂住了被窝里的身体，甚至一双手朝被窝里的身体摸过去，她想掀开这一条白被子，再好好地搂一搂这个男人。她闻到了气息，病房的气息，病床上被子的气息，户小阳的气息；那种气息淡淡的，有一股来苏水的味道，有一股她闻到过的一个男人的气味，她甚至停下来嗅了嗅，使劲地抽了抽鼻子，把一种气息、一种味道呼吸到更深处，呼吸到自己的肺里、骨髓里。她抬起头，重新看见了他肿胀的脸，她知道他肩上的肌肉也在肿着，包括他小腿上的一个地方也受了伤，缠着绷带。她就只好有些委屈，有些不够尽兴地搂着那个被被窝烘得暖暖的身子，很认真很庄重地说，户小阳，是不是我害了你，是不是因为我们的行为？你说你为什么出事，是不是老天给我们一个警告？

户小阳说，什么都不是，你不要多想。

玉露脑子里又幻化出黄昏的胡同，那个蓦然让她心动的身影，那个走在胡同里，手里捏着半支烟的身影，那个每次走到老槐树下站着又点上一支烟的男人。

玉露说，小阳，怨我，我勾引了你，小阳，这一定是老天对我们的警告。我们，我们以后不敢再干那种事情了，每一次看见叶子我都感到惭愧，我不敢正眼去看叶子，觉得对不起叶子，还有李腾，这个天天睡在我身边的小个子男人，当他絮叨时，我烦，他外出时，我在家无聊，可当他在我身边时，我就会觉得对不住他，我们，我们毕竟不是夫妻……

户小阳看着伏在自己身上的脸，一双真切的眼睛，在一直说话的厚厚的嘴唇。他什么也没有说，男人有时候是麻木的，在医院的孤独让他想自己身边有一个人，他想倾吐。他抚摸玉露的脸，这张脸此刻离自己是这样的近，丰满而动人，那张嘴唇就在离自己特别近特别近的地方，他闻到了嘴唇上散发的热气，那股热气吹到他的脸上让他有一种陶醉，有一种晕，有一种想贴上去的冲动。还有她的一头乌发，像雨天盖在自己头上的一把伞，像一片长得又稠又密的草地。他不想说话，对一个女人动过情的男人在特定的时刻是不想说话的，他没有语言，不管你是都市的男人还是乡村的男人，都一样，没有区别！如果此刻他们说话，嗓音也是低沉的、嘶哑的，这时候的滔滔不绝，是苍白的，有一点傻。男人在某些时候只是一个听众，只能等待，如果用语言，最好的语言就是行动。

他摸住那一头瀑布，从头顶上开始抚摸，摸到了发梢，他强迫着胸腔里的欲火，往下顺势摸，摸住了一个女人的背，那背上有一层暖、有一层冒着小珠子的汗，黏黏地粘手，润滑着手指。他又摸住了一个女人的臀部，一个女人更开阔的地方，更有风韵的部位，光滑，蒸腾着一层淡淡的汗珠，汗珠子冒着小泡儿，一个珠子连着一个珠子，像一群蚂蚁爬过一座小山，爬过一个草地、一个高地，那汗珠沿着高地蠕动着，缓缓地越过一个悬崖，接下去是一个女人丰腴的光滑的柔软的腿部……然后户小阳更不想说话了，他把手腾了出来，全部集中到了玉露的脸部，抚摸着一张动人的脸，摸她的额头，她的鼻尖，她的颧骨，她的耳垂，她的脖颈，她的嘴唇……他终于看见玉露哭了，看见玉露说不出话了。而他这时候只说了一句，玉露，在决断前我们再来一次。只说了一句，火热的嘴唇，燃烧的嘴唇，火山一样把他阻止了，强制地让他说不下去，直接表达了，堵塞了他说话的渠道，身体在进一步拥住他，沸腾的嘴唇和他狠命地接吻。

七

草发芽了，玉露想去田野里走一走。春天的风儿吹着，一望无际的麦苗儿在大地上铺展，柳枝青青，再过几天又是满地的柳毛子了。

她沿着麦地先是漫无目的地走，春天的生意暂时停下来，粮食收购进入淡季。隔几天玉露还会出去一次，在周围的几个村庄里收那些存粮，再把收来的粮食送到牧城，或者送到县里的粮库。收粮一年多，李腾用他的两条细腿跑出了很多门道、很多关系，收购的品种越来越多、越来越杂了。那天在牧城，同样是来送玉米的一个粮贩子和他搭讪，问他能不能帮着收几车大豆。李腾想了想，当时就答应了。中午呢，这个人把几个同行邀到了一家饭店，把同样的意思又说了一遍，把可以接收的价格都交代清了，说过了正事，酒是要喝到尽兴的。那天李腾喝得有点多，喝过了又找了个旅馆睡了一觉，酒劲儿才彻底过了。大豆的生意一连做了一个多月，当然，收玉米是占主要的，现在乡村种大豆的不多，收大豆也不过是一个捎带。

玉露走上了一条麦田间的小路，走了一段，站在了一条水渠边。已有野花从草丛里挤出来，被春天的风吹拂着。她俯下身，摸了摸脚下的草，草尖上还有些微的水汽，手凉凉的，沾上了水珠。她甩甩手，将水汽拍在手面上，抹在额头上，立即有一种清凉的感觉。她沿着水渠走，再往前就是那一条小河了。她看见了在水渠和河堤的相接处有几棵桐树，桐树的枝叶还没完全长出来，桐树总是返青得要晚一些。然而，就在她一回头时看见了一溜儿杨树，她心头一震，想起了那一个麦秸垛，她寻找着，麦秸垛已经不存在了，也就是三两年，大小收割机几乎普及了，碾麦打场的时代像是很早以前的事了。而杨树还在，杨树上长满了绿色的叶子，她盯着杨树望了很久，后来她走到了河边，河水浅浅地流动，河边柳树的影子映在水里。

好像无边的麦地，漫长的河流要带给她一个好消息。就在这一天，她突然感觉到了一种蠕动：胃里的蠕动，肚子的蠕动，整个胃部陡然地往外拱动着，一波过去，又接着一波。她捂住了肚子，扶住身边的一棵柳树。她才恍然地想到，已经一个多月身上没有来了。真有了吗？她捂着肚子，仿佛要捂出个结果，几只鸟儿慢慢悠悠地飞过河床，一只喜鹊嘎嘎地叫了几声。她捂着肚子，为自己的肚子纠结上了，那个一直盼望的结果就这样不期然而来了吗，真怀上了吗？她看着河，河水的流动，看着河床上的天空，河床上飞过来一群叽叽喳喳的麻雀，喜鹊又在头顶上叫。后来她对自己说，先验证，验证后再说。

消息是几天后才告诉李腾的。这几天她做了很多的事，不，是她想了很多，等了几年的好消息终于来了，按说是多么高兴的事情，她却一下子没反应过来，有些发蒙，好像被胜利打晕了，她不知道该怎样来处理等待了几年的结果。当然，她先去证实了，没去镇里，镇里的熟人太多，村里人可能每天都会有人到卫生院来。她要去县里证实，却也没有去自己的县城，而是朝另一个方向，去了另一个县城的县医院的妇科。在进妇科前先看了看身边，确定了没有熟人才坐下来。

结果很快就证实了。她往家回，她是骑自行车去的，她在自行车上看见麦埂上的油菜花枝已经打苞，太阳再照耀一些时日，黄灿灿的油菜花就要开放了，满地的油菜花会散发出浓郁的香气。她忽然想去掐几片油菜花叶吃，那种油菜花叶是可以做菜吃的。当她真放下车走进油菜花地时，看见叶儿还小，不舍得掐了。再过几天吧，她对自己说，村外多的是油菜，多的是油菜叶儿。她把自行车放在路边，坐在一个村庄外的渠埂上，麦地里旋起一阵小风，麦叶儿窸窸窣窣地动着，摇着小身子，堤下的一道沟里，一片芦苇蹿出了嫩嫩的小苇尖儿，沟水摇着苇子微微拂动着。她在想着怎样来处理这一个消息，怎样对李腾说，想象着李腾脸上的喜气、李腾的兴奋，如果生了个儿子，李腾就后继有人了，这个问题呢算是彻底得到了解决。而户小阳呢，她不知道为什么想到了户小阳，这几天她实际上一直算着她可能怀孕的时间，不知道这个种子究竟该归功于哪一个男人：和李腾，自己身边的男人那是自然的，不可避免的，李腾这一年来基本上都是守在家里的，自从开始收粮食他就很少出去了，看起来男人不是喜欢出去跑，而是要有自己的营生干。不管他是温柔的，粗暴的，主动的还是被动的，一次次，他们名正言顺，顺其自然。至于到底要归功于哪一个夜晚，这就要好好算算，比较难说了。这几年他们从来没有再刻意过，如果有期望，那也是一直在不期而遇的企求之中，而不是在等待的等待中。也许，是不自然地就有了的。而和户小阳是在他恢复之后，户小阳住了一段时间出院了，他们在出院后的那一天搞得有些缠绵，有些悲壮，仿佛过了那天这个世界就会崩溃。那个时间呢，她好像能回忆起来，是有些印象的。但是，她在再三的斟酌后，还是果断地决定：要尽快对李腾说。而户小阳呢，就不说了，这个事情是要分清主次，讲原则的，不然就是糊涂了。

这一天，她在等待着李腾回来。她站在门口，望着通向路口的方向，等待着村里的班车过来。她做好了准备，她要把这令人激动的消息告诉李腾——自己的丈夫。她陷入在一种等待中，又一个黄昏即将来临，村外不断传来汽车的喇叭声，可是都不是班车。她看看天色，站在大门口，在黄昏最后到来之前肯定会再有一趟班车的，她和李腾联系了，李腾说他可能坐的是最后一趟车。

也许那种寡淡、无聊的日子真要熬到头了，而自己的心猿意马也该彻底地收敛了。她回到了院子里，坐在台阶上。这个傍晚，当她看见大门打开，看见了推门进来的李腾时，她竟然一阵头晕，在台阶上喊了一声，李腾……

八

户小阳站在路边,确切地说站在胡同口,看见了飘挂在李腾家大门口上的红布条:这是风俗,谁家生了孩子是要第一时间在门口挂一条红布的;那布条怎么说呢,是告诉你,人家添人增口了,是大喜,是在坐月子的日子,你进人家的家门,要小心翼翼,要谨慎,月子里的妇女和婴儿是怕大声喧嚷的;还有,你如果要借东西得绕过生孩子的人家,有一个字是这么写的,叫“讳”,是避讳和忌讳的意思,是要吉祥的意思。所以街坊邻居都很挂心、很在意的,这种生孩子、坐月子的大事是要帮衬、成全、祝福的。

李腾把大门上的红布系得很大气,有些得意扬扬,终于喜得贵子的得意。这一点,户小阳一下子就看出来了,品味出来了,意味出来了。而他心里却有一种说不出来的味道,五味杂陈。他看着竟然有了一种忐忑、不安、猜测和嫉妒。这个孩子和我有关吗?他忽然冒出了这样一个念头、这样的一个疑问。

其实,他已经问过自己多遍了。

这种事怎么说呢,他不知道自己为什么要一次次地猜测,猜测和狐疑甚至让他有一种不安,好像要有什么事情在未来的日子里会发生,让他有一种失落。如果真是自己种上的呢?站在寒风中的户小阳打了一个寒噤,身子抖了几下,他赶忙把大衣裹了裹。哦,又是一个冬天了,如果不是玉露躺在月子的床上,她应该是穿着那件合体的皮衣来往于大街上的，那皮衣玉露穿在身上是得体的、合身的、般配的，也是有寓意的，是留一个纪念，暗意一种决断。

发现玉露肚子凸起的那天，他心里忽然涌上一种纠结。那天晚上，他在家坐立不安，两眼盯着电视，却心不在焉，眼前一直是一个女人凸起的肚子。叶子睡了，他悄悄地带上门，走过那条胡同，回想这一天好像是没有见过李腾的，他站在胡同口，犹豫了一下，把那扇大门敲开了。玉露说，你干什么，我们不是说好了吗？不是已经说过那是最后一次吗？

这话让户小阳想起那诀别似的最后一次：那一次是在离医院旁边不远的一家私人旅馆，还是一个地下室，特别地隐秘。一进房间玉露就一件一件地脱衣服，脱得大方利落，一个丰满光滑的女人的玉体像一件瓷器呈现在一个男人的面前；一个女人的骨骼、乳房、乳沟、小腹、肚脐、肚脐下的峡谷，坦荡地裸露。她把头发也盘起来了，说，来吧，户小阳，今天我们可是最后一次了，我们不能再过这种偷偷摸摸的生活，我们都有各自的男人和女人，今天我们痛痛快快地干，如果有能耐你干多长时间都行，你想多疯就多疯，我都配合，我都和你一起发狂。

这是一次壮别。户小阳感到了一种悲壮，他犹豫了，断就断，为什么要有一次壮别呢？你不是提出来了吗？不是要有最后的一次吗？户小阳，我现在就等着给你。玉露瞥了一眼床铺，把床铺铺开了，铺得平平展展。之前对小旅馆的担忧也一扫而空，好像是旅馆老板的话让他们心安，老板说，放心吧，不会有人来查的，我们这里没小姐，他们就不会来查。老板对这种事好像见多了。他收起户小阳递过来的钱，说，你们从这儿下去。老板指了指地下室，通向地下室的是一阶一阶的楼梯，原来地下室里有十几个房间。你们去吧，这间房子最好。老板指了指钥匙牌子上的号码。他们就一阶一阶地来了，下来了，找到了靠在一个角落的房间。床呢，也就一张床，房间呢好像也比别的房间小一些，在走向小房间、寻找小房间的过程中，他们听着对方的脚步声，先是有几缕阳光穿过了缝隙，走着走着几缕阳光也见不到了。在这样的小房间里是需要灯光的，即使是大白天。可对于他们似乎又是不需要灯光的，他们怕光，或者他们就需要在没有光线的地方挥洒、痛快地做爱。户小阳一伸手还是把灯摁着了，小房间里一下子亮堂起来。玉露的情绪在走向小旅馆时就开始酝酿，她要痛痛快快地给户小阳一次，从此断了这种偷情，如果今天户小阳让自己在做爱中死掉她也是无憾的。

玉露先躺在了床上，两眼满含秋波地看着户小阳，答应了这个户小阳，却又留恋着户小阳。断，真要断了！容易吗？但今天是冲着决断来的。自己是先陷落的，自己要先走出来，不能把人连累了，连累得太深。玉露在闭着眼睛等，户小阳却一直矜持着，他一件一件地脱，脱得那样有节制、有节奏，每一个扣子都解得一步一板，每一件衣服脱好了都规规矩矩地搁好，好像是带着仪式、带着仪式感的。最后他才走到了玉露的身体旁，他却没有急于伏上去，没有急于冲锋陷阵，他几乎是哑着嗓子说，玉露，让我先，我先好好地看看你，好好地摸摸你。那个看和摸的过程是漫长的，让玉露的喘气都有些困难，勉强地压抑着，她知道户小阳的意思，如果真的是最后一次他要把自己的一点一滴都看到眼里。户小阳一点点地看着，用眼睛，用舌头，用干燥又湿热似火的嘴唇，甚至第一步是从她的刘海开始，把她的几绺刘海都噙在嘴里，然后把她的眉毛含住了，再往后，往后，一点一点地……玉露说，快来吧，别折磨我。在他的亲吻越过了小腹，玉露的忍耐终于到了极致，叫喊着，仰起身把户小阳架了过来……

那一场做爱有一点生离死别的意味。玉露甚至说，户小阳，下一辈子吧，下辈子我一定是你的，让你天天守着我，每天都和我做，一直做到八十岁。甚至说到，户小阳可惜你不是我的男人，户小阳你来吧，就当我们是夫妻，比夫妻还夫妻，你来吧。我们不能是夫妻吗？他们都曾生出过这样的念头，又即时避开了。

对，从那次地下室后他们就断了。那天晚上，玉露对他有点冷淡，说，快走吧！我要做妈妈了，我们要信守承诺。不要多想，一切和你无关。

现在扎眼的、鲜艳夺目的是挂在李腾家大门口的红布。他想谛听那婴儿的哭声，可是，太远了，听不到。

九

响过的几阵雷声渐渐地远了,屋子里反而一下子寂静了。外边的雨声还在一声紧似一声,偶尔有闪电的光亮擦亮窗帘,孩子就在这雨声中睡了。玉露眯着眼先倚在床头上,似在想着什么,这种雨天,是最容易让人伤感、让人浮想的。后来她听见雨渐渐地小了,雨滴不再那么大了。她睡不着,忽然想好好地看看自己的孩子,孩子转眼间两岁多了。

就是这一夜让她疯狂了。

孩子生下后她是放心的,孩子的长相,鼻子、小嘴基本上都是随自己的,她努力地想找出和李腾有关的蛛丝马迹,找得那样艰难、那样失望,好在找到了自己,这足以让她找到一种借口、一种慰藉。然而,在这个雨夜,她却惊异地有了新的发现,发现是从孩子的裆部开始的,在那一刻,她惊愕了:那个小家伙平静地垂在孩子两条小腿的中间,像一个麦穗,她伸出手轻轻地摸了一摸,就是这一摸让她的心突然一震,这个小东西怎么这么像户小阳的那个啊?女人,女人有时是奇怪的,她是曾经暗暗地看过两个男人的,那种东西长相也是有区别的,如同人的长相、身材、五官。她闭上眼回忆,还是感觉有点像,是,她记得一次在一个屋檐下几个女人聊天,范葵花就说到了她的儿子,说她的儿子太随他爹了,就连那东西也和他爹长得一模一样,女人们哗啦笑了。

玉露这时候想到了范葵花的话，这样想着，她又仔细地在孩子的长相上搜索着，她在另外的地方，诸如脚趾、耳根处又找到了相似的地方。她坐不住了，她贴着窗棂听了听外边的雨，雨还在下，但她却想出去，忍了那么长时间她忍不住了，有点疯狂地要把这消息去告诉户小阳。她出门了，踩着雨，情急中，甚至忘记了带上一把伞，以至于被雨狠狠地淋了一下才又回来。可伞却不让她找到，不知道藏到哪里了。她放弃了，提着鞋，拽着裤腿，冒着雨，向户小阳家走去。让这个小家伙先在家好好地睡一觉吧，她在离开家时把门掩上，插上了插手。

把户小阳吓了一跳，玉露身上的雨水把户小阳家的屋地淌湿了，淋淋啦啦，半间屋地即刻间湿遍了。

玉露，你这是怎么了？

怎么办啊？玉露说，我今天才忽然发现，他是你种下的，你的孩子，有些地方太像了，比如……

户小阳抓住了胸口。玉露找到的破绽，找到的传承竟然是从那个地方开始的，那个地方太隐秘了，怕是玉露，有这样经历的人才会去那个地方寻找，才会在那样一个地方找到破绽，找到根据的。

我就是来告诉你这些的，玉露说。户小阳愣着，是夏天，户小阳就在屋地里铺了个凉席，凉席上铺上了一条被子，被子旁还放了一本书，那是用来消磨睡眠前的时光的。他们就在凉席上苟合了，玉露甚至忘记了她身上的经血还没有干净，那带出来的经血把身下的被子染红了一片。她说，我得赶紧走，孩子要醒了。

然而，门打开了。他们没有想到，事情就在这样一个雨天暴露了，冒出来的竟然还有叶子，还有户小阳家的人，李腾的家人，整个房间都淌满了雨水。户小阳愣了、傻了。李腾当着那么多人，揪住了户小阳，用膝盖击着户小阳的裆部，户小阳蜷曲在地上，他的身子把被面上的那片红染得更艳、更大，来自人体的红色把整个被子都濡染了。叶子抓住了玉露，揪住了玉露的头发，咬牙切齿地骂着贱货，更多人拥向了户小阳，一次又一次把户小阳摁在地上。好像突然醒悟了，叶子撕裂地喊叫了几声，你们打这个破鞋，打这个骚货，是她勾搭了我的男人。

和叶子一起来的人把玉露摁倒了，扒掉了她的衣裳，屋子里乱作一团，在骂声、打闹声中，玉露听到了一个孩子的哭声，那哭声从雨中传来，穿过了一层层雨幕，格外刺耳。玉露疯狂地挣扎着起来，疯狂地叫了几声，那样尖利——孩子，我的孩子……竟一路挣扎着冲了出去，淹没进雨幕，雨似乎下得更大。雨幕里，孤独的身影被淹没了。

户小阳被审问了几天，包括玉露。当然这些来审问户小阳和玉露的人都是双方的家长代表。户小阳一直沉默着，他不想复述关于那个胡同，从那个胡同开始的缠绵或者结束，那些过程和细节是不能复述的，那是对一个女人的污辱。户小阳是一个农民，但他懂得这些，他可能超越了一种底线，这样的底线他不想撕破,他宁愿让自己的心底淌血,让血在自己的记忆里流淌。但李腾的话是伤人的,冷飕飕刺进一个人的内心,穿越骨髓。户小阳,你是不是觉得我的孩子和你有关?你不服气,可你敢认吗?就是站到你面前你敢让他叫爹?他和你无关,我告诉你,一辈子都和你无关!如果真和你有关,那我和玉露也谢谢你了!

户小阳紧紧地捂住胸口,两行泪水悄然地爬上脸颊,蛇一样越过了他的脖颈,在他的身体上一寸寸地蠕动,一寸寸地缠绕,一寸寸地吞噬。那泪在经过了他的整个身体后,最终落到了地上,落下来时它已经变了颜色,是红色了。

十

风刮着,雨斜斜的,在大地上织着一丝丝斜斜的雨幕。地上暴出了无数个浑浊的雨泡,像雨幕下蹿出无数个白色的蘑菇,蘑菇还在增加,还在叠加,游弋着,雨水好像是水泡的种子,种着,生长着。在通往胡同口的大槐树下,一个人站着,麻木而又孤独地看着那些连成一片的雨泡,没有雷,好像也没有闪电。他听见了雨幕穿过大树,先是一片片叶子发出了震动,树发出了震动,树枝肆无忌惮地摇晃,摇出了老根,几十条蛇样的老根在风声里吱吱呀呀地叫喊、呻吟着。好像要连根拔起,连同拔起的是整片土地、整片房屋。雨把整条胡同都流满了,胡同成了一条小河。他从大树下走了出来,趟过胡同,像是要往一条大河、一片大海的更深处走。雨在他的脚下匆匆地流淌，连续几年没下过这样的大雨了，没有想到他要离开老塘南街时会是这样一个天气，有这样的一场大雨，毫无顾忌，这样丰沛地来为他送行。

明天，是他离开村庄的日子。

他走过胡同，他要在这样一个夜晚好好地看看村庄。你能离开老塘南街吗？你如果不走，我就离开！你能吗？你对我承诺你不再回到这个地方，这个村庄，除非生老病死。他在胡同里走着。他说，我承诺，我可以走，可以离开！我是男人，我远走天涯，义无反顾！他在胡同里走着。一个声音说，谢谢你，我会记你一辈子的。不用，你应该忘记我，让我走，不就是要忘记我吗？我找到了一个地方，一个表弟在建一条大河的水坝，表弟是工程师，要找一个看坝人。他们给我的待遇不错，足以满足我的生活，我把他们也带过去，把叶子和孩子也带走！

他在胡同里走着，水哗哗地在脚下流，流到了膝盖，白花花的蘑菇越来越多，向他聚来。你能给我一个承诺吗？写下的承诺。什么都可以，你说吧，我都答应，都可以做到！雨越下越大，没有歇下的趋势。他趟过了胡同，听见村外的庄稼在雨水中的声音，村庄的道路像一条大河。好静啊，一个白天即将来临的雨夜，一个告别的雨夜，生离死别的雨夜。他走着，他想再看一次村庄，包括村庄的胡同，每一条街道。哦，树上的小鸟啊，此刻躲在了哪里？他趟过了胡同，水哗哗地打到了膝盖，在腿缝里流，树枝、树叶不断地从树上落下，蘑菇样的雨泡还在蔓延、衍生。

整个世界淌满了雨水,天漏了。世界就是一个雨帘,是一场雨……而就在他趟过水中的大街时,他被抱住了。一双手,一双潮湿的,应该是女人的手,仿佛要给一个男人最后的安慰,从后边,紧紧地,把他抱住了……

我们和一头驴的生活

我想念那头驴，它曾经是我们家的一口。

——题记

一

我清楚地记得，那头黑驴来到我家是一个黄昏。它被拽在父亲手里，畏怯地扫视着这陌生的环境，不停地打着响鼻。后来父亲把病床上的母亲背出来，驮到了驴背上，庄严地对母亲说，有了驴，我得出去“拉脚”了。

拉脚是出去挣钱的意思。

驴买到家的最初几天，父亲每次坐在母亲的身边都魂不守舍，耳朵始终听着驴厩的响动，每天夜里在母亲和驴厩之间穿梭,对母亲说,我得把驴喂好,它是来帮助咱家的,是咱家的贵人。父亲说,我看出来了,它已经有点诚心,不像前几天一直想它原来的家了,第一次出门它掉头往另一个方向跑,要不是有人截住,可能把我拉到它老窝里去了。父亲说,从那天起我开始和它谈心,不让它拉我,和它肩并肩走。我说我不容易啊,从小失去父亲,母亲30多岁守寡,拉扯我们,俺爹掏苦力挣钱死在了外地,尸骨都不知埋在哪儿。几年前俺娘死了,老婆又无缘无故生了大病。要是有钱她可以天天住到医院,用药水喂也要把她喂好,想起来就心如刀绞啊,你要不帮俺,俺老婆连药都买不起了。父亲说,和驴说着话,我真哭了,拽着驴笼头的手松开了,擦了眼泪后,干脆坐在路边和驴交心,我说两个孩子还小,还要上学,你不帮我,上学都困难了。父亲说,驴听懂了我的话,可怜地瞅着我,说上车吧,从今往后我会好好帮你。父亲说,孩他娘啊,你好好养病,有驴帮咱,今后还会有好日子过的。

母亲说,那你多给牲口撒把料吧。

父亲说,对,该给驴上大料、饮水了。

父亲上完大料回来,母亲说,那咱给驴起一个名字吧。

那天晚上,父亲和母亲苦思冥想后,我们家的驴终于有了一个名字。父亲想了半天,说我老想咱队里的那个"小二驴",咱就把这驴叫"三儿"吧,接着那个二往下排。母亲想了想,说它是头黑驴,要不干脆叫它"黑三"吧。父亲点点头,又去了牲口屋。

从此，我们家的黑驴叫了黑三。

父亲第一次出门是个大雾天。打开门，一窝一窝的雾在院子里翻滚，雾气中裹着寒冷，很快把父亲和驴车裹住了。终于穿过了厚雾走到县城，父亲在县城的大街上有些茫然。父亲是来县城收骨头的，可父亲不知道杀锅（屠宰场）在什么地方。父亲走到了马市街，不断出现的小胡同让他眼花缭乱。雾还没有散尽，大街上到处是摆早摊的或上早班的行人，父亲最后找到一名清洁工，按照清洁工的指引，找到了屠宰场。我们家族史上的第一笔生意即将从这个大雾的早晨开始。

推开厚重油腻的大门，父亲看到了整个屠宰场，闻见了浓重的粪尿味儿。偏院里拴着几头待宰的牲口，一股血水正汩汩地往一口大池子里流，椿树上粘着厚厚的油腻。他低下头，满鼻子的气味使他想呕。他牵着驴，驴喷着鼻子，大概也在排斥这种强烈的腥味。父亲在一个水泥台上看到一副刚剥了皮的骨头架，一头刚宰过的牛正被屠夫肢解攒进一口大锅。驴狂叫起来，父亲心疼地捂着胸口，大院里响起一片牛和驴的叫声……

二

父亲收来的骨头码在厕所外边的一个角落里。每天傍晚父亲回来后，我和妹妹跑出去帮父亲先把驴卸了，牲口槽里有我早已拌好的青草。接着我们卸车上的骨头，骨头从袋子里刺出来，袋子外漫上了一层油，腻得粘手。我们把骨头用一块塑料布盖好，在塑料布上压上砖，但浓重的臭肉味还是一股股地散出来，飘散得满街都是。头天码下的骨头第二天便引来了成群的苍蝇，第三天本来消瘦的苍蝇变得肥大，嗡嗡嗡叫得响亮，格外猖狂。父亲说得把它们消灭了，从厕所角落的一个破箱子里找出剩下的半瓶农药，扛起喷雾器唰唰地朝苍蝇、朝骨头上喷。可苍蝇消灭不完，用不了几天，骨头堆上还是一窝一窝的苍蝇。父亲研究着怎样消除掉骨头上的臭味，他一直想不出来，最后又买了一块厚帆布，尽量地把骨头盖严。

瘸子张山找到了我家。那时候，夜幕正在降临，张山的毛驴停在了我家门前，张山的腿一仄一歪把我家的地趔出一溜儿的脚印，他趔着的身子仿佛一件物体在风中拂动，一只脚跷起像跳着街舞。他很容易找到了那堆摞在一起的骨头，起了秋风，塑料布发出呼呼的翕动声，苍蝇在骨头上飞舞，又甜又臭的味道在风中飞扬。张山打了个喷嚏，我家院子的另一侧结着稠密的梅豆，他用鞭杆顶了顶头顶上的豆秧。

父亲把张山迎进屋，父亲说，你刚回来？

张山说，是。

父亲说，对不起，我成了你的同行。

张山说，你可以成为我的同行。

父亲说，我必须得做点生意了，不做点生意不行，你看这个家。

张山没有说话，在我家椅子上努力地坐正，手抓住了椅帮，接着是一句很冲的话，司老二，我不是不赞成你成为我的同行，可你不要挤对我的生意，你挤对我，我对你没有好感。

父亲一时语塞。父亲不知道怎样就挤对了他的生意，父亲弯着腰，咳嗽了一声，似乎在掩饰他的尴尬。他看见张山的脸带着愠怒，一条瘸腿扯得他整个身子都不平衡，他的嘴也歪着。司老二，你为什么要去我的老户哪儿，还把自己说得那样可怜？……

父亲想起他走过的几个屠宰场，想起第一天出去时的大雾。那一次在纪家的屠宰场里，驴叫声惊动了很多人，炉火还旺着，火焰蹿出灶口往灶膛外舔，地上的油发出被熏热的吱吱声，椿树叶一层又一层地蜷曲，驴叫声此起彼伏。一个人的声音一出来，驴叫声就戛然止住，只有我家的黑驴叫得停不下来。父亲使劲捏它的脖子，它的叫声上气不接下气，时断时续。后来黑驴终于嗓音嘶哑，停下了叫声。父亲看见黑驴一身的潮湿，站在中间的那个人嘎嘎地笑出几声，说这头驴真是没见过世面，还有你这个老头儿，牵一头胆小如鼠的驴来干什么？

父亲汗流浃背，风一吹，背上冰凉。他抓着黑驴的笼头，说，我来看看有没有骨头。

没有骨头我做什么生意？

父亲说，有骨头就好。

你买骨头？

我、我就是来收骨头的。

这事儿你不要找我。

父亲说，你告诉我，叫我找谁，求求你老板，我是第一次出门，第一次来这个地方。

你为什么要收骨头？为什么非要做骨头的生意？多少生意你不能做？

我做不好，我是看俺村有人做这个生意我才买了头驴。

老板说，你也是瓦塘南街的？

父亲说，我是。

就是那一次那个老板和他说到了张山，说到了田交易。那一天老板摸了他的驴，说将来它们都得来这个地方，像所有的城里人都得进火葬场，所有的人都有一个坟墓。老板越说越有兴致，问了他很多。父亲对他说家里的情况：母亲的病，我们的上学。老板最后同情地说，你可以来这里烧锅，我给你一个差事。

父亲说，我离不开。

老板说，那就等你老婆走了以后再说。

父亲说，你不能这样损人。

老板说，我说的都是实话，人到了这份上活不了几年。

老板的话让父亲有些苍凉，父亲说，我做生意就是想让她多活几年。

老板不想说话了。老板想了想，喊了一个人的名字，那个人正在剔一根骨头，拎着骨头出来。老板说，可以卖给这个人骨头。

父亲知道张山说的是啥了，父亲往张山的身边挪了挪，说，张山老弟，我知道你的意思了。

那天晚上父亲在母亲的身边徘徊，一会儿拉拉母亲的被角，一会儿站起来蹁到外间。黑三的门已经锁上，又拿着钥匙打开，点着了蜡烛，拍拍黑三，说，我们得往远处走了，你要更辛苦一点，没有办法，人家都找上门了，咱得知趣。他回到母亲身边，说，得换个地方，县城都被他们占领了，那几家肉锅成了他们的关系户，他们占领的碉堡、根据地。我从父亲的话里听出了矛盾，他把不相干的名词往张山身上套，好像打仗。母亲说，他们不是情愿卖给咱吗？父亲又蹁着步，说，人家卖给咱是对咱同情，咱得尽量往远点的地方跑，打游击战，去他们轻易不去的地方，找另外的地盘，这样我就不是他们的对头了。

母亲说，我连累你了，老二。

父亲摇摇头。父亲说，不要说这些没用的话，咱家早该有一头驴了，我不怕路远。

第二天，父亲起得比以往更早。深秋的凌晨，隔窗还看不到天上的云色，黑黝黝的，漆黑的夜像黑鸟的翅膀。在父亲收骨头的几年，每天凌晨我都陪父亲起来，和父亲一起往架子车上放装骨头的袋子，和父亲套上牲口，把后边的挡子紧紧地再扎一遍，那样父亲就不用担心后边的挡子被颠开，丢了车上的东西。然后我听见驴蹄子踩在干地上，噼里啪啦，往街上走，寒冷的土地踩上去有一种回音。凌晨的空气和凌晨的颜色我太熟悉了,我每天看着父亲拽着毛驴穿过瓦塘南街,离村庄越来越远。

那天凌晨,黑三拉着父亲走在一条陌生的路上,和我们县城的方向背道而驰,是另一个县的地界。

父亲赶车走到淇县,县城里还看不到行人,路灯冷清地亮着,刺啦刺啦的落叶拖在地上。父亲不知道该往哪儿走,这一次他碰到的又是一名清洁工,父亲在收骨头的几年间不断地和清洁工打着交道。他在清洁工的面前停下,把破帽子从头上摘下来,问正在忙碌的那个女人,屠宰场,屠宰场在什么地方?

你干什么?这么早你找屠宰场,要把这头驴宰了?

父亲笑笑,我不是宰驴,宰了驴我得拉着车走,我找屠宰场是收骨头。

清洁工说,收骨头?这个生意都有人做?

对,收了骨头也是送给人家。骨胶厂你知道吧?骨胶厂专门收骨头。骨胶知道吧?做家具熬的骨胶,还有粘轮胎用的胶水。哎呀!父亲忽然想起了什么,我的胶水忘了带了。

清洁工说,没事,等天亮了,五金化工店里都卖胶水,你可以去买。

父亲说,你可以告诉我屠宰场了吧!

不行。清洁工说,你告诉我,你说的骨胶厂在哪里?

父亲说,焦城,焦城有一个很大的骨胶厂。其实父亲还没有去过。

你告诉我你收的骨头多少钱一斤。

父亲说，三毛。

清洁工说，我如果攒了骨头你要不要？我打扫的时候经常碰见路边扔的骨头，有的是狗丢下的，有的是哪个孩子啃了随便扔到了路上，更多的是垃圾箱里，每天都有人扔骨头。

父亲说，我要，你攒着吧，我要。为了讨好清洁工，父亲从车上拿下一个袋子，说，等你攒够了一袋子我就拉走。

清洁工指了一个方向，说，到那儿你不用再问，可以闻见飘出的味道，又腥又臭的味道。清洁工戴上了口罩。

走过了一座桥，隐约看见了一个烟囱，果然有一种熏肉的味道。天色还早，父亲拴住驴，倚在车辕上等待着鱼肚白后边的金色。

父亲后来被一阵蹄声惊醒，十几头牛和驴围在他的身旁，几个穿着大衣的人哈着气，敲屠宰场的大门。在等待开门的时间里，一个人倚在他的车上打起了呼噜。父亲不知道来龙去脉，那几个人还在敲门，蒙眬中父亲看见一股血水正漫过大门朝河沟里流。有人嘟噜，他娘的，终于走到了，还没有人开门。老朱，老朱，你怎么睡着了？可能靠在车上的就是老朱，老朱没有回应，仰倒在父亲的车厢里，枕着父亲屁股后的袋子继续打着呼噜。直到大门打开，老朱才被叫醒。老朱拍了拍父亲，和几个人赶着一群牲口进了院里。父亲牵着驴也往院子里走，可是被挡住了，一个大个子、满脸堆肉的人对父亲挥手，说，今天没时间卖那些骨头！父亲不想罢休，父亲其实是一个讲究因果的人，第一次去个地方没有收获不是一种吉兆。父亲说，求求你，我等了两个小时了，比他们来得还早。大个子说，你和他们不一个道理。父亲就是这时候听见了老朱喊，老乡，你在门外等我。

三

父亲把老朱送到了浚县的一个小镇。老朱在路上还一直睡一直打鼾，只在父亲问路的时候才抬起头，说你往哪儿走？往哪儿拐弯？到了新镇路口，父亲停下车，撒了泡尿，任老朱在车上呼噜。父亲一辈子都相信人，他相信老朱。老朱在车上的时候安慰父亲，放心，有你的骨头。父亲想起村里的田交易，老朱可能就是田交易那类人。这头驴就是田交易帮着赊的，那天在常屯的会上，田交易串通好了几个交易员才把驴赊到手。他把父亲拉到王交易面前，说，王交易，这是我街坊老司，老婆有病，俩孩子还在上学，咱得帮他把那头驴买了。田交易又把父亲拉到另一个交易面前，说，刘交易，这是我街坊老司……小黑驴的钱到现在还没有还清人家。

父亲那天买回五百斤骨头，是收骨头以来最多的一次。几十只苍蝇跟随而来，我看到父亲开花的脸，犹如秋天的黄菊。那天黄昏我听到了老朱的名字，父亲比画着，模仿着老朱的睡态、老朱的呼噜。

父亲又找了一次老朱。那天晚上父亲一直没有回来，我在路口等，妹妹嗒嗒地跑来，用小手拽我，说，哥，爸不回来了？我说，回！半夜的时候起了大风，风呼呼地响，像一只狼在吼。母亲睁开眼，有气无力地看看我。我说，睡吧，妈，爸会没事的。那一夜我们都没有睡，我最后披着一件黑袄倚在路口的电线杆上打起了呼噜，公鸡把我叫醒时我站起来往家走，就在这时我听见了黑驴的响鼻，接着是哏呱哏呱的叫声。每一次要到家时，黑三都这样叫。

我一下子哭了。此时是父亲每天出去的时候。

父亲又说到了老朱，说多亏了老朱。

父亲离开新镇的一家屠宰场时已是黄昏，父亲在路边的一家小饭馆吃了碗面条，从饭馆里舀了盆水饮了黑三。父亲知道要赶很长的夜路了，他吆喝着黑驴，黑驴很懂事地往前走，前边一个下坡，黑三被惯性推动着，车子在坡路上颠，紧接着是一个拐弯，黑三没有控制好辕杆，撞到了一棵杨树上，啪的一声，车爆胎了。黑三低下头，似乎在忏悔。父亲抬起头看见一轮苍凉的冷月，父亲就是这时候想起了老朱，隐隐约约记得再往前就是老朱家的村庄。父亲把驴卸下来，牵着驴，扑嗒扑嗒地去了老朱家的村庄。冬天的乡村，人们睡得早，村里已经没啥灯光了。父亲硬着头皮，终于找到了上次进过的家门，一手拽着驴一边喊老朱。还好，老朱在家，正在和一个老哥们喝酒。老朱看见父亲牵着驴已经猜出了几分，说，老乡，你是不是车子坏了？父亲说是。

老朱说那就不要走了,我给你安排地方住下来。父亲说,车在路上扔着。老朱说,我找人把车弄来。父亲说,能回去最好,帮帮我吧,我忘不了你的恩德。老朱喷出一口酒气,听见父亲说起家里的病人和两个孩子,说,你不要说了老乡,人在外都有难的时候。就这样,父亲赶着人家的车回来了。

母亲说,你遇见了好人。

一个星期后,父亲算了一笔账,差不多有一千斤骨头,够送出去一趟了。我们村里做收骨头生意的人都把买来的骨头往焦城送,那儿有一个大型的骨胶厂,焦城在我们的西部,离我们村大概 150 公里的路程。父亲去找了老连叔,老连叔和父亲是堂兄弟。两天以后父亲赶着驴车跟着老连叔往焦城走。

父亲跟老连叔一走就是三天。

就是这一次路过旗城,父亲看到了旗城的黄昏,记住了旗城黄昏的颜色。后来他对我反复讲起的就是城市的夜色。多年以后当我真正融入这个城市的夜色时,我一次又一次想到了父亲当年的远行,我一次又一次地在黄昏里流连,想起起早贪黑的父亲、在床上躺了几年的母亲,想念起我们家的那头小黑驴。站在城市的黄昏中,看着城市黄昏的颜色,我会忽然感到孤独,也会忽然找到一种心静。

父亲跟着老连叔是下午出发的,这是他们的经验,载重的驴车走到焦城的骨胶厂要两个晚上,第三天的早晨正好到达。第一个晚上父亲就跟老连叔走到了旗城,那时候黄昏的颜色刚刚降临，黄昏正往深色里延伸，仿佛一下子就亮了，父亲的眼前出现了大片的灯光，罩住城市的是一片金黄。父亲愣住了，一个人口集中的地方，原来灯光也是如此地妩媚，像无数个阴天后终于破云而出的阳光。父亲在黄昏的阳光中傻了一样站着，像个孩子。多年以后，父亲对我讲起他瞬间的感觉用的还是“黄昏的阳光”或“黄昏的太阳”。父亲紧紧地抓着驴，呆呆地看着洒在夜里的阳光，父亲说，那简直是神仙住的地方。他不知不觉地朝着灯光密集的地方走，不远处有一盏更高的灯，骑在灯柱上，和天上的星星几乎失去了相隔的距离，灯柱的四周是比乡村的房屋高许多倍的大楼，每一个窗口都闪烁着星光。父亲不由自主地往灯柱的方向走，越走越近，他仰着头，贪婪地看着。后来我慢慢地悟出，父亲虽是个农民，他的内心却有诗人气质，他很少表达，但一旦有了表达的欲望，常常是一气呵成、天衣无缝、充满想象的描述，比如父亲形容的这些“黄昏的阳光”。

如果不是老连叔，父亲会一直走下去，会一直走到灯柱的旁边，伸出手去摸一摸灯柱。灯光的幻景把他迷惑了，他甚至忘记了自己的使命，他走入的幻景似乎是他梦中曾经出现过的，是他的憧憬。老连叔及时把他从梦中叫醒，说，二哥，再往前走就要罚款了。老连叔唤醒了父亲，按老连叔的计划要走过获县，然后找一片空地或一家车马店住下来，次日凌晨再继续赶路。

可是，父亲坚持说他的肚子饿了，饿得不行。父亲捂着肚子，说刚才往前走就是想找一个吃饭的地方。父亲的心计老连叔后来才悟出来，父亲告诉老连叔，他是留恋黄昏的颜色，黄昏的颜色太好了。

第二天黎明下起了雨，他们在雨中走不动了，雨越下越大，驴身上淋透了，更大的腥味从潮湿中返出来。这是一段刻骨铭心的旅程，先是黄昏的阳光，后是绵绵的秋雨，在他第一次去焦城的途中接踵而至。那个城市给他的温馨和冲动还在，每一次在夜幕来临的时候他都要对照天空的颜色，坐在装满骨头的驴车上想自己的心事，他妈的，自己不可能在这样的黄昏、这样的大楼里生活了，接下来有希望的只能是自己的儿子和女儿。老婆一辈子都没有见过这样的灯光，如果可能，把她拉到这个城市，看看城市的黄昏也算值了。父亲赶着驴车，拉着一车散发腥味的骨头。这样的心思不能占着他的脑子，他需要不断地跳下来看架子车的情况，听一听滚珠的响声，检查一下轮胎的气，在下陡坡的时候下来帮一把黑三。老连叔说，你坐着吧二哥，没事，往西一路都是上坡，你要心疼驴，你一直得和驴一样。父亲每次走得气喘吁吁才肯跳上车或者拽住驴坐下来歇歇。父亲和驴都被淋成了落汤鸡，雨哗哗啦啦下着，路上淌过一条条雨的蚯蚓，父亲一次次擦着脸上的雨痕，雨呼呼啦啦，一个雨点接一个雨点。走到了修县地界的一家小旅馆，老连叔喊住了父亲，老连叔说，避避雨吧！父亲实际上早有避雨的意思，他不是心疼自己，而是心疼驴，驴毛贴在驴身上，驴像一只被淋透的老鼠。

第二天的黄昏父亲又看见了一座城市。焦城的大街呈现在他和老连叔的眼前,灯光璀璨地亮着,但父亲感觉焦城的灯光和旗城相比有些逊色。父亲不知道他根本就没有走进真正的大街,他和老连叔走的是一条环城路,骨胶厂在焦城的西南角。老连叔告诉他,跨过焦城电厂就快到骨胶厂了。到骨胶厂是第三天的凌晨,父亲闻见了更浓的味道,接着看见了骨头堆成的山,看见了来自湖北、河北、山东的大车。父亲叹息,全国的骨头都运到这里来了,每天有多少人吃肉啊?

父亲回到家是第四天。我和妹妹坐在村口,母亲一次次地催促我们,说你父亲是不是走迷路了?他已经出去四天了。她让我们去村口等,去老连叔家问。我们告诉母亲老连叔没有回来,他不会丢下父亲的。我们去村口等,大地上黑黢黢的,对面刮过来的是寒冷的小风,秋天已经走远,差不多是冬天了,树叶卷得到处都是,一窝窝窸窸窣窣作响。我们倚在一个大土窝子里,妹妹拉着我的手,很静的夜,如果有驴蹄子声很远就可以听到。终于听到了黑驴的咴咴声,下弦月挂到了头顶,风卷着树叶更冷地刮着。父亲把妹妹夹到车上,用皮袄给妹妹盖住,一手牵着驴一手拉着我往家走。老连叔吆喝着驴拐过了胡同,我们竟然看见瘦弱的母亲挣扎着倚在我家的栅栏门口。

一个夜晚,父亲把我叫到他的身边,他十分感慨地看着我,这个平常不喜欢表达的人对我说到了黄昏的阳光。父亲说,孩子,你应该去看看那里的夜色,黄昏的颜色。父亲说,孩子,长大了你应该去那个地方……

多年以后我才懂得父亲为什么要强调那个黄昏的颜色，一次次讲到那个城市的灯光。我才想起，父亲是有些文化的，父亲可以长篇累牍地给他的兄长和弟弟写信，告诉他们家里的情况，万般无奈的时候让他们帮我们上学。父亲说，孩子，我都想在那个黄昏里不回来了，我这辈子是不行了，只有看你的了……

四

下雪了，那个雪天的黄昏是苍白的、遥远的，在我的记忆里如此苍茫。父亲在这个雪天没有回来。我和妹妹在雪地里冻僵了，成了雪人。瘸子张山赶着驴车看见我们停下来，想说什么却欲言又止。雪无声无息地越下越大，世界很快蒙上了一层皑皑的白雪，看不见大地，看不见沟壑，大雪把世界弥漫了。我们偎在母亲的床前，握着母亲的手，母亲的消瘦加上对父亲的担心让我们害怕，母亲的指甲陷得越来越深，我给母亲做的汤面她倚着墙吃了几口就吃不下去了。我踩着雪去村口等，积雪深了，雪钻进鞋筒里冰凉，踏出的雪窝马上又被卷过来的一股雪弥住。母亲说去槐屯的桥上看看吧。我走了几步又被娘叫住，娘说，离桥栏远些。我踩着雪往槐屯的桥上走，看见的只是大雪，雪铺展而成的雪原。

父亲没有回来。

第二天父亲还没有回来。

第三天，我们全家都出动了，我去求了瓦塘南街所有买骨头的人，他们散开，在周围的屠宰场找，都没有见到父亲。我对老连叔说到了老朱，老连叔第三天一直走到了老朱的新镇，仍然没有父亲的消息。母亲从床上挺起来，对围在我们家里的人说，这老二，难道要走在我的前头？

可是，父亲回来了，而且拉回了半车骨头，架子车歪歪趔趔，咯咯吱吱地响，父亲的狼狈让我们心疼，我们搂着他的腿哭，他的半个脸肿了，一条腿翘着，穿在身上的皮袄划破了一个大洞，露出了里面的棉絮。父亲像一个挂彩的伤兵。黑三大老远地就开始叫，哏呱哏呱，用叫声把我们唤出。那时候雪后的一弯新月冷落地破云而出，大地上是冻雪的咯吱声，黑驴叫得有气无力，和父亲站在一起像一对残兵败将。

父亲说，他实在是回不来了。

第一天，父亲一连跑了几个地方都没有收获，在他从第三个地方出来时雪下来了。他不想空手而回，他挥一下鞭，黑驴拉着他往县城的另一个方向去。父亲后来才知道黑三把他拉到了旗城的北站区，距那个有着美好黄昏颜色的城市有三十里的路程。父亲找到了一家屠宰场，他害怕地去敲门，门开了，卷进门的是一场厚雪。屠宰场因为下雪停工了，骨头倒有，堆在房后的一个角落里，雪蒙着。老板说，你怎么选了这么一个“好”天？

父亲说，摸到这儿了，老板，大雪天我都不知道走到哪儿了。他接着说，你不卖给我，我只有拉一车雪走了。老板指了指那堆骨头，只有雪天你才可能有这好的运气，不怕冷你自个儿装去。父亲抖掉车上的雪，拽出几条袋子，两只手握在一起先搓了搓，才不觉得麻木了。骨头装好，天已暗下来，哪里还看得见路？雪弥得连灯光、连树都是模糊的。父亲有些怵，后来老板说，你再走就到市区了。父亲倏然想起了灯光，那黄昏里的太阳，父亲说我就往市区走。父亲又挥了鞭。黑三这时候已经迷惑了，它看见鞭梢在风雪中转了几个圈儿，路上跑着少得可怜的比驴快不了多少的车辆。黑三载着父亲小心翼翼，一走一打滑，车轱辘在雪地上往歪处扯，蹄子踩上去一声声闷响。父亲说不知道什么时候走上了一条岔道，迷茫中他看见了一座桥，桥西边是看不见流水的白沟，几根芦苇从沟边刺出来。父亲心里犯了怵，眼看着上了桥，下意识地往车下跳，谁知道桥上有个窟窿，正好跳了进去，呼隆一声一条腿下去一半儿，身子也趔下去，脸生疼地扎在雪凌上，再往下就是沟，是沟里的水了。他使劲地用胳膊往外架，叫了一声娘，黑三这才看见了，咴咴地喷着响鼻，哽哽地发出无可奈何的嘶鸣。他觉得自己不行了，要是掉下去，大雪天连个尸首也不好找，老婆躺在床上没人照顾，两个孩子别想再上学了，什么颜色的黄昏也没有了，这个家就这样完蛋了。他闭上眼，架着胳膊，努力地往上挣，又睁开眼，乞求地看着黑三。能救他的只有黑三了。

我们听得毛骨悚然。

父亲喝了口水，说离开吧，别让你害怕。母亲说，别让我的心悬着，你快说，你不是活着回来了吗？父亲又接着说，其实，驴是我们的恩人啊！黑三叼住了我的前衣襟，拼命地往外叼，呼呼地喘着粗气，喉眼里哽哽地叫。我最后拽住了驴的笼头，驴低了低头，猛力地往上挣，低低头又猛力地往上挣。有几次，驴滑倒了，一滑一滑地再起来挣，挣了几次我终于上来了。可是我躺在雪地上不想动，浑身疼，我想虽然我没有掉下去，说不定又要冻死了，有时候这就是命。我躺着，听见黑三把车往前拉，小心地错过我的身体，在车身挨着我的身体时它停下来。我看出了它的意思，使出浑身的力气扒住了车杆，翘了几次腿爬到了车厢里，骨头摁着我的身。就这样黑三把我拉到了一条大路上，不知道什么时候停在了一家车马店前，我昏迷着。黑三可怜地瞅着车马店的老板，低声地叫着，求着老板。老板被黑三感动了，把我送到了一家小医院，给我包扎，又给我买热汤面吃。雪停了，我才从医院顺着已经辗化的路回来。

一屋人都吁出一口气。母亲哭了。

五

接二连三的遭遇使父亲赢得了同情，每天晚上总有人打听父亲的消息。有人拉我的手，拍我的膀子安慰我，说，别急，孩子，你爹马上会回来的。有人说，孩子，争口气吧，好好学，混出个人样让你爹享享晚福，不能再天天撵着驴屁股挣钱了。可不掏力挣钱又靠什么呢？在我的记忆里我们家从来没有过存钱的事，好不容易有了自家的地，有了几千块钱，母亲一病都交到医院的小窗口了，那个小窗口的手一伸，放进去的钱几天就花完了。所以，我们不得不再四处借债，借得我们家的亲戚都躲着我们，都害怕了。有一年暑假母亲住在县城的医院里，半夜里我坐火车回家拿钱，离家还有一个村庄的时候，瓢泼大雨哗哗啦啦下来了，夜漆黑得像一口死人的棺木，只有唰唰的雨道子在天地间拉出一道道白隙，夜被雨声充斥，雷声噼里啪啦地响，大地上窜动着一条条水蛇。在我路过西河桥时，沧河在一夜之间涨潮了，瀑布一样的水流滚过桥面。我孤独地站在桥头不敢过桥，可是我一个人站在桥头更加恐惧，我必须涉过河才能回到瓦塘南街，回到家里。我闭着眼拼死不要命地朝桥上走，只有这样死不了就能回家。水急得快要把我冲到河里，我弯下腰想抓住什么好挺住我的身体，可是一座破桥哪有什么栏杆啊。我的身体被河水冲歪了，无情的洪水要把我吞噬，我使劲地叩着地，我趴下来，两手摁到了桥面，洪水湍急地从我的指缝里蹿过，指缝痒痒的。就在这时候我的面前出现了一棵小树，是洪水冲到桥面上的小树，树枝在电闪雷鸣中张牙舞爪，树枝间闪耀着雷电的火星，从枝杈间溅起的水波闪动着可怕的粼光，要擢走我的灵魂。鬼使神差地我抓住了树，抱住了树枝，我看见黑暗的世界，深夜的河流里充满了魑魅魍魉。真可怕啊，树身被我抓起来，然后又被一浪洪水疯狂地倾流而下。我的身子顺水冲击着，当我从惧怕中睁开眼，在那一刻我觉得我的命没了，母亲在医院里将更加孤单，一个穷人家的孩子活到头了，我喜欢的那些书，那长满树木的学校，那些小说给我的憧憬都彻底完蛋了，都随物赋形，成为一个半截生命中的泡沫，理想和不安都和我一样短命。那一年我十四岁。可是我没有完，我躺在了一摊淤泥里，大水正把一摊又一摊的淤泥冲到我的身下，我被一截废弃的桥墩挡住了。我至今都感谢那截桥墩，我挣扎着爬起来，我忘记了流泪，忘记了哭，我匆匆地捂着头往家跑，我有的只是一丝我还活着的侥幸。直到进了家门，直到一脚踹开趔趄的栅栏门，我哇地哭开了，用怎样地悲恸、后怕、悲壮、歇斯底里形容我都不过分，那的确是一场悲壮可怕的哭，应和那突如其来的大雨和洪水。那一夜，我在窗前一直站着，我畏惧地回想着，洪水在一个黄昏，在一个少年归家途中的肆虐。我至今对那场雨心有余悸，对西河桥有一种悸怕，后来我再也不敢在晚间踏上那座桥，那桥曾经让我走在生命的边缘。

我站在胡同口等父亲时，常常想起那一夜的桥，我会突然站不下去急慌慌地钻到家里。多少年过去了，当我伏在一座城市的案桌上来写这段生活时，我感谢父亲当年智慧地选择了一头毛驴，智慧地选择了一项副业，他使我们这个家蹒跚着往前行走，使母亲在病床上多躺了两年，我们多了两年有母亲的幸福。

父亲救过一匹马。

老连叔和瘸子张山走进我家是在父亲接连出事之后。那个黄昏，他们先是看到了父亲，小黑驴拉着父亲走进我家的栅栏门，远远地看去就知道父亲这一天没有多少收获，这次和上次不一样，张山的脸上一副谦恭，像欠了我们什么或者有愧于父亲，他面带愧色地低着头。老连叔叫了一声，二哥。

瘸子张山也跟着叫了一声，二哥。

老连叔说，二哥，真不容易。

瘸子张山也说，不容易。

老连叔抬头看看我，看看妹妹，妹妹正把碗往父亲的手里递。父亲扭过头，对妹妹说，先放着，小梅。

老连叔说，吃吧，吃吧。

瘸子张山说，吃吧，吃吧。

父亲说，不慌，我们说话哩。

老连叔说，吃吧，天寒地冻的。

瘸子张山说，吃吧，天寒地冻的。

老连叔说，二哥，你看你多不容易，二嫂卧床，俩孩子上学，还得伺候他妈。一天半夜我看见孩子在村口等你，我都心疼。二哥，俩孩子偎着蹴成了个蛋儿，二哥……

父亲说，别说了，老弟。父亲去兜里掏钱，对我说，打点酒吧！

老连叔阻住，说，不，二哥，多给二嫂买点好吃的吧，还有俩孩子不要太受屈了。老连叔看一眼张山，老连叔说，这样吧，我们把近处的几个肉锅让给你，你也能早点回来照顾嫂子，不能天天叫两个孩子累着，我们不想再看着孩子半夜里蹴在村口……老连叔说话慢下来，他站起来抓住我，从兜里掏出一些钱往我的手里塞。孩子，听说你可爱看书了，这点钱你拿着去买书，咱们家出个有出息的，你叔高兴。张山瘸着一条腿站起来，他拉住了妹妹，说，孩子，听说你老是班上的前三名，你写作文老是说长大要当医生，有出息啊，孩子。张山拿了二十块钱，说，孩子，好好学，长大了上医科大学，等我老了也找你看病……

父亲看见了那匹马。父亲又去了乌城。有些场景在生活里重复，他看见了马市街的清洁工，看见了早摊和赶早的行人。他站在大街上，想起他第一次来乌城，乌城的大街上飘满落叶。他茫然地问清洁工屠宰场在哪个地方，清洁工指给他一条胡同，一个叫下街的地方。他在心里叫了声老连，叫了声张山，说我谢谢你们。

越过热闹的马市街，父亲牵着牲口往屠宰场所在的下街走，早晨的潮气还没有散去，他摸了摸黑三，黑三身上潮湿湿的，他一遍遍地抹，想把驴身上的潮气抹去。接着他快走起来，仿佛有了什么急事在催他的脚步。

父亲后来回忆，可能就是因为那匹马，那匹马好像认准了他可以救它。父亲推开屠宰场的大门，看见了快要熏死的椿树，剧烈的肉味拧成粗粗的一股绳子往他的嗓子、他的鼻腔里钻。一股殷红的畜血蹿到脚下，他的脚尖感到一股凉气，瘆人。那匹马被绑在桩子上，屠夫把大锤掂在手里，锤上沾着血，锤把变成了红色。马捣动着蹄子，吙吙地喷着响鼻，响鼻里喷出一种绝望，一绺黏稠从鼻腔里溢出来，马尾巴宛如一根钢筋猛然直挺，腿抖动着，腿根暴出粗大的青筋。父亲紧张地站着，仿佛自己受到了威胁，他更紧地攥着黑三，生怕大锤砸到黑三的头上。父亲的腿开始颤抖，牙颌嗒嗒地像梆子声。父亲就是在这种紧张的气氛中看到了马的眼睛，乞求哀怜的眼神让他的心滴血。马的眼泪一滴滴渗过眼角，像一条河长流不止。马忽然把一双眼哀怜地朝向他，咧着嘴，似乎认定了父亲是它的贵人。

父亲抓住了那把大锤。

那是父亲回家最早的一次，父亲的车上空荡荡的，没有骨头，跟在车后的是一匹马，干燥的路上冒着土尘。可是我们家养不起两头牲口。父亲把马牵到家，给马拌了草料，使劲地拍拍马身。马仰着头没有及时地贪吃，扑闪着眼，看着父亲，那神情像一个孩子。父亲去找了田交易，然后我们家来了几个人。马恢复了常态，吙吙的响鼻里充满了温柔。如果父亲出现在它的身边，这匹黑马总会歪过头看着父亲，在老马的心里父亲已经成为它的亲人。父亲对田交易说，老田，这匹马善，是个好马，你找个好人家，要养着，不能送屠宰场，我要去看马的，我是实在养不起才找你的。老马是五天后被柳塘的一户牵走的，买马的人看着像个善人，对父亲说他会养着。那是一天傍晚，天空中飘着小雪花，大地在慢慢地铺白，马站在院子里，身上沾了零星的雪粒。马走了，被牵在新主人手里出了我家的栅栏。突然，我们听见了马蹄声，马抖开缰绳跑回了院子，久久地站着，看着父亲，打着响鼻，神色庄重。父亲不知所以，父亲说，对不起，我实在是养不起你，我还会再去看你的。马点点头，突然跪下了双腿！

六

母亲还是走了。下了一场春雨，春寒料峭，雨凝成雪粒，又变成米粒样的细雪。殡葬母亲那天雪还在下，我们扶着棺，踩在泥泞里向坟地走。黑三驮着来吊孝的亲戚，耷拉着头，耳朵下垂，尾巴拖地，淋得浑身湿透。按照风俗，父亲没去坟地，在门口无声地掉泪，他后来倚着墙坐到了泥地上。一路的白衣拥着黑色的棺木，母亲的一生就这样结束了。

那一年我 16 岁。

那天晚上，没有了母亲的屋子一下子空旷起来，雨雪慢慢停了，屋地上踩满雪泥，父亲呆呆地坐在椅子上。我和妹妹坐在父亲的身边。没有了母亲，这个世界上父亲就是我们最亲的亲人。我听见父亲说，太遗憾了，太对不起你娘，一辈子连一张相片都没有留下。父亲捂着脸，哽咽声从指缝里传出来。母亲不在了，我们才知道，母亲一生连一次相也没有照过。在摆置灵堂时，知客说，把你妈的相片放过来吧！我这才想起去问父亲，去屋里翻箱倒柜地找。父亲哑着嗓子，挥挥手，别找了！在父亲的喊声中我看见他一脸的愧色。我去拉哽咽中的父亲，说，爸，以后想法给妈画一张像吧！画像？没有了你娘能画吗？连一张照片也没有留下，总得有个参照吧？父亲睃着我们兄妹，说，如果说像，你的脸盘和你妈像。

多年后或者几年前，我曾经去找过县城的几家画像馆，我一次次求着画像馆的师傅，我说我妈已经过世了，一辈子一次相也没照过，我想请师傅根据我的记忆、我的叙述，凭他们的经验画出来。我指指脸，我说，我爸说我的脸和母亲的脸型最像，你们可以根据我的脸型画我的母亲。我拿出带去的一沓钱给他们作为定金。可是他们都摇摇头，没有人敢答应我的条件。

日子还得过下去。几天后，父亲又赶着黑三上路了，黑三把他拉到了乌城，去了下街胡同里的“巩记”。大清早，老板坐在肉墩上吸烟，空气凉凉的。老板站起来，对父亲说，出来了，老司？父亲哦哦着点了点头。

出来了好。

哦。

别在家蹴着。

哦。

老司，你挺苦的。

哦。

父亲的回答一直像他的脸一样木然。

老板的手在他的脸前扫了扫。

老司，你没事吧？

哦,没事。

张山来过,老板说。

父亲想,那我再换个地方,我明天去见老朱,好长时间没见那个老朱了。父亲这样想着就去逮黑驴的笼头。老板又过来往他的脸前扫,老板的手很胖,老板说,你往哪儿走啊?

父亲恍惚地扭过头。父亲说,张山不是来过了吗?

老板说,不是。张山是前两天过来的,他说他把这里的骨头都让给你。那天张山挺客气,还要请我喝酒,老板说,这个张山从来没有这么客气过,还给我带来了干豆角、绿豆面,塑料袋裹得严严的,说车上有味怕染上了。老司,你知道张山说啥?那个也挺不容易的瘸子张山说,这里的骨头都留给你了,他还求我,不要让别人插手,说让我们帮帮你。

父亲仰着头。老板说,老司,你别这样。够你一车拉了,我找伙计帮你。

父亲的一汪泪水出来了,落到一个蹄坑里。

老板说,去吧,老司,从你救那匹马我就服了你。老板说,你让人尊重。

那一天,父亲装了满满的一车骨头,赶着黑三直接去了焦城。父亲的想法是,从乌城回到家是三十多里,拉回家再重新去焦城要多走六十多里冤枉路。父亲三天后回到瓦塘南街,父亲太累了,一路上他任黑三自己往回赶,黑三把他拉到家时,他还在车上打着呼噜,手边是给我们买的几个烧饼。

七

我的眼前经常出现黑三的那次逃逸，多年以后我的本家叔回忆起来还禁不住捧腹大笑，嘎嘎嘎，你们家的黑驴，嘎嘎嘎，你们家的黑驴，嘎嘎嘎，真有意思。1988 或者 1989 年春天，沧河清淤，毛驴被牵到清淤的工地上，它可以顶我们家一个劳力。那一段时间，父亲坐在门口等我们家的黑三完成了任务回来。

黑三逃逸的壮举是在一天傍晚，在又拉上一车淤泥时它挣脱了缰绳。它悻悻地站在大堤上，整个大堤都是忙碌的人群，蔚蓝的天空里飘满了蒲公英，小麦地里飞旋着麻雀和一排彩色的蝴蝶，一辆辆架子车拉着从河道里铲出的淤泥往河堤上送，驾在辕里的是一头头驴和骡子。黑三忽然有了逃逸的念头，它抖掉了身上的绳套，尥起了蹄子，在尥起蹄子前狂叫了几声，那些开放的迎春、穿过麦地的米蒿、狗尾巴草都被它抛到身后，它狂奔的四蹄让人望而却步，灰白的护脖像一个神秘的怪物在脖子上晃动。它朝着县城的方向跑，黑驴的后头是我的本家哥哥和一个远房叔叔，然后是整个队里的年轻人。黑驴的四蹄掠过河堤，溅起一路的烟尘，整个大堤上的驴狂风暴雨般叫起来，震耳欲聋，为我家的驴呐喊助威。就是这一天，黑驴跨过乌城的几条街道，把乌城跑了一遍。它在跑进北城门前停下来，越过城门就是和父亲来过多次的城区。它回过头，溅起的烟尘还在弥漫，哥哥和远房叔叔气喘吁吁,根本不是一头驴的对手。我们家的黑三高叫几声,撒下一泡长尿,生殖器如一个狂冲的小泵,地面上溅出一片浪花。它听见了喊声,本家哥哥和远房叔叔的身影出现在它的回眸之中,小黑驴卸去重负,又开始狂奔。

这是黑三第二次逃离工地。第一次离开是在一个夜晚,守在家里的父亲坐卧不宁,他踱着步,觉得有一件大事即将发生。他想看到母亲的遗像,可是始终没有看到,每一次选择的失望,都让他惭愧那是一个巨大的错误。老实巴交的父亲后来走出房间,仰头看着天上一颗颗发白的星星,像正在成熟的杏儿。父亲看一眼闲下来的架子车,整天蹴在家里让他发闷,好像心里要长出荒草。父亲倚着栅栏门,自言自语说一定会有什么事情发生,要不就是会有亲人回到我的身边,或者有什么灾难。父亲每一次都相信自己的预感,预感常常会得到应验。迷蒙中听到黑三的蹄声,父亲的心才呼啦松下来,高叫了一声,原来是你呀我的三儿。父亲和黑三相对着脸,黑三静静地站着,像一个孩子。

黑三在乌城狂奔,第一次浏览乌城大街的全景。它奔过北城门后看见的是一条传统的大街,新城区把这里冷落了,路两旁的店铺冷冷清清,瓦房上结着苔藓,从院落里穿出来几棵桐树,桐树的叶子像乡村的大锣,在风中悠动。黑三对这条路熟悉,每一次来乌城都要从这里穿过,其中一条胡同中有一个屠宰场,胡同尽头是一条穿城而过的小河。黑三在老北街的大槐树下站住,一杆小旗在槐树上飘扬,槐树的腰上系着一块拦腰的红布。

一个迷雾的早晨父亲来看过槐树，在槐树前肃静合手，黑三知道父亲想说的话，那时候母亲还在，父亲是在祈求母亲平安。黑三从老槐树走到东风桥，跨过桥头它停下来。黑三看到了热闹的马市街，它选择了往东走，再一次踢哒踢哒地跑起来，拐进一条胡同，看到了那家屠宰场。它想起，第一次和父亲来“巩记”是一个秋天的凌晨，看见一头牛被杀，它浑身打战，父亲抓着它的笼头呜呜地哭，屠宰场上有很多密密麻麻的小蹄坑，星罗棋布，是那些牛马的蹄子叩出来的。

黑三看见了父亲，父亲正自己架着车，弓着腰，满头大汗，车上装满了骨头，苍白的头发干燥而且凌乱。父亲抬起头，看见了黑三，叫了一声三儿。

撵过来的人都愣在那儿。

八

父亲的凳下长满了荒草，荒草在秋风中摇曳，栅栏门外是两棵椿树，叶儿快落光了，零落的残叶儿吊在树上。父亲倚着西侧的椿树说，你们不要管我，如果黑三回来我能听见，它走路的姿势和我如出一辙，正走一字步就又走成了八字步，没有规则，它尥开蹄子的时候当然只能是它自己的驴步，它跑起来我怎么也不会是它的对手。父亲每天都等到半夜，露水把胡子打湿，头上长出了霜气。父亲倔强得像个孩子，半夜的时候我悄悄出来，坐在他的旁边或者给他披一件衣裳。父亲不说话,似睡非睡地面向大街。瓦塘南街静得能听见鸟儿的呼吸,一条狗在大街上遛食儿,看见我们后便默然地离开,消失在更深的夜幕里。父亲攥攥我的手,仰着头,很小的声音,你去睡吧!过了十几分钟,又说,你去睡吧,有我在这儿守着。又过了一个时辰,父亲说,还没去睡?你还要上学,快去睡吧。父亲说,安儿,你放心,咱家黑三会回来的,不用去找,它很懂事,比你们还有智慧,它能在雪坑里救我,你说它是多有智慧的一个孩子。

我不想让父亲丢开我的手。

父亲又在讲那个黄昏,他说,安儿,坐在门口,我的眼前就是旗城的黄昏,那样的黄昏是个怪物,星星和月亮都被遮跑了。孩子,我看见路面上都镀了金,水溜溜的,能照见人,你要坐在那样的黄昏里多好。你长大了就把你的孩子生在那里,孩子的额头会不一样,天庭饱满,地阁方圆,说不清我们坟上会闪出一串亮光来,冒一股青烟。安儿,争取啊。我不知道毛主席住过的地方是啥样子,你长大了一定要去看看,我怕是没那个精神了。你说你将来要是把孩子生在那大地方是啥气势?闭了会儿眼,父亲又说,你说我们家三儿是不是去了那个黄昏,到了那黄昏里就不想出来,出不来了?父亲的手在冰凉的秋夜有了一层湿润,暖着我的手。父亲说,黑三来我们家太辛苦了,天天拉着我东奔西跑,给咱家挣钱,你看它腿上的毛磨得都没有几根了,你看看人家的驴,过了农忙在家待着,吃香的喝辣的,多自在。咱太累着三儿了，它出去溜达溜达也对，想找谁吃饭喝酒聊聊天也对，它要是回来咱不计较。

父亲正说着，突然不说了，父亲听到了一种声音，过了一会儿，滑过去的是一辆摩托车，又静下来。父亲倚着树有了些微的鼾声，夹着叹息。

现在我告诉你们我们家的黑三失踪了。我们家的黑驴非同寻常，每年都会有一次失踪，黑三的失踪让我们忧虑，陷入忧伤。正如我刚才描述的，黑三的第一次失踪是来我家的第二年秋天，我们不知道它是怎样挣脱缰绳的，又是怎样拱掉了那扇门。父亲起来喂它的时候它不见了，连一张纸条也没有留下，不告而别。那几天父亲说得最多的话就是，它要不回来它真是畜生，它没有良心。有时父亲对着椿树吐出一口长气，三儿啊，你真没良心。父亲对围在他身边的人说，我就坐在椿树下等。我们胡同里的人劝我父亲，说，你要好好休息，你在屋里也能听到驴的消息。父亲说，你们不懂我的心情，我的心其实像刀绞一样。田交易也来劝父亲，说，司老二，你的心像刀绞一样我们清楚，可这秋风刮起来也像刀子一样，你不要被刀子样的风攮出病来。父亲说，老田啊，驴找不回来，我对不起你。田交易说，没那么严重，不行我再给你赊一头驴回来。父亲赶忙摇头，说，等等，等等，我们家的驴会回来的，我和它和平共处，没有什么隔阂，顶多是我太疲的时候怠慢过它，它不至于这样。有人劝父亲报案，说一头驴丢了在咱瓦塘南街也算一件大事，报了案说不定抓住了小偷。

父亲摇头，报案挺麻烦的，我哪里有钱请破案人吃饭啊？说不定会把一头驴吃进去了。有人接过父亲的话，再不报案，限定的时间就要过了。

你们不要打乱我，我有主见，我相信我家的驴。

父亲眨着眼，细心听着路上的声音。

那时候本家哥哥和我本家叔走在寻找黑三的路上，他们先去了驴的“娘家”，根本没有驴的行踪。主家说你们来我们家找错了，驴不会再回到它原来的地方，驴这种东西有性格，谁把它卖了它内心里有一种嫉恨。本家哥和本家叔又去了常屯，他们正好逢到了常屯的又一个庙会，两个人去了驴市，和两年前父亲买驴时一样，在驴腿间穿梭，鼻子里灌满了驴尿和马尿味，从驴屁股里放出来的臭气使本家哥哥和本家叔换着手捂着鼻子。最后他们失望地离开常屯，在快离开时见到了搦着鞭杆的田交易，田交易说，我也没有见到那头黑驴，如果见到，我会千方百计把它再牵回瓦塘南街。哥哥和叔叔垂头丧气，回到家看见椿树下的父亲，父亲闭着眼，说，不会丢的，不会，黑驴是个有心的驴，我梦见它了，明天，最迟在后天就会回来。父亲的话像一阵呓语，说完了长长地“唉”了一声。

不断听到送来的消息，乡村不缺这样的探子，传话比捎东西要快得多，说黑三在一片稻田里走，有人看见它走在千亩稻田的一条沟边，待走过去想看个究竟，又不见了它的影子；常屯的一个本家姐告诉父亲，庙会那一天深夜，有人看见一头驴在拴牲口那片地方来回游荡，天快亮的时候又跑得没了影踪。

父亲说，好，这说明驴就要回来了。

果然在第三天的黄昏，父亲从椿树下起来，父亲说，黑三要回来了，我得去接。父亲往九弯河走去，九弯河在瓦塘南街的东南方，通向牛塘有一条九河桥。父亲雄赳赳、气昂昂地去了九河桥，父亲站在桥上，一阵风掠过河床，传来一阵浪涛的翻滚声，父亲就是这时候清楚地听见了蹄声，哒哒哒，伴着河边的草地，河水从蹄子下掠过，一波一波地往远处流。父亲睁开眼，叫了一声"三儿"。黑三响亮地打过来几个响鼻。接着听见的是它的奔跑声。

黑三第二次失踪，我沿着沧河找，出门不久看见一个葡萄园，在葡萄园我看见一个女记者，后来她采访过黑三。我离开葡萄园逆河而上，找到了沧河的源头，我在大河边寻找，结果还是一无所获。我在大河边睡了一个晚上，沿着沧河回到瓦塘南街，回来的路上，老天下了一场大雨，我被淋成了一只落汤鸡。几天工夫，河畔的庄稼蓊郁起来，玉米抽了天尖，高粱穗儿已经变红，鸟儿在庄稼上飞，河滩上的草长得更疯，像一片森林，河洼里传来此起彼伏的蛙鸣声。我看见了椿树下的父亲，椿树的枝叶长得还十分稠密，密密麻麻地看不见透过树缝的阳光，一群麻雀呼啦啦掠过，小翅膀像空中的标点。父亲对我的空手而回没有任何的表情，他的胡子像河滩里的野草，几个人围着父亲，听父亲窃窃私语地念叨，父亲说，等吧，"三儿"会回来的，和去年一样。

父亲在说,说了不知多少遍的话,黑三是成心想让我休息几天,几天前我赶它出去它都不大情愿,那几天我的哮喘病犯了,喉咙一阵阵地发痒,走在路上的时候喉咙眼发出吱吱的哨儿声,黑三心疼地扭头看我,意思是让我歇几天,不该天天这样累着。不是我歇不下来,是我已经习惯了。黑三出走的那天,我咳嗽得更厉害,在我开门添了一遍草时我去厕所,等我出来时它不见了,我喊着黑三,我一直找到村外,可到处都是庄稼,我找不见它。我只好坐在椿树下等,就这样,我相信它会回来,和上次一样。

那个记者来我们家是几天后,她举着相机,咔嚓咔嚓拍着,和黑三合影,对黑三说,英雄、神驴。黑三回来的那天,其实我们都已经睡了,快天明时,父亲坐起来,说,不对,黑三已经回来了。我跟随父亲出去,果然看见了回来的黑三,它蹄子捣地,低着头,像对自己的出走不好意思。记者对驴失踪又自己回来感到蹊跷,那么多小偷、杀手,怎么没有人把黑三干了,那么多交易,没把黑三倒卖出去。记者感慨,可惜啊,要是驴能回答最好。

记者给我们照了相,开始采访父亲和驴。我们家的驴三天以后登上了报纸。

九

我看见一池莲花,我坐在驴车上看见一池莲花。应了父亲的话,我接过了父亲的鞭杆,我赶着毛驴去送骨头,我开始加入收骨头搞副业的行列。我跟着老连叔、瘸子张山往焦城的路上走。夜晚睡在路边的麦场里，我一次也没有看到那金色的黄昏，几次路过旗城，太阳都还高高地挂着，我只看见那些高楼，听见大楼的窗口里放着音乐。我坐在驴车上仰望这个城市，想象着父亲对我夸耀的黄昏，黄昏的太阳，我一定要在某一个夜晚来看看。那一年我毕业了，几分之差，名落孙山，我沮丧极了，我先是天天坐在房顶上，望着村外的庄稼，看着风一缕缕地打着旋儿，绕过来绕过去，把鸟儿绕到了天上，白云绕成了带颜色的云。这时候雨下来了，下得我连房顶都坐不成。我不知道我该怎么办，我想复读，或者在冬天的时候报名参军，可我不敢对父亲说。就是这时候父亲把我从房上叫下来，说，你坐得再高也看不出个啥名堂，没有用，你看得再多也是空的，天上不会往你怀里掉宝贝，最多掉几个树叶什么的。我不想说话，我知道我的挣扎和奋斗还没有结束，我不服气，我咬住嘴唇。父亲说，你不服气也不行，嘴唇咬破也无济于事，干什么都要实打实的，学而优则仕。孩子，原谅你爹，父亲说，我说过了，给你鞭杆。

我抬起头，咬着掉到嘴角的泪。

父亲压低了声音，我去收，你跟你老连叔去送。我答应了，我一直想去看看通向焦城的这一条路，去看父亲给我讲的那个黄昏，黄昏的颜色。父亲说，别怨爹，路只好一点点地走了，你比我强，还有人交给你一头驴，你爷什么也没有给我留下。

我最后接过了鞭杆，就这样我赶上了驴。

我看到了一湖莲花。我走迷了，和老连叔、瘸子张山分开走到了另一条路上。是黑三拉着我走到这条路上的，后来我想到了这是黑三的预谋，而且黑三走过这条捷径，后来父亲告诉我，他似乎也见过一湖莲花，可他只顾赶路，没有时间和心思去看什么莲花。我被大片的莲花迷住了，青翠欲滴的莲叶，亭亭玉立的莲花，把一片湖或者一个野坑撑起来，像一个仙境，太美、太好了。我想起我背诵过的《爱莲说》，至今想起来我还在激动，在镀金的夕阳中，那一抹夕阳恰好反衬在莲叶和莲花之间，湖水中泛起耀眼的金黄色，风掠过莲湖，在湖面上蹁跹，然后平静下来，看到的只是莲花，听到有鸟在莲叶间唱歌。黑三停下来，看着梦一样的莲花，我记得莲花湖边开满了野菊、三色堇、水仙，蓊郁的草地茸得似一层地毯，我想不到黑三也会那样忘情地凝望莲花。我走向莲花湖，莲花简直是来自天堂的仙子，十七岁的我脑子里迸出的不仅是《爱莲说》，有关莲叶的古诗，还有一个叫莲的同学。后来我还一直爱她，一直把那场最初的萌生看成我的初恋，我给她写过信，收到过她委婉的拒绝，我把她的拒绝归同于我的高考失利，如果我再次考试成功，我会再给她写信或者直接去找她。我在走向莲花湖时浮想联翩，美好的事物让人展开想象，我又默默地背诵了几首关于莲花的诗，我坐在莲花湖边，把什么都忘了，甚至黑三。

我把黑三弄丢了，就是那天。或者说黑三又一次失踪了。在月光下我看见它把蹄下的一片青草啃完了，看见了它留下的蹄印，蹄印是它写下的几行字，它给我的留言，我当时没有读懂。奇怪，我们家黑三那天催我的叫声我根本没有听到。黑三就这样撂下我走了，祸不单行，我高考失利，我听父亲的话赶着驴车往焦城的骨胶厂去送骨头，在我赶着毛驴回来的路上，我被莲花迷住，我们家的黑驴再一次失踪或者丢了。

我跑回家，看见老连叔、瘸子张山都坐在我们家等我，看见我回来后，他们都吃惊地站起来，他们以为我和驴一块儿丢了。我回来了，但黑驴没有回来。我在父亲面前痛哭失声，黑三没有回家，黑三真的又丢了。我在第二天的夜里又回到莲花湖边，期待着莲花湖边的蹄声，我相信黑三会回来找我，一定会的！它不会那样没有良心，走得那么决绝。

可是没有，它一直没有回来。

很长时间，我一直活动在那一带的乡村。我提着一桶糨糊，不断地往村里村外的墙上、包括莲花湖边的树上贴着启事，我找到记者，翻印了黑三的照片，我穿梭于乡村，举着相片打听着我家的黑三。我再一次踏上去沧河上游的路，又一次路过葡萄园，我们始终没有得到消息，没有听到驴的脚步声。那一年，再一次坐在椿树下的父亲彻底地失望了，凳子下的荒草蹿出凳缝，结上了草籽。

但是，我看到了黄昏，父亲郑重地给我讲过的那个黄昏！我是无意间走进黄昏的，华灯初上，我忽然陷在了黄昏的金光里，黄昏灿烂，金色的光剑缠满我的全身，我的头顶是父亲形容的

“黄昏的阳光”。我在黄昏的阳光里不知所以，流连忘返，我的手里还抓着糨糊，我相信一切无意的融入才有最深的体味。我站在黄昏里，我往黄昏的更深处走……我的眼前是父亲一次次对我讲黄昏的阳光时庄重的神情，我一边走一边流泪。我听见父亲说，儿啊，你的孩子如果生在这个城市多好，拉出的屎都带着金光。

我回到家，父亲还坐在椿树下。

父亲扳着指头，算着黑三在我们家的日子，算着它已经失踪的天数，嘴角挂着口水。我狼狈不堪地站在父亲面前，带着负罪感，不知道该说什么。等夜越来越深时，我庄严地对父亲说，我看见了黄昏，就是您看到过的黄昏，黄昏的阳光。

父亲像从梦中醒来，拽起了凳子下的一把草，踢翻了凳子。大喊，孩子，准备你的书包吧！这是黑三要成全你——

我回到学校复读，第二年，我拿到了一张大学的通知书。

我又去了莲花湖，而后，独自走在去焦城的路上，我要亲自量量去焦城的距离……